小镇法官

THE TOWN JUDGE

贺享雍

著

四川文艺出版社

图书在版编目（CIP）数据

小镇法官 / 贺享雍著. -- 成都：四川文艺出版社，2025.4. -- ISBN 978-7-5411-7188-8

Ⅰ. I247.5

中国国家版本馆CIP数据核字第20251UM780号

XIAOZHEN FAGUAN
小镇法官

贺享雍 著

出品人	冯 静
责任编辑	罗月婷
封面设计	叶 茂
内文制作	史小燕
责任校对	文 雯
责任印制	桑 蓉

出版发行	四川文艺出版社（成都市锦江区三色路238号）
网　　址	www.scwys.com
电　　话	028-86361802（发行部）　028-86361781（编辑部）
排　　版	四川胜翔数码印务设计有限公司
印　　刷	成都东江印务有限公司
成品尺寸	165mm×235mm　　开　本　16开
印　　张	13　　　　　　　　字　数　200千
版　　次	2025年4月第一版　　印　次　2025年4月第一次印刷
书　　号	ISBN 978-7-5411-7188-8
定　　价	60.00元

版权所有·侵权必究。如有印装质量问题，请与出版社联系调换。联系电话：028-86361796

目录

第一章　打官司的母女　/001

第二章　秸镇法庭　/011

第三章　金庭长的奋斗史　/015

第四章　金庭长的苦恼　/028

第五章　辅警傅小马　/034

第六章　书记员欧小华　/044

第七章　书记员罗娅　/050

第八章　夜话1：没有理由的离婚案　/059

第九章　夜话2：说不出理由的离婚案　/070

第十章　夜话3：抚恤金纠纷　/079

第十一章　送文书　/088

第十二章　金海燕的罗曼史　/096

第十三章　江副庭长巧断拆迁案　/108

第十四章　阴差阳错　/124

第十五章　送法下乡　/142

第十六章　都有一本难念的经　/158

第十七章　按住葫芦浮起瓢　/169

第十八章　"糊涂"法官　/180

第十九章　告别之夜　/188

第二十章　第二年春天……　/195

第一章

打官司的母女

金海燕拉开审判庭的门，正要跨出去，猛然发现门口站着两个女人。要不是她收脚快，肯定会撞到其中一个身上。她急忙停下，看清是一老一少。老的六十岁左右，中等个头，高颧骨，薄嘴唇，脸上爬着一道道细密的皱纹，但纹路不深，似乎轻轻一抹，便可以让它们消失；齐耳短发，用发夹别住，根根银丝探头探脑地从密密的青丝中露出来；穿一身深紫色的套装，衣着十分得体。一看便知这是一个利落、爱干净、能干的女人。站在她旁边的年轻女人，三十岁不到，身材苗条，比她高出了半个头，一张鹅蛋脸，皮肤白皙，一只小巧端正的鼻子；穿一件格子长袖宽松衬衣，一条黑色阔腿裤子。她低垂着头，一双漆黑的大眼睛看着脚尖，神情有些忧郁却有一种朴素和自然的美。发现金海燕目不转睛地看着她，急忙把低垂的头别了过去。

金海燕见状收回目光，看着老妇人问："你们找谁？"

老妇人显然见过些世面，听见金海燕这样问，立即理直气壮地答了一句："我们找法庭的人！"顿了一下又补了一句，"找那个姓金的！"

她中气十足，声音很大，引得屋子里面的人都转头看向门口。

金海燕马上说："我就是法庭姓金的。你说吧，找我有什么事？"

老妇人又干脆地说："打官司！"

金海燕见怪不怪，又问："打什么官司？"

老妇人立即拿眼睛去看旁边的年轻女人。年轻女人红着一张脸，把头垂得更低，躲到老妇人身后去了。老妇人只好答道："离婚……"

金海燕的目光在她和她身后躲躲闪闪的年轻女人脸上掠了一遍，十分好奇地看着她问："离婚，你……"

老妇人急忙把身后的年轻女人拉到前面，说："不是我离婚，是我女儿！"

屋里的众人明白过来，有几个不禁轻笑出声。金海燕回过头，朝挤在门边一个戴眼镜、穿着法官制服的小伙子喊了一句："小马，你接待一下！"说完，用手分开一老一少，从她们中间挤了出去。

屋里的几个人也跟着鱼贯而出。当一个圆脸庞、小下巴、厚嘴唇，嘴角微微上翘，脑后绾着一个髻，脸上挂着泪痕的中年女人垂着头从老妇人身边走过时，老妇人忽然拉住她的衬衣袖子。那女人抬头看了看老妇人，没有说话，一边流泪，一边随众人走了。女人的后面跟着一个四十岁左右的男人，个子不高，手脚粗壮，紫色脸膛，头发蓬乱，额头上已经有了两道深深的抬头纹，神情有些木然。他见女人哭，想去拉她，却被女人狠狠地甩开。

那戴眼镜穿制服的小伙子等众人都出去以后，才对两个女人说了一句："跟我来！"

母女俩随着制服小伙子经过走廊，来到一间屋子里。

屋子中间摆着一张猪肝色的长条形桌子，桌子上面的大肚敞口陶瓷花瓶里插着一把鲜花，桌子两边有几把人造革面的椅子。墙壁上挂着几块玻璃镜框，镜框里的红纸上分别写着《审判员职责》《书记员职责》等。

制服小伙子叫母女俩在一边的椅子上坐下，自己在她们对面坐下，这才对她们自我介绍说："我姓傅，叫傅小马，你们叫我小傅好了……"

小伙子话音没落，老妇人的目光已经落到了那把鲜花上，突然对傅小马说："你们这花才从山上采下来的吧？"

傅小马随口问道："你怎么认出是才从山上采下的？"

老妇人带着几分炫耀的神情说："那花瓣上还有露珠呢！"

傅小马说："这花是昨天我们下乡时，顺便采回来的。我们庭长喜欢花，我们每次下乡，都要从山上采一大把鲜花回来！"不等老妇人再说什么，便例行公事地询问了起来,"你们叫什么名字,住在哪儿?"

老妇人马上答道:"我叫何本玉,她叫郑琴,我们是贺家湾村的人。"

傅小马便看着叫郑琴的年轻女人说:"说说吧,为什么要离婚?"

郑琴立即红了脸,乞求似的看了母亲一眼,接着低下了头。

何本玉伸出手,仿佛要打女儿,可手举在半空又停了一下,然后落在郑琴肩膀上,轻轻拍了一下,像在为她鼓劲,然后又像是斥责似的大声说:"真是,没见过簸箕那么大的天!傅同志问你话,又不是要吃你。离婚有啥不好意思说的?说,把离婚的理由都说出来!"

可老妇人越这样说,郑琴似乎越害怕,她躲开了母亲的目光,嗫嚅了半天也没发出声来。

何本玉见了,便愤愤地冲傅小马说:"她不说,我来替她说!我女儿一朵鲜花插在牛粪上,她嫁的那个男人,长不像冬瓜,圆不像南瓜,还没三泡牛粪高,一个矮打杵,还虐待我女儿,打得我女儿半夜三更跑回娘家!回了娘家不说,他还半个月都不来接。我女儿不跟他这个矮打杵过了,坚决离婚……"

傅小马的目光又在两人身上来回看了一会儿。他侧过头问何本玉:"经过村上或镇上调解没有?"

何本玉更是气不打一处来,立即气咻咻地道:"调解的人都死光了!"

傅小马吃了一惊:"什么意思?"

何本玉说:"还有啥意思?就是现在的人都是爹死娘嫁人,各人顾各人呗!不瞒傅同志说,自从他们两口子闹矛盾,我可没少求村上的干部。我对他们说,小两口的事,发的发热,退的退烧,大家撮合几句,不就算了!可他们不是推肚子痛,就是说活儿忙,一推六二五,害得我们母女俩屋檐上挂猪苦胆——苦水滴滴!最后他们告诉我说,清官难断家务事,这事最好走法律程序,法院里法官最公平,这不,我们就来求法官你们了……"

傅小马又看了看老妇人,见这个女人一走进法庭便这样坦然自若,现在又滔滔不绝,便断定这也是一个鸭棚老汉睡懒觉——不简单(拣蛋)的角色。他忙打断了她的话:"没有调解,那自然没有调解书了!"接着目光又移到郑琴脸上,"没有调解书,有起诉书没有?"

郑琴像一个什么都不懂的孩子，脸上呈现出惶惑的神色，不过这次她说话了，声音怯怯的，如蚊子一样："什么起诉书？"

傅小马说："就是状子！打官司当然要凭状子，没状子我们依据什么给你们办案？"

傅小马话音刚落，何本玉马上接了他的话，大声说："我们不会写！"又立即换上了一副笑脸，对傅小马笑吟吟地说，"傅同志，不要状子行不行？我把根根蒂蒂都给你说清楚，你要不相信，可以到贺家湾去问，他们两个人的事情，我们湾里大小人等都晓得……"

傅小马又打断她的话："你说得再清楚也不行，没有起诉书我没法给你女儿立案！"

一听这话，何本玉脸上又露出一副愁容，过了半天才对傅小马央求："傅同志，那你就帮我们写个状子行不行？"

傅小马立即一边摇头一边说："不行，我不能既做笔录，又帮你们写状子！"见她们一脸茫然，只得又说，"镇上有个司法所，专门有人给案件诉讼人代写起诉状，你们可去那里找人帮你们写一份，再到这里来办理立案手续！"

母女俩互相看了看。郑琴还有些迟疑，像是拿不定主意，何本玉则是一副坚定的神情，朝傅小马说了一声"谢谢"，便站起身拉着女儿走了。

一个多小时后，母女俩又回到了法庭。郑琴脸上一如既往地挂着有些麻木和茫然的表情，而母亲何本玉则怒容满面，像谁欠了她什么一样。

傅小马问："没找到人写诉状？"

郑琴忙从口袋里掏出几张纸，低声回答："写了。"

傅小马又扫了何本玉一眼，问："大娘怎么不高兴？"

何本玉这才怒气冲冲地说："真是气死人了！写这么两页字，就收我120块钱。傅同志你是明白人，这是不是讹诈？我们乡下人挣钱不费力呀？120块呀，我们卖粮食，都要挑两大挑了，简直当抢钱……"

傅小马看着何本玉愤愤不平的样子，笑了，说："大娘，这不是抢钱，人家那叫劳务费，也是有规定的，这叫周瑜打黄盖——一个愿打，一个愿挨！"

说罢，傅小马从郑琴手里拿过诉状看了看，然后朝斜对面一间办公室指了指，说："去财务室交诉讼费吧！"

郑琴像是没听明白，迟疑地对傅小马问："什么诉讼费？"

傅小马说："打官司的钱呀……"

何本玉又马上叫了起来："打官司还要收钱呀？"

傅小马说："打官司为什么不收钱？"

何本玉不满地说："外面挂的牌子不是'人民法庭'吗？"

傅小马无奈，只得笑着对何本玉说："牌子挂的'人民法庭'不假，可并不是挂了'人民法庭'的牌子，打官司就不收诉讼费！'人民币'也有'人民'两个字，可也不是想用多少就用多少呀？"又耐着性子对她们解释，"交诉讼费是法律规定的，收来的钱我们也要上缴到县法院，不是我们想收就收的！"又看着郑琴问，"你们好好想想，这官司还打不打？"

郑琴又抬头去看母亲，何本玉想了一会儿，脚往地板上一顿，像是下了决心地对傅小马说："打，一头牛都去了，还舍不得一根牛尾巴？打，坚决打！"一边说，一边又突然拉住傅小马的手，将身子凑过去，笑着对傅小马低声问，"我们交了诉讼费，这官司是不是准能赢？"

傅小马急忙说："那我可不敢保证，法庭得根据事实依法审理……"

何本玉马上道："我说的都是事实，傅同志，我们交了诉讼费，你可得保证我们赢！"说完也不等傅小马回答，又拉着女儿的手朝傅小马指的那间屋去了。

傅小马盯着她们的背影喊："郑琴交了诉讼费还过来一趟，有些情况我要先了解一下！"

交完诉讼费，母女俩又过来了。

看到傅小马，何本玉就问："傅同志你还要问什么？"

傅小马翻着一本厚厚的卷宗，没看何本玉，只对郑琴说："你要求离婚，可你也没给法庭提供清楚你们家庭财产、子女情况以及债务等方面的情况，也没个离婚协议书，我总得把你们夫妻间的具体矛盾、小孩抚养和家庭财产等方面的问题，先了解一下吧……"

他的话还没说完，何本玉又抢着说："她还没有小孩！"

傅小马说:"没小孩,总得还有财产方面的问题吧?按说,你们该请一个代理人,现在你们没请,我只好先问一问了!"

说着,傅小马掏出笔,眼睛落在本子上,准备往上面记:"姓名!"

郑琴又朝母亲看了一眼,何本玉因为又交了一笔钱心里不舒服,此时便冲傅小马气冲冲地说了一句:"你刚才已经问了。"

傅小马道:"刚才是刚才,现在是现在!"抬头看着郑琴说,"你要认真地回答我的问题!"

郑琴于是又用蚊子似的声音说:"郑琴。"

傅小马再问:"家庭住址?"

郑琴停了一会儿,才说道:"嵇镇贺家湾村第三村民小组!"

傅小马继续:"出生年月……"

傅小马话音未落,何本玉像怕累着了女儿一样,对傅小马说:"她是茶壶里装汤圆——嘴嘴拿不出,有话你问我,我帮她回答!"

傅小马见何本玉又要抢着为女儿代劳,便知道在家里她可能做主惯了,只得对她说:"你不能帮她回答!"

何本玉一听傅小马这话,像是十分奇怪,道:"我是她妈,怎么不能帮她回答?"

傅小马道:"你是她妈不假,可这是你女儿离婚,她才是当事人,即使你是她妈,也不能代表她……"

何本玉红了脸,提高了声音抢白起傅小马来:"你这个年轻人才不懂事,连妈都不能代表儿女,还有谁能代表?你说出这样忤逆的话,让你妈听见了,她会不伤心?"

傅小马知道一时和这个老妇人说不清,便对她说:"大娘,我问你女儿的话时,你再不要插嘴!你女儿已经是成年人,她完全可以自己做主。你要再影响我了解情况,我就把你赶出去!"

何本玉一听更大声叫了起来:"我又没犯法,为什么要把我赶出去……"

何本玉的声音很大,震得屋子里到处都是"嗡嗡"的响声。

这时,金海燕走了进来。她已经脱掉了宽大的法袍,换了一身制服,看上去更加干练。

何本玉看见她进来，便把目光盯在了她身上。

金海燕看了看傅小马，又扫了母女俩一眼，然后问傅小马："怎么了？"

傅小马脸上掠过无可奈何的表情，说："我向当事人了解了解情况，这位大娘老是要代表她女儿说话，我说你女儿已经成年，你不能代表，她却非要代表不可！"说着摊了一下手，接着看着金海燕，"庭长，你看怎么办？"

何本玉脸上现出惊诧的神情，两只眼睛滴溜溜地在金海燕脸上、身上瞅了几下，紧接着从座位上站起来，几步走过去，热情地抓了金海燕的手摇晃起来，说："哎呀，姑娘，真没想到，你还是庭长！我们只听人说嵇镇法庭有个姓金的，没想到这么年轻就当了庭长，给你娘老子争光了！姑娘，你给评评理，世界上哪有当母亲的不能代表儿女……"

何本玉还要说，金海燕把她拉回到座位上重新坐下，对她说："大娘，我姓金，叫金海燕，是嵇镇法庭的审判员，同时也负责法庭的日常工作，你叫我金法官或金庭长都行，不要再叫我姑娘了！"接着，金海燕又看了看郑琴，对何本玉严肃地说，"不是母亲不能代表儿女，可这是在法庭上，需要当事人授权，法院同意了才可以，这是法律规定了的！你女儿已是具有完全民事行为能力的成年人，你就不要去代表她了！"

何本玉显得有些失望和不解，又露出愤愤不平的样子，埋怨地说："哎呀，你们法院的规矩才多，不像我们乡下人耿直！"

金海燕一听这话笑了，拍了一下何本玉的肩膀，道："没规矩不成方圆嘛！好了，大娘，你就少插话，让你女儿说，啊！"说完走了出去。

何本玉尽管心里不通，但见庭长都叫自己少说话，于是当傅小马再问郑琴问题时，果然把自己的嘴巴管住了。

问完了基本情况，傅小马把记录交给郑琴看了，让她签字按了手印，又让她留下电话号码。

何本玉犹豫了半天，还是忍不住，问傅小马："什么时候开庭？"

傅小马说："早着呢！我们还得把你们的诉状拿到县法院立案庭立案，立了案以后还要调查。什么时候开庭我们会通知你们！耐心等待吧！"

母女俩这才不再说什么，站起来往大门口走去。

走到大门口，正碰着金海燕在院子里，像驴拉磨一样绕着圈子踱步，一副心事重重的样子。

何本玉亲热地迎上去，一把抓住金海燕的手说："姑娘，看你长得多中看，又年轻又漂亮又能干，我要是有你这么个能干的姑娘，睡着了都要笑醒！"

金海燕忙说："你女儿可比我漂亮得多呢……"

何本玉忙又说："她哪能有姑娘你的命好，她不是一朵鲜花插在了牛粪上了吗？姑娘，你今年贵庚？"

金海燕稍稍红了一下脸，她本不想回答这个问题，但见对方一脸真诚的样子，便答道："免贵，我去年腊月初三满的三十二岁！"

何本玉立即道："哦，看不出，我还以为姑娘才二十岁出头呢！那你比我们郑琴大三岁！"说着就回头用不容置疑的语气对郑琴说，"喊姐，快喊姐！"

郑琴立即红了脸，嘴唇动了动，似乎想喊，却没发出声音，只对金海燕傻傻地笑了笑。

何本玉立即斥责道："真没见识，喊声姐就掉了只耳朵？姐认不认你这个妹妹还说不定呢！"

金海燕以为她想和自己套近乎，便又严肃地制止道："大娘，我再说一遍，你们千万不要这样称呼我！到了法庭，不要喊我姑娘，她更不能一口一个姐，这是不行的，你听清楚了吗？"

何本玉忙问："为什么连姑娘都不能叫？我们乡下的老太婆看见年轻漂亮的女娃子，心里一喜欢，都是这么叫的呢！"

金海燕一本正经地说："乡下是乡下，法庭是法庭！乡下喊'姑娘'，是表示对女孩子的亲近。可在法庭上，你是原告，你按乡下的习惯称呼我姑娘，被告看见你们和我如此亲昵，他会相信我能公正处理你们的案件吗？这是万万不行的！"

何本玉听完这话，又嘟哝着说："哎呀，姑娘，不是我说你们，你们法庭的规矩不但多，还死板得很。这有什么，我就是喜欢你呗！"突然又将头凑在金海燕耳边轻声道，"姑娘，我是个肚子里藏不住话的人，我跟你说，刚才你断的那个案,那个男人,真不该分女人的房屋呢?"

金海燕吃了一惊:"你都听见了?"

何本玉说:"我们在门外站老半天了,屋子里你审的那个案,过筋过脉的(四川方言,意为关键的东西)都听清楚了!你不能断那男人分女人的房屋……"

金海燕忙打断何本玉的话问:"为什么?"

何本玉说:"姑娘,还有个什么为什么?那女人不是说了吗,那男人是穷得叮当响才倒插门的。建那房屋时,他没有出一分钱,都是女人的钱。他是净人来,现在离婚,自然也该净人走,分女人的房屋,没这个道理嘛!"

金海燕耐着性子说:"大娘,法庭不光要讲理,更要讲法!我这样判决,是有法律依据的。《民法典》规定,凡是婚后的财产,都是夫妻的共同财产。她说房子是她婚前财产,她要拿出证据来!叫她拿证据她又拿不出,叫我们怎么相信?她说男方家里穷,修房子时他没有出钱,被告也都承认。但他出了很多力,没有他,那房子也建不起来。那房子怎么不属于婚后共同财产呢?"

何本玉又问:"那女的答应男的分她的房子了?"

金海燕想了一会儿才回答:"正因为原告没答应,我们只得休庭,等以后再审……"

何本玉听了,又拉着金海燕的手说:"姑娘,你年纪轻轻当个庭长不容易,你不嫌我话多,我可还想给你多讲几句,这可是为你好……"

金海燕忙说:"你讲吧!"

何本玉又道:"姑娘,你可要好好详一下情,我看那女的可怜呢!在我们乡下,十有九个倒插门,都是因为穷呢!你说要证据,倒插门还要啥证据?按我们乡下常理来讲,男人要分走女人的房屋确实不合常理!"

金海燕说:"常理是常理,法律是法律,到了法庭就要讲法律!"她不想再继续这个话题,便看着郑琴说,"你回去好好想一想,一日夫妻百日恩,这婚能不离就不离……"

何本玉立即大声说:"钱都缴了怎么能不离?离定了!"一副意志坚定的神情。

金海燕见了，有些不满地对何本玉说："大娘，我问你女儿呢！"又看着郑琴问，"到底离还是不离？"

郑琴看了一眼母亲，老半天才嗫嚅地从嘴里吐出了一个字："离！"一副被迫无奈的样子。

告别的时候，何本玉仍要郑琴喊金海燕"姐"，郑琴红了半天脸，终于被迫似的轻轻喊了声"姐"，母女俩这才走了。

第二章

稽镇法庭

　　金海燕感觉有些累。不是经历了繁重的体力劳动或漫长的马拉松比赛后的疲倦和困乏那种累。那种累只要躺下睡一觉，便可迅速消失。这种累是心里的怠倦和疲乏，俗话说的"心累"，单靠睡觉解决不了。

　　每次审完一些鸡毛蒜皮、家长里短的案子后，她都会有这样心力交瘁的感觉。按说，这样的案件不需要她耗费多少精力研究与分析案情，甚至连法律条文都不需要多去钻研，事实通常都不复杂。只是当事人双方总是一来一往，比谁的声音大、眼泪多，比谁胡搅蛮缠的能耐高。她恰恰缺乏应付当事人这些"本领"的经验，因而每次开庭，她都觉得自己不像一个法官，至少不是一个合格的法官。即使她根据法律条文做出了公正合法的判决，但在心里，她仍然觉得是很失败的。因为她越来越感到眼下这份工作对于自己来说已经没有什么意义，更不用说还有漫长的人生了！

　　她觉得自己虽然没有老，身上至少出现了一种未老先衰的症状。

　　之前就在她宣布休庭，走到院子里后，便听见接待室里传来何本玉的吵闹声，于是她才走过去了解情况。她有个习惯，遇到烦心的事，就喜欢到院子或外面公路上散步，借踱步梳理头脑里纷乱的思绪。偏偏这时又遇着何本玉母女俩。

　　听了那老妇人对自己一番"关心"的话语，她感到有些好笑。可在心里笑过之后，又产生了一种说不出的烦闷和沉重的感觉，把刚梳理出一丝头绪的心思又弄得有些纷乱起来。

金海燕看着母女俩走远，才转身往楼上自己卧室走去。路过法庭办公室时，看见傅小马正伏在桌上写着什么。

她知道傅小马是一个认真负责的人，交给他的任务总能按时完成，是她这个法庭庭长的得力助手，只可惜他只是县法院分配下来的一个临时聘用的"辅警"。或者正因为他知道自己只是一个"临时工"，所以工作才会如此卖力和认真吧。她不打算打扰他，但他显然听到了她的脚步声，立即停下手里的笔，抬起头讨好地看着她问："庭长，我看见刚才那个姓何的老太婆和你在院子里说话。这是一个法盲，她和你说什么了？"

金海燕不想把何本玉对她说的话告诉傅小马，她觉得这个老太婆虽然不大懂法，说的话让人又好气又好笑，但热心热肠，心眼总是好的。特别是她一口一个"姑娘"，亲亲热热，喊得她心里暖乎乎的，便道："没聊啥，这个老大娘爱管闲事，见到个泥菩萨都会说上半天话！"不等傅小马回答，又问，"你在写什么？"

傅小马有点邀功地答道："还不就是刚才那个老太婆的女儿郑琴要和丈夫贺兴胜离婚的立案申请书！"

金海燕本想劝傅小马不要这么着急，想了想，只是朝傅小马点了一下头，便上楼去了。

嵇镇原来并不叫嵇镇，在撤区并镇前，叫作嵇弁区。

为什么叫这么个名字？说起来有些来历。据说过去有个给皇帝赶马的马弁姓嵇，因为地位低下，所以在宫里连名字都没有人知道，大家只叫他嵇弁。有一次皇帝率军亲征，不料中了计，陷入敌军的重重包围。跟随的文武百官都拿不出一个破敌的办法，最后这个嵇弁向皇帝献了一条妙计，皇帝大破敌阵。凯旋后，皇帝要奖赏这个马弁，问他要做什么官。马弁回答皇帝，说他什么官都不愿意做，只求皇帝恩准他回乡侍奉老娘。于是皇帝赏赐了他大量金银，恩准他回乡尽孝。嵇弁回乡后，一方面广置田产，将所产之粮，施予鳏寡孤独等；一方面兴办学堂，广修庙宇，劝人向善尚学。据说嵇镇过去有九宫十八庙，还有东南西北四处学堂，都是嵇弁修建的。皇帝知道后，下令在乡里的十字路口建造石牌坊一座，以示皇恩浩荡，褒奖分明。据康熙时期的老县志记载，那牌坊占地约20平方米，三柱两门四楼，东面朝向，全用花岗岩雕凿而成。通高7米，中门宽5米，坊上镌刻皇帝亲笔御书龙飞凤舞三个大字——"嵇弁里"。后来"里"变成了"乡"，这儿便叫了嵇弁乡。

故事真伪已无从考证，因为传说中的九宫十八庙和皇帝御旨所建的花岗岩牌坊，早已荡然无存。学堂倒还有一所幼儿园，一所小学，一所中学，却是人民政府所办。但无论如何，这个"嵇弁乡"（曾一度改名"嵇弁人民公社"）却是一直沿用。人民政府成立区公所时，这儿又成为区公所所在地，几年前撤区并镇，这里便改为"嵇镇"。

过去嵇弁区人民法庭并不在现在这个地方，而是处于老区公所和嵇弁乡人民政府之间。老区公所是20世纪70年代修的，临街一排较矮的建筑依次挂着许多牌子，是区公所各机关的办公室。办公室后面又有一排横房，是区公所机关食堂。食堂对面是一幢三层小楼，是区公所干部、职工的宿舍。而嵇弁乡人民政府则在离区公所一百米的火神庙内。那庙挺大，有正殿、东西配殿、送子殿、奶奶殿、药王殿、瘟神殿等，但昏暗潮湿，有些阴森。嵇弁区人民法庭紧挨着火神庙，一溜三间屋子，嵇弁区人民法庭的牌子就挂在中间那间屋子的门枋上。牌子两边的街檐下，逢场的天，左边是一个小炉匠，矮矬子，麻脸，四十多岁，大约因为灰尘吸多了的缘故，喘气的声音和他面前的风箱声一样响亮，地上摆着一大堆镰刀。吊牌右边是一个卖篾货的篾匠，高个且干瘦，满脸皱纹，看不出年纪，头上一年四季都缠着一根看不出颜色的帕子。墙根下摆着一顺溜竹器，箩筐、竹筛、撮箕、簸箕、筻笼、筲箕、竹篮、竹笆儿、刷把儿……应有尽有。

撤区并镇后，嵇镇人民政府重修了原区公所的房屋，然后搬了进去。原火神庙的房屋和土地，由一家房地产商接手，修了商品房出售。嵇镇人民法庭还挤在原来那幢低矮的房子里，显得十分寒碜，于是由县法院出面争取资金，把嵇镇人民法庭搬到了嵇镇"龙头桥"的入场口。

新法庭是一个小巧玲珑的三合院，院子很宽，可以停下十多辆车。前面是

第二章 / 嵇镇法庭

国道公路，后面是一片农田，左右两边虽有房屋，但因靠近嵇镇，房屋并不稠密高大，房前屋后，不是翠竹环绕，便是花木葱茏，颇有田园风光。更重要的是，这儿是入场的必经之地，无论是赶场的乡民，还是路过的客人，一眼便能看见挂在法庭前面闪闪发光的国徽和飘扬在院子外面旗杆上的五星红旗。在金海燕的心中，法庭就应该是这种庄严肃穆的样子。

金海燕刚来嵇镇法庭的时候，就喜欢上了这座建在公路边的独幢小院，有些世外桃源的味道。她尤其喜欢法庭周边的田园气息，因为她本是从农村出来的，熟悉农村里的一切。

楼上她的卧室两面当阳，清晨，朝霞从对面烟霞山山头射过来，那橙黄色的光芒不但把公路、院子装饰得十分美丽，而且越过窗框玻璃跳进屋子里，像金黄色的水一样在地板上、墙壁上乃至床上、家具上闪耀着，仿佛一个顽皮可爱的孩子，让她也有些欢快起来。下午，太阳又从后面田野照射过来，因为后面地势开阔，阳光就像一把折扇，落到对面水塘上，塘面便波光潋滟。

金海燕最喜欢这样的时刻，她常常会在黄昏时搬一把椅子坐到后阳台上，沐浴在暖暖的阳光里，感受着从远处庄稼地里和前方鱼塘里吹过来的一缕缕凉爽的、带有泥土和鱼腥味儿的潮湿的晚风。每到这时，金海燕庭长便感到人生一种说不出的舒适惬意。

可现在，金海燕却觉得自己已不是过去那个金海燕了，她的内心除了困倦和疲乏，什么理想、事业、前途等念头似乎都藏了起来。

第三章

金庭长的奋斗史

金海燕出身于一个普通的农民家庭。她是家中的独生女。或许金海燕很小的时候就明白了自己身上所担负的责任，所以她读书非常努力，每回考试总能给父母拿回一张满分的喜报，家里堂屋的三面墙壁上，贴满她从幼儿园到高中的各种大红奖状。

18岁那年，金海燕高中毕业了。老师、同学、父母和所有认识她的人，都毫不怀疑清华、北大这样的好大学向她敞开了大门，只等鲤鱼跃龙门，蟾宫折桂，然后揣着金灿灿的录取通知书去报到就行了。谁知老天像是有意要把这块好钢再淬炼一下，关键时却推她跌了一扑爬（四川方言，跌了一跤之意）——因为临考前的紧张和身体素质不好，考试前两天她突然得了重感冒。她咬着牙，身上裹着厚厚的冬衣，挣扎着走进考场，哆嗦着手在试卷上答题，身子打战。结局可想而知，离高考录取线差了两分。这两分对于从小到大都没遭受过挫折，养成了好强性格的她来说，真像一把锋利的刀子剜在心上，那种疼痛比死还难受。她真的下了决心去死。这天，她拿出刀子正准备割腕，被一直暗中盯着她的母亲发现了，过来抢了她手中的刀子，然后母女俩伤伤心心地抱头痛哭了一场。哭过后，她的心情好转些，觉得就这样死了实在对不起父母，便决定复读，争取来年再考。

就在这时，命运给她打开了另一扇大门——她去县中学报名复读那天，在学校大门口墙壁上看见一张告示。那告示称：为满足各乡镇组建司法所的需要，县司法局在全县范围内公开招聘一批司法所干部，凡有高中以上文化程度、二十五岁以下的青年均可报名参加考试，县上根据笔试和面试成绩择优录取。金海燕看完告示后，身上的热血突然沸腾了起来。她立即做出了放弃复读的决定，跑到县司法局去报了名。

斗争当然是有的！金海燕回到家里，对父母说了自己放弃复读，报名参加乡上司法所招聘考试的决定后，父母当即气得面色铁青，哆嗦着嘴半天没说出一句话来。在父母的眼里，他们的宝贝女儿非龙即凤，迟早会干出一番惊人的大事业，可小小的乡司法所，能让她干成什么大事？何况那司法所还不是乡政府的正式机构，连个乡干部都算不上呢！

父亲从震惊、愤怒中回过神后，用从没有过的严厉口气，对女儿命令地说："给老子立即回学校复读，不然老子当没有生你这个东西！"

母亲听丈夫这么说，虽不满地瞪了他一眼，却也走过来对女儿说："燕儿，听你爸的话，好好地去复读，明年一定会考上大学的……"

金海燕打断了母亲的话，大声宣告道："你们都别白费口舌了，我考定了！"

一听这话，父亲勃然大怒，猛地一掌拍在桌子上，瞪圆了眼睛冲女儿大喊："不去复读你就去死……"

父亲话音还没落，金海燕猛地跑进灶屋里拿出一把菜刀来，紫涨着脸对父母道："死就死，我就死给你们看！"说着举起明晃晃的刀对着脖子就要抹去。

老两口早把脸吓白了，立即一起扑过去，父亲紧紧箍住了金海燕的两只手，母亲则一把夺过了金海燕手里的菜刀。

从此夫妇俩再不敢对女儿说半个不字。因为他们知道女儿从小都是要什么，他们就给什么，已经被他们惯坏了。对于金海燕来说，在她的人生词典里，也从没收录过妥协、忍让、谅解等词语。她所认定的路，就是自己人生的金光大道，别人说得再好，那也不作数。

就这样，金海燕报考了乡司法所干部的招聘。她去城里新华书店买回了一些复习资料，在家里认真地用起功来。

真应了"功夫不负有心人"这句古话，金海燕以全县第一名的成绩被县司法局录用。按照司法局招聘时宣布的凭成绩高低分配工作岗位的原则，金海燕自然该分配到全县条件最好的乡镇，因而她在填写分配志愿表时，填写了位于中心城镇城关镇边上的东关司法所。可是接到报到介绍信时，那上面写的却是红堡梁乡。红堡梁乡虽不是全县最偏远的乡，却也离县城五十多公里，交通也不太方便，有一段路还是早年修的机耕道。到此时，她才知道，这世界上许多规则也是可以改变的。

她有点蒙了，本不想去上班，可这时又错过了到学校复读的时机，再者也担心父母抱怨。因为道路是自己选的，于是一咬牙，去了。但她没有丧失信心，下决心要在艰苦的环境中，凭自己的努力干出一番事业来，实现最初的目标——有朝一日，她一定凭自己的本事，走进那个离城市近在咫尺的城关镇东关司法所的办公室。

一到红堡梁乡，金海燕就报名参加了中国广播电视大学法律专业的考试，两年后取得了法律专科文凭。

那年底，县里新来了一个政法委书记，新官上任三把火，第一把火便是整顿机关作风，激发干事创业的激情。新书记上任没几天，便做出一个决定，新年过后在全县政法系统开展一次以"弘扬奋斗精神，争做人民满意干警"为主题的演讲比赛。规定政法系统公、检、法、司等单位，都必须选派三名选手参加，对获得前三名的演讲者和第一名的单位，予以表彰和奖励，纳入年终评优考核时重要加分项目。

通知发出后，政法系统各个部门都不敢不重视。在政法系统中，司法局是个小单位，全局大大小小只有十多个人，要在这十多个人中选出三个能够登台演讲且还能保证拿到名次的人，真比在奥运会上拿到金牌还难。没办法，司法局领导便打起了下属单位——各乡镇司法所的主意，要求每个乡镇司法所必须选出一个演讲者参加司法局的演讲比赛，然后在司法局的比赛中选出三名优胜者参加全县政法系统的比赛。

红堡梁乡司法所选出的演讲者就是金海燕。

当领导把这个光荣的任务交给金海燕的时候，金海燕没有拒绝，她无法拒绝——红堡梁乡司法所一共三个人,所长明年就该退休了,陈阿姨是司法所会计,四十多岁,上有老下有小,正是公事私事忙得晕头转向的年纪。

于是金海燕以一种风萧萧兮易水寒的悲壮,和天将降大任于是人的决心,接受了领导交给她的这个光荣而艰巨的任务。

当她静下心来细细一想时,倒真觉得这是一次天赐的改变命运的机会。她一定要抓住这个机会,奋力一搏,不说一鸣惊人,至少也要拿到名次,引起上级领导的重视。

许多演讲者接受任务后,都花钱去请县上的笔杆子写稿子,所长叫金海燕也到县上去请一个妙笔生花的笔杆子写稿子,钱由所里出,但被金海燕拒绝了。她对所长说,这篇演讲稿必须由自己来写,写出自己这三年多来的真实感受,讲起来才能打动人。

果然,经过司法局组织的初赛、复赛和决赛,金海燕一路过关斩将,最后成为司法局派出的参加全县司法系统演讲比赛的选手之一。

全县司法系统演讲比赛那天,县委政法委和下属各单位的头头脑脑、十多个评委以及来自公、检、法、司等部门的代表济济一堂。演讲者上场的顺序,以抽签的方式决定。轮到金海燕登台,因为乡镇司法所没有统一着装,她便穿了一件米色的开司米短衫,下面配一条深色的紧身短裙,一头乌黑发亮的秀发拢在脑后,用一根丝巾扎住,显得落落大方又不失端庄妩媚。她走上台后,对着下面微微一笑,再对着黑压压的观众深深鞠了一躬,然后抬起头来,眼里闪着真诚的光芒看着大家。她没拿稿子,将两手轻轻贴在裙子两边,便用清脆、流利的普通话,抑扬顿挫地开始了自己的演讲:

尊敬的各位领导、各位评委、各位政法战线的战友们:

我是来自红堡梁乡司法所的金海燕。大约在八年前,那时我还在读初中,城里法院的叔叔阿姨们来我们学校做普法教育。望着他们整齐划一的制服和胸前闪亮的徽章,看着他们脸上洋溢着青春的光彩和凛然正气,听着他们用丰富生动的语言讲述的一个个执法为民、保证社会公平正义的法律故事,一颗理想的种子便在我幼小的心灵里生根发芽,那就是等我长大了,我一定要做一个像叔叔阿姨们那样的无私无畏的警察和法官!

这一天终于来到了,那是三年以前,高考时因为生病,我以两分之差落榜。正当我准备复读的时候,看见了县司法局招聘乡镇司法所工作人员的告示,我毅然放弃了复读,报名参加了乡镇司法所人员的考试。我的决定遭到父母的强烈反对,但我不改初衷,后来以优异的成绩被县司法局录用。

雷锋同志曾经说过:"如果你是一滴水,你是否滋润了一寸土地?如果你是一线阳光,你是否照亮了一分黑暗?如果你是一颗粮食,你是否哺育了有用的生命?如果你是一颗最小的螺丝钉,你是否永远坚守在你生活的岗位上?"乡司法所的工作,是维护社会公平正义、加强社会主义法治建设、体现司法为民必不可少的重要一环。作为司法所普通的一员,岗位虽小却使命光荣,工作虽普通却不平凡。因为我们虽然只是社会主义法治建设这台庞大的机器上一颗不起眼的螺丝钉,但只要我们爱岗敬业、坚守信念、默默奉献,我们这颗小小的螺丝钉,也一定会散发出钻石般的光辉!

坚守信念、默默奉献、爱岗敬业、司法为民,不仅仅是一句口号,说起来轻松,做起来却不容易!因为这需要的不只是热情和勤恳,还需要你有干这一行的知识和本领。乡镇司法所,打交道的是普通群众,所做的全是小事,需要与农村各行各业和各色人等打交道的本领。

才到所里工作的时候,我就意识到自己原来所学的知识,与当前所面临的工作有很大的差距。于是我毫不犹豫地报名参加了中国广播电视大学法律专业的学习,真正做到干一行、爱一行、钻一行。

我努力克服工作和学习的矛盾,从没因为学习耽误任何一项工作。功夫不负有心人,三年的课程我用两年完成,而且每门课程都取得了优异成绩,其中民法学、民事诉讼法学、婚姻家庭法学、法律实务等科目,还获得了当年全校法学专业考试的最高分!当我捧着那本烫金的毕业证的时候,我真想对所有人大声说:"为了做一颗司法战线的小小螺丝钉,金海燕做好了准备……"

这时,会场突然爆发出一片掌声打断了她的话。她的目光急忙掠过会场,只见所有参会的干警,连政法委书记和公、检、法、司的头头和所有评委,都在向她鼓掌。金海燕全身的血液都沸腾了起来，激动得颤抖了一下，但她很快镇静了下来，仍带着甜蜜的微笑朝人群点了点头，接着说了下去：

如前所述，乡镇司法所是一个万金油单位，作为所里一名工作人员，不但要有较高的专业素质，还要有较强的综合能力，特别是文字驾驭水平。

在红堡梁乡司法所，我虽然没有担负办公室工作，但我主动承担了全所的材料撰写和信息报送工作。因为我年轻，接受新事物快，文化程度相对较高。我勤于练笔，积极主动，认真琢磨，对稿子里的每句话、每个字，都认真修改，反复打磨，力求使每份材料、每篇稿子都能达到我能力的上限。三年中，我们红堡梁乡司法所年年都是县司法局信息报送先进单位。不仅如此，现在乡政府的重要材料，也多出自我手！我认为，做一颗永不生锈的螺丝钉，不仅限于自己所从事的专业和岗位，只要对建设法治社会有利，我们都可以积极去做！

接下来，金海燕又声情并茂地讲了自己亲身经历的坚持司法为民，用法律和真情化解老百姓生活中矛盾的两件小事。一件是为一位八十高龄的老大娘向儿女讨回赡养费，并用法律和亲情教育感染她的儿女，让他们主动担负起了赡养老人的责任。一件是兄弟俩因宅基地纠纷反目成仇，闹到了司法所，在她苦口婆心、晓之以法、动之以情，反复化解下，兄弟俩摒弃前嫌，联合起来开办了家庭农场，去年纯收入超过了十万元。这两个故事，因为是她的亲身经历，所以讲起来也格外生动。讲到动情处，金海燕的眼角不知不觉湿润了。

最后，金海燕用铿锵有力的语言，结束了自己的演讲：

我不是诗人，不能用华美的词藻来赞美青春；我也没有动听的歌喉，不能用优美的旋律来歌颂青春。但我愿意用我们司法人普通的工作和平凡的事业，来丰富自己的青春和人生！在司法为民，建设社会主义法治国家的征途上，绽放我们的青春风采，去谱写一曲无怨无悔、有作有为的人生之歌！谢谢大家！

台下热烈的掌声又响了起来。金海燕再次朝会场深深鞠了一躬，转过身，从容地走下了讲坛。

演讲采取现场打分、现场公布成绩的方式，最后的结果是金海燕夺得演讲比赛第一名，县公安局的余伟获得亚军，县检察院的张茜获得季军，县法院的参赛者则全都名落孙山。离场时，法院龚院长沉着脸，像是别人欠了他什么一样。

金海燕来到楼上。从卧室扯出一把椅子，从阳台来到旁边的露台上，搭好椅子，面对着公路坐了下去。

露台下面是法庭的厨房、餐厅和杂物间。当初修这座小院时，金海燕的前任不知为什么没在上面继续垒几间钢筋水泥的小盒子。不过金海燕现在倒是非常喜欢这个宽敞平坦的露天台子。金海燕喜欢花，她上任后，就叫司机老奉买来了十多盆百合、月季、牡丹、杜鹃、茉莉和蝴蝶兰等花卉，沿着栏杆依次摆放整齐。一有空，她就来浇水、施肥、整理花枝。第二年，那些花卉便争先恐后地绽放出一片夺目的绚丽，小小露台成了一个五彩缤纷、令人心旷神怡、充满浪漫和温柔的世界。每到春天和夏天的傍晚，金海燕就喜欢坐在露台上，一边欣赏着那些美丽的花朵，一边吹着习习凉风或在花朵散发出的浓郁香气中，进入一种梦幻般的感觉，或放飞自己的心事。

现在是下午五点二十分，夕阳正在西下，春末黄昏的阳光把周围的一切装饰得十分柔和。时令还差了那么十天半月，盆里的鲜花只有少数性急的花朵从绿叶中露出了面孔，大多数花朵藏在枝头含苞待放。

金海燕面对着阳光坐下，似乎有意让阳光用它温柔的手轻抚自己的面孔。

前方原来是一大片稻田，现在被老百姓挖成了一个一个的鱼塘，每个鱼塘的四周都用铁丝网拦着。她站在阳台上，能看见农民往鱼塘里一把一把地撒鱼饲料。有时她也能看见一尾尾鱼儿弓着身子跃出水面，在水塘上面画出一道道银白色的漂亮弧线。当然，随着这些小精灵们的跃动，一股带着腥味的空气也会随之而来。金海燕知道那就是鱼塘的味道。有时金海燕想，要是这片鱼塘仍然是原来的稻田该多好哇！此时正该是秧苗返青的季节，眼前绿茵茵一片，春风送来阵阵禾苗的香气，到了夜晚，四周蛙鸣一片，多有诗情画意呀！

可是这不由她想，正如她自己，许多方面都好像由不得她，她完全变成了另外一个金海燕!

是从什么时候开始变的呢?

当初,她确实豪情万丈,激情似火,不但全身心投入工作,而且还有一种舍我其谁的英雄气概。仿佛"修身、齐家、治国、平天下"这些古人说的大事,只要自己肯去做,就没有实现不了的。她还产生过巾帼不让须眉的雄心壮志,准备与单位的男同事们一较高下。可是如今,她的豪情、她的信念和奋斗精神到底是被谁给偷走了呢?

那是在县上演讲比赛一个月后。一天,红堡梁乡来了两个穿法官制服的女人。一个四十多岁,圆脸,单眼皮,脸庞有些黑,身子偏胖;另一个三十岁的样子,鸭梨形脸,皮肤白皙,上嘴唇右边一颗小小的黑痣,比前一个女人高出了半个头,身材凹凸有致。两个女人一来就进了乡党委书记的办公室,金海燕以为是来办案的,也没放到心上。没过多久,两个女人从乡党委书记办公室出来,径直来到司法所找到金海燕,年长的女人对她说:"金海燕同志,我们想找你谈谈!"

金海燕吓了一跳,以为自己犯什么事了,目光紧张地看着她们胸前的法徽,半天没说出话来。

所长见了,忙对她说:"既然领导找你,你就去吧!"转过头又对两个女人说,"我们金海燕同志可是一个好同志呢!"

金海燕只得把她们带到自己寝室里。

年长的女人走进金海燕的寝室,眼睛扫描似的朝四处看了看,忽然发出一声悲悯的感叹来:"太寒酸了!"

金海燕不知她这话是什么意思,不由得红了脸,半天才不好意思地回答了一句:"乡下条件艰苦!"

她一边说,一边拉出两把椅子招呼她们坐,自己到床边坐下,仍瞪着一双疑惑的眼睛不安地看着她们。

年长的女人并没有在椅子上就坐,反而走过来拉住了金海燕的手,挨着她身边坐下来,然后拍着她的手说:"小金,你不用紧张,今天我们找你,是想了解一下你的工作情况……"

金海燕不明就里地呢喃了一句："工作情况……"

对方没等她说完，立即点了点头，又拍着金海燕的手对她说："对！刚才你们乡上的主要领导已经给我们全面介绍了你在红堡梁乡的工作情况。说你工作认真负责，踏实肯干，又肯学习，是个难得的人才。结合你在这次演讲中获得第一名，还有一边工作一边考到法律专业大专文凭的经历来看，确实非常优秀，是我们法律战线一只名副其实的'金海燕'呀！"

金海燕怔怔地看着她，不太明白她说这些的用意。但她看出，那女人眼里流露出来的神情，是充满真诚和善意的。她不知该怎么回答她，只瞪着一双大大的眼睛继续看着她，等待她继续说下去。

果然，女人紧接着刚才的话，说出了一番让金海燕十分震惊的话："我们今天来，同时也想征求一下你的意见，你愿不愿意到我们法院来工作？像你这样优秀的人才，不应该长期埋没在乡上，那是对人才的浪费，你说是不是？"

金海燕怀疑自己听错了。到法院工作，这是真的吗？世界上哪有这样的好事？她以为自己耳朵出了问题，便装着耳朵发痒的样子，伸出手指狠狠捅了一下耳孔，一股胀痛的感觉立即从耳际神经传到了全身。她知道自己的耳朵没出问题，对方的话她刚才也听得清清楚楚，可她仍然不敢相信，过了半天她才结结巴巴地问："到法院工作，这……这怎么可能呢？不会是骗、骗我的吧……"

两个穿法官制服的女人都不由得笑了起来。笑完，年轻的那个才指着年长的对金海燕说："这是我们法院专管干部人事工作的陈副院长，怎么会骗你？"

一听面前的女人竟是法院副院长，金海燕一下激动起来。她一把抓住陈副院长的手，从床边站了起来，高兴地叫了起来："真的？这太好了……"

陈副院长没等她说完，一边朝她点头，一边继续对她说："当然，小金同志，人事调动有非常严格的纪律和程序，我们今天只是了解你的工作情况和个人意愿，你要是愿意，我们回去就按照组织程序办理调动手续……"

陈副院长话还没完，金海燕忙一迭声说："愿意，愿意，我做梦也想呢！"说到这儿，她又停了一下，睁着一双大眼，看着陈副院长问，"我如果到了你们法院系统，能不能到城关镇那里的东关法庭工作？"

陈副院长犹豫了一下，随即说："我们会尽力满足你的要求！"说完又补充了一句，"特殊人才，就值得特殊对待嘛！"

说完，两人就告辞回去了。临分别时，陈副院长又叮嘱金海燕："今天我们的谈话还望保密，一切以正式调令为准！"

金海燕朝她毕恭毕敬地鞠了一躬，答应了。

半个月后，一纸调令下来，金海燕果然从红堡梁乡司法所的"糠箩筐"，跳到了县法院东关法庭这只"米箩筐"里。

金海燕坐在了东关法庭宽敞、明亮、气派的办公室里，和红堡梁乡那间低矮、阴暗，建于20世纪70年代的老旧办公室比起来，真有种天上地下的感觉。她办公室对面，是早先城关镇的镇办建筑公司和物资公司。这两家公司被市场经济的大潮淘汰出局后，镇里把房屋收回来，挂上了镇直属事业单位和县直部门与镇双层管理的站（所）牌子，诸如房管所、城建站、水利站、司法所、土管所、林业站等牌子。法院的派出法庭和公安局的派出所，名义上属于县直部门与镇双层管理，但在十多年前，就单独修了气派的办公楼和职工宿舍。每天，金海燕都会站在办公室的明晃晃的落地窗前，一种自豪和骄傲的感觉便会油然而生。

当然，金海燕没有就此止步，环境的改变反而更增添了她的压力，而压力又必定成为她进步的动力。

才到东关法庭时，庭长没分配金海燕任何工作，只叫她熟悉业务。尽管她已经取得了法律专业大专毕业证书，但毕竟从没有接触过庭审工作，一切都要从头学起。对庭长的分配她没有一点怨言，利用一切机会参与老同志的办案过程，认真地观察和总结他们办案的方法和经验。她本是一个聪明姑娘，三个月不到，她便觉得自己足以胜任法庭任何审判工作了。可是她没有吭声，她知道要成为一个优秀的法官，还有很多路要走。于是第二年，她报名参加了国家法律职业资格考试，并顺利通过。这又引起了全县法院系统的一次震动，因为很多同志考了多年，都没取得那个司法考试的本本，她竟然考一次就顺利通过了，真有些一鸣惊人的味道。

取得法律职业资格证后，她成了东关镇人民法庭的一名书记员，也就是庭审时的记录员。她仍然没说什么，每次庭审，她都认真做好自己的工作，因为她知道，做好书记员是通向法官的必由之路，就像万丈高楼要从地基打起一样。同时，她什么人也没告诉，通过了西南政法大学成人教育学院法律专业的专升本考试。两年后，她如期毕业，成为当时全县法院系统不多的拥有本科学历的法庭书记员。

在许多人眼里，本科学历也许没什么了不起，但是一步步艰难地走过来，个中的辛酸冷暖只有她自己才能体会。有时金海燕也会默默地想：究竟是什么力量，在推动着自己这样持之以恒奋力拼搏呀？当然，更多的时候，她还是为自己不断取得的成功而喝彩！

就在金海燕取得本科毕业证书那年，她终于成为东关镇人民法庭一名审判员。她成了名副其实的法官！

但吝啬的老天似乎不肯把全部的好运都赐给这位聪明而好强的女子。金海燕到了东关法庭才知道，那次政法系统演讲比赛法院"全军覆没"后，法院院长觉得在新领导和同行面前脸上很无光，决定以此为戒，从现在起就储备人才，以利来年再战。他细细一打听，知道金海燕这个全县第一名，竟然还是红堡梁乡司法所一名普通工作人员，便产生了把金海燕从司法所挖到法院来的想法。金海燕就这样作为"特殊人才"，从红堡梁乡司法所的矮枝飞到了东关法庭的高枝上。

可没想到的是，第二年县委政法委不再组织演讲比赛，因为政法委书记是一个非常富有创新精神的领导，他不愿意再炒去年的冷饭，而将演讲比赛改为全县政法系统篮球比赛，口号是"加强体育锻炼，建设一支身体素质过硬的政法干警！"这样一来，金海燕这个引进不久的"特殊人才"，就有点像围棋盘里下象棋——不对路数了。

不过，是金子总有闪光的时候。因为撤区并镇区划调整，城郊区撤销了，原来城郊区的乡镇一部分被划归东关镇，一部分被划到城郊区周边乡镇。城郊区不存在了，原来的城郊区人民法庭与东关镇人民法庭合并在一起。在分流两个法庭多余的人员的时候，院长发现这个拥有法律本科文凭、在东关镇已工作了七年、年年考核都是优秀的"千里马"还是一个普普通通的审判员，而与她同时进入法院、学历还不如她的人，有的已经是庭长或副庭长了。于是院长决心做一次"伯乐"。

一天，院长把金海燕叫到自己办公室。院长看着金海燕，和蔼可亲地对她说："小金同志，首先我代表法院向你道个歉！你是我们法院系统难得的人才，在东关法庭工作了七年，还是一个普通的审判员，说明我们对你关心不够。你知道的，现在两个法庭合并在一起，东关法庭需要分流部分人员，我今天特地征询一下你对工作安排的意见，有什么要求你尽管提！"

金海燕从没见过院长用这么和气、关心的语气与自己说话，心里立即感动起来。她本想对院长说自己愿意到法院刑事庭做审判员，因为大家都认为法院就数刑事审判庭最好。至于怎么个好法，她也说不太清楚，大约刑事审判庭审理的案子大，容易体现一个法官的价值吧。刚要开口，又突然想起领导对自己这样关心，自己反过来对领导提要求，总有些不合适，于是以一种随遇而安的口气对院长说："随便……"

话还没完，院长从眼镜片后面闪出了一丝责怪的光芒，打断了金海燕的话说："工作是一辈子的事，怎么能随便呢？"

金海燕听出了院长的话里有几分不满的意思，急忙把刚才自己没说完的话说了出来："我服从组织的安排！"

院长听了金海燕的话，目光落到她的脸上，似乎是在审查她说话的诚意。过了一会儿，院长才说："那你到嵇镇人民法庭去做副庭长，主持全面工作吧！"

金海燕听院长这么说，就像当年在红堡梁乡听到陈副院长的话一样，像是吓了一跳。她怔怔地看着院长，半天才说："可我……我没做过领导……"

院长以为她不愿意，没等她说完便打断道："虽然嵇镇人民法庭的条件没东关镇人民法庭好，但毕竟是做领导。本来我是想让你一步到位的，可想了一想，为了不引起非议，还是先让你以副庭长的身份主持工作，等条件合适时再升任庭长！"说完，院长两眼紧紧看着金海燕，等着她表态。

金海燕仍紧紧抿着嘴唇什么也没说，因为这消息来得太突然了，她只想做一名好法官，从没想过要做领导。

院长见她不说话，便又做起思想工作来："虽然下面条件艰苦了一些，可基层是最锻炼人的呀！"

金海燕还是红着脸没吭声，她心里正在进行着激烈的斗争。她不是不知道基层的艰苦，早些年在红堡梁乡经历的一切，一一在眼前浮现出来。

院长见她不回答，有些急了，想了想又说："海燕同志，希望你能体谅我的难处！你知道的，改革最难做的就是人的工作，大家都想留在城里的机关工作，可基层怎么办呢？下去工作两年，我一定会想法把你调上来，这事你放心，包在我身上！"说着，院长还拍了拍自己的胸脯。

院长都把话说到这个份上了，金海燕还有什么可说的呢？于是她对院长表了态："好，我服从组织安排！"

回到东关法庭，同事问领导找她谈什么。金海燕想，反正事情已经这样了，也不打算隐瞒，便把工作即将调动的事一股脑儿告诉了大家。同事听说她同意到嵇镇法庭工作，一边向她祝贺，一边互相挤眉弄眼。她有些不解，下班时，她拉住最好的朋友王文佳，问大家听了她到嵇镇法庭工作的消息后，为什么表情显得有点怪怪的。

王文佳敲了一下她的胳膊，说："你真不明白呀？大家笑你官迷心窍，为了那么一个庭长，竟然愿意从米箩筐跳到糠箩筐里！"

金海燕忙说："院长答应我的，下去干两年，他一定想法把我调上来！"

王文佳撇了撇嘴说："你等着吧！只要你下去了，谁还会管你？现在等着进城的人不知排了多长的队呢，到时候还轮得着你！"

金海燕听了这话，虽然心里还有些迟疑，可既然已经答应了领导，哪还有理由又去要求领导改变决定的？再说，她也并不完全相信王文佳的话。

就这样，金海燕来到了嵇镇人民法庭。

第四章

金庭长的苦恼

　　金海燕现在有些后悔了。倒不全是因为嵇镇法庭地处乡下，从法庭到县城有五十多公里路程，三天两头来回跑造成工作和生活上的不便。更重要的是，这儿和东关法庭虽同是法院的派出机构，但夸张一点说，两个法庭，一个在天上，一个在地下。东关法庭属城区和城郊法庭，这里经济繁荣、关系复杂，案件类型不但有婚姻、家庭纠纷，也有商贸往来的经济纠纷，甚至还有一些刑事和行政方面的案件。嵇镇则不同，地处农村，过去还有一些如土地承包纠纷、乡镇企业的经济合同纠纷，以及一些自诉类的治安案件如盗窃、诈骗等，可随着农村人口大量流出，乡镇企业纷纷倒闭，上面那些案件越来越少，如今常见的，竟然大多是一些离婚案子。

　　今天审理的这起官司，是既好办又难办的一个离婚案子。女方叫叶明菊，男方叫肖成全。肖成全住在白腊坪欧家山上，那儿条件非常艰苦。肖成全这一辈有弟兄三个，他是老二。因为在老家娶不上亲，经人介绍，他与叶明菊定了亲，答应做叶家的上门女婿。在乡下，上门女婿的地位很低，叫作"倒插门"。"倒插门"女婿上了岳父岳母家的门，不但要给岳家人干活，生的孩子要随女方姓，时不时还要受岳父岳母和妻子的气。肖成全为人老实本分，明事理，知道自己"倒插门"的地位低，所以在叶家不但十分谨慎，而且手脚勤快，舍得吃苦，和叶明菊一起将原来的旧房子扒了，建起了现在这栋新房。

他对岳父岳母也十分孝顺。叶明菊的父亲生病瘫痪后，因为叶明菊的母亲年纪大了，叶明菊气力弱，所以老岳父拉屎撒尿、洗澡擦身，全都是肖成全抱上抱下，无微不至地伺候，直到把他送老归山。起初，夫妻关系好，叶明菊常常对人夸奖丈夫勤劳孝顺，说自己幸亏"娶"了这样一个男人！

可人总是会变的，两年前，叶明菊对肖成全说："现在好多人都到城里打工了，我们还窝到屋里受穷，先前是因为爸有病，妈年纪大，一个人在家里照顾不了他们。现在我们已经将爸送老归山，虽说妈也上了年纪，但好歹她还能动，我们总得出去一个挣点现钱吧？"

肖成全听妻子说得在理，便说："我是男人，我出去吧……"

叶明菊却说："你出去能干啥子？我表妹打工的那家红星超市又在招人了，我叫她给他们经理说说，我去他们超市打工，他们经理已经答应了！再说，你走了，地里那些重活儿，我怎么干得下来？我们两个都走，妈又交给谁照顾？你就留在家里干几年，等把妈也送走以后，我们再一起出去。"

肖成全是一个老实人，又处在"倒插门"的地位，便同意了。

叶明菊到城里做了红星超市的理货员。

城市五光十色的生活，诱惑自然是十分强大的，何况叶明菊还有几分姿色。起初，叶明菊对肖成全也还情真意切，不但一有空就要赶回家里，而且还要给丈夫和母亲带回一些超市处理的商品，晚上两口儿情意绵绵，说不尽的亲热话。渐渐地，叶明菊回家的次数少了，即使回来，对肖成全也是左看不顺眼，右看也不顺眼，甚至不和肖成全同床，有时肖成全厚着脸皮爬到叶明菊床上，却被叶明菊给推了下来。肖成全人再老实，也知道坏事了，于是叫叶明菊不要再出去打工。可是叶明菊不但不回家，还将一纸诉状交到了嵇镇法庭，以"婚前了解不够，婚姻基础差""缺少共同语言""感情破裂"等为由，向法庭提起离婚请求。

在调查中，金海燕很快就了解到叶明菊在外面已经有个相好，叫王永成，是红星超市旁边一个小饭店的老板，比叶明菊大十多岁。叶明菊嘴馋，喜欢吃麻辣烫，王永成店里的小火锅恰恰很有名，一来二去，叶明菊就和王永成好上了。

前几年，东关法庭审理的离婚案件，大多是男方提出离婚的。这一点，作为法官的金海燕也能理解：在传统社会中，丈夫是婚姻中强势的一方。因为男人作为家里的顶梁柱，在经济上占优势，而且提出离婚的一大原因是喜新厌旧。所以，那时她的情感天平常常是倾向女方的。可这次不同了，当金海燕了解了肖成全来到叶家的情况后，就有些替肖成全鸣不平。对金海燕来说，还有另一个方面的原因，那就是她从小接受的父母和社会对一个女人应遵守的道德标准的教育和要求。现在她成了一个法官，虽然不赞成女人必须从一而终，但心底里，她对那种移情别恋、水性杨花的女人，还是有些看不上的。因而在审理时，她情感的天平不知不觉有些偏向肖成全这个木讷老实、不幸的男人。根据《民法典》的有关条款，她做出了他们婚后所建房屋属共同财产的裁决。尽管叶明菊在法庭上大吵大闹，最后又拒绝在判决书上签字导致没有结案，但金海燕不怕她不签字，审理这类案子她已经有相当丰富的经验：在不违背法律准则的情况下，"冷却"一年半载，当事人拖不下去了，又会来法庭请求调解或判决，那时自然就会签字。

金海燕一个人坐在露台上思索，怎么现在一下子涌现出这么多离婚的案子？她想起在她爷爷奶奶和父母一代，离婚终归是一件不光彩的事。两口子无论有多大的矛盾，日子再苦，也尽量不闹到离婚这一步。古人曾说过"衣食足而知礼仪"，按说现在大家有吃有穿，日子越来越好，人们应该知足常乐，甜甜蜜蜜地过日子。但没想到，日子好过了，人心却不安分起来，两口子常常一言不合便闹到法庭来，离婚的案子一天比一天多。这些案件的当事人，不但有年轻人，甚至还有六七十岁、已经抱了孙子甚至曾孙的老头老太婆。他们仿佛也想赶一下时髦，像年轻人那样，不闹一下离婚就白活了一世人似的。

金海燕有时看着那些闹离婚的人都觉得好笑。虽然不愿意总是审理这类案件，可一旦遇到还是要认真地接待他们，甚至巴不得还有更多的夫妻来这儿对簿公堂。因为现在基层法庭案源少，上面每次开会，都强调要"找案源，多办案，快办案"。去年就是因为办案数量不如福镇法庭，嵇镇法庭便和全县政法系统"人民满意政法单位"失之交臂。今年的工作安排，她把"找案源，多办案，快办案"作为全庭最重要的任务。可他们这样的派出法庭，到哪儿去扩大案源呢？所以，她对这些离婚的案子，一方面是烦，另一方面又求之不得，心里十分矛盾。

金海燕把这些案子归纳成了下面几类：

一方出轨，坚决要求离婚，她把这一类归为"出轨离婚型"，也叫"喜新厌旧型离婚"。这类离婚案大多是一方有了新欢后，嫌弃旧人，坚决要求和旧人离婚，这类占了离婚案的80%。

一类是小年轻结婚后感情不和，为一些鸡毛蒜皮的事闹到法庭，坚决要求离婚。金海燕发现这类离婚案的当事人大多是独生子女，"90后""00后"都有。这部分人结婚前在家里做惯了小公主、小皇帝，结婚后，都以自我为中心，不懂得谦让和妥协。金海燕把这类离婚案称为"自我中心型离婚"。

还有一类，年轻人在外面打工，年节时回到家里经媒人介绍匆匆订婚结婚，婚前双方相互之间并不了解，婚后才发现彼此都不适合对方，因此也走上法庭。金海燕把类称为"年轻冲动型离婚"。

除了这些，近年来还有一种现象，金海燕总结为"水土不服型离婚"。那就是跨省婚姻离婚案———对年轻人在打工地缔结了婚姻，当女方随丈夫回到婆家或男方随妻子来到老丈人、老丈母所在地，面对着当地不同的生活习惯和巨大的文化差异，和丈夫与婆家或妻子与老丈人家产生矛盾而提出离婚。

无论哪种类型的离婚，案情一般都事实清楚，证据充分，审起来并不复杂，最初她甚至觉得，审这样一些案子，只要有足够的耐心，村上一个调解员都可以胜任，哪还需要专业法官来审？她审理再多这样的案件，也体现不出自己的价值，几年的法律专科、本科都算白读了！

可是这些年，金海燕却被这些简单的案子弄得十分头痛，尤其是那些因为出轨而要求离婚的案件。当事人公说公有理，婆说婆有理。到了法庭上，双方当事人翻来覆去就是那些话，争吵、哭闹大半天。因此，她总结出了两句话：离婚案子最好办，离婚案子最难办！说好办，是指案情简单，事实清楚，法律关系一目了然，没有拿捏不准的地方，不易造成冤假错案。说难办，是因为往往一方坚决要离，另一方死活不离。调解吧，很难见成效；判决吧，你究竟判离，还是判不离？稍微搞得不好，就会有一方寻死觅活。如果真有人喝药上吊跳楼啥的，你案子办得再细致，法律条文应用得再准确，整个案子都算办砸了！

金海燕东想西想，一阵倦意涌上来，起初她还强撑着不让眼皮打架，可她越强撑，眼皮像两个小精灵一样闹得越厉害，最后两只眼皮一碰，就像用胶水粘住了一般，不愿再睁开了。

迷迷糊糊中，她突然听见庭审时叶明菊的吵闹声和质问声，声音很大，像是站在她面前一样："他一分钱都没出，凭啥我的房子要给他分一半，啊？"

金海燕惊醒了过来，四处一看，身边并没有人。看来，这个女人和这个案子一时半会儿不会从她脑海里消失。她又想起那个叫何本玉的老妇人提醒她的话："从乡下的常理来讲，男人要分走女人的房屋确实不怎么合常理！"想着想着，金海燕突然笑了。她不知道自己为什么要笑，是嘲笑乡下人不懂法，还是觉得她们说得在理？

她正想着，就见傅小马拿了一沓文书走过来。

金海燕接过一看，正是刚才小傅接待的那个郑琴离婚案子的立案申请书和诉状。

原来嵇镇法庭并没有设立专门负责立案工作的岗位，主要是因为人手不够，法庭干警都可以从事立案工作，一般是当事人逮着谁就是谁。

傅小马把材料交给金海燕后，又笑着对她说："庭长，刚才那个姓何的太婆拉着你的手，一口一个姑娘，那场面好感人哟！真像电影里演的老百姓遇见了队伍中的女红军一样……"

不等傅小马继续说，金海燕一边浏览材料，一边淡淡地说："这种情况，你还见得少吗？"

傅小马忙说："那是，不过我觉得这个太婆一上来就想和你套近乎，以为只要和你一套上近乎，她女儿的官司就准能赢。从我的直观感觉来看，这个太婆可不是个简单角色呢！"

金海燕没再接他的话，她把材料看了一遍后，又还给了傅小马，对他说："你把它放到我桌子上，我等会儿去签字！"

傅小马接过材料，正要离开，金海燕又喊住他："吃过晚饭，你叫欧小华、罗娅，还有奉彪，都到露台上来，大家一边乘凉，一边把自己手里办的几个案子交流一下！"

傅小马答应了一声"是"，转身走了。

金海燕看着傅小马往楼下走的背影，不禁在心里喜欢起这个小伙子来。

第五章

辅警傅小马

傅小马的辅警身份有点特殊，这个身份既不能算作临时工，又不能算作正式工——他是由县法院招聘、分配到嵇镇法庭的一名编外员工。

傅小马的父亲叫傅德恒，原来是县农机修造厂一名工人。他工作积极，能吃苦，为人和善，肯帮忙，朋友、同事有个什么事儿，打声招呼就去了，厂里厂外人缘儿都很不错。因此，大伙儿就把他的名字喊作"富得很"。傅德恒明知这称呼有些戏谑的意思，却也不生气。

天有不测风云，有一天，正在念初中的傅小马从学校回去，看见父亲坐在凳子上，头垂到胸前抽闷烟，地下到处都是烟头，母亲则陪在父亲身边默默地掉着眼泪。原来是农机厂搞"优化组合"，傅德恒下岗了。

那时的傅小马还不知道下岗意味着啥，还挺高兴父亲可以经常陪自己踢球了。

然而没想到的是，傅小马母亲工作的粮油加工厂也很快改制，于是在丈夫下岗后不久，她也被买断工龄下岗了。

此后，傅小马的父亲像是变了一个人。过去，朋友和同事喊他名字的谐音"富得很"，他都笑眯眯地接受，觉得这是朋友和同事对他的恭维和良好的祝愿。现在，他最怕的就是有人再喊他"富得很"。一次，一个过去同车间的同事这样喊他，他突然勃然大怒，仿佛要和那人打架般叫道："你才是'富得很'，你一家人都'富得很'，祖宗八代也'富得很'！"

那人不知道，此时的傅德恒已把这三个字当成对自己的嘲笑、挖苦和讽刺。

后来，傅德恒终于找到了一个小区门卫的工作，母亲在朋友介绍下，也做了一个扫大街的环卫女工。两个人的工资虽不及原来，好歹也能供傅小马上学和维持一家人的生活了。

但傅小马的学习问题又成了傅德恒的心病。傅小马成绩一直不怎么好，更重要的是，他想好好学习，但他屁股底下像有一根钉子，总是坐不住。他最喜欢的是踢球，人在教室里，心在球场上，成绩越不好，越对球产生向往。高三最后一个学期，傅德恒在值班时，一个戴眼镜的斯文人向他打听5幢3单元在哪儿。他给那人指了方向，出于职业性的习惯又多问了一句："你找5幢3单元什么人？"

那人一张瘦削脸，要不是鼻梁大，眼镜早掉下来了。他往上推了推眼镜，这才说："3单元1号的林为生，我是来给他儿子补习英语的老师！"

傅小马父亲眼睛立即亮了，忙对那人道："哦，原来你是老师！这么说，你的英语一定很好哦。"

那人立即躬身道："马马虎虎，马马虎虎！我是市上师范学院的教授，姓丁，在美国留过几年学！现在退休了，回到县城老家，没事干，给孩子补点课打发时间……"

傅德恒马上抓住那人的手，生怕他会从眼前消失一样："看不出，您还是大教授呢！"紧接着又问，"丁老师，你一条牛是放，两头牛也是放，能不能给我家小子也补补？这小子其他功课都行，就是英语差了一些，有你这个大教授给他一补，保证他就行了！"

于是丁老师问了傅小马的情况，见是一个小区里的，便答应了。

丁老师第一次去傅家给傅小马补课，就发现傅小马并不像他父亲说的那样其他功课都行，而是包含英语在内的所有功课都不行。关键是傅小马注意力不集中，常常分神。在丁老师给他讲课时，他根本没注意听，目光时而瞅着窗外，时而在屋子里乱扫，就是不落在课本上。傅德恒就守在他旁边，见他目光乱瞅时，就把他的头往课本上按，一边按一边恶狠狠地问："你听到老师的话了吗？你耳朵打蚊子去了吗？"

丁老师见了，忙对傅德恒道："你别吼他，慢慢来！"

傅德恒不服气，对丁老师说："还慢慢来，一节课就是我几天的工资呢！"

丁老师一听这话，以为傅德恒是嫌他补课的报酬收高了，便说："我是按照教授的标准收费的，你要嫌高了，可以另外找人！"

傅德恒见丁老师多心，忙又拉着他说："丁老师可别多心，我可不是说你收费高了。你考考他，看他听讲没有？"

丁老师果然就出题考傅小马："'我喜欢苹果'这句话，用英语该怎么说？"

傅小马皱起眉头想了半天，对丁老师用中文答道："我不知道。"

丁老师也皱了一下眉头，继续道："'我不知道'这四个字，用英文又该怎么说？"

傅小马又用中文回答："我还是不知道！"说完这句，似乎害怕老师再考，接着又说，"我不想再学了！"说完，干脆起身去了自己的房间。

傅德恒见了，又去把他拉回来按到座位上，对他说："我好不容易才给你请了这么一个好老师来，你怎么能对老师这么不礼貌？"

他的母亲在厨房里忙着，听了丈夫这话，也十分委屈地大叫了起来："父母为你做了这么多，你怎么不知感恩？"

傅小马没精打采地坐在座位上，双眼低垂，闷闷不乐地听父母骂他。丁老师试着继续上课。傅小马却说："老师，我很困！什么也听不进去……"

他的话没说完，傅德恒便道："叫你到球场上去，你一下就不困了！"

母亲也说："你今天早上睡到八点才起，怎么还会困？"

傅小马一点也不躲避地说："因为我不喜欢学习，总是感到很累！"

母亲听后有点生气："你知道什么是累？我小时候不能学习，必须整天在地里干活，那才叫累！我们又没要求你做其他事，只要求你认真读书，你还累？"

丁老师见他们只顾批评傅小马，便说："好，现在我们继续讲课！"说完，果然又开始讲解起来。但傅小马不看书，也拒绝听。过了一会儿他又站起来，说："我受不了了！"边说边起身离开。

傅德恒又把他推到了座位上，并且在他背上打了一下。傅小马立即大声叫了起来："别打我——"

傅德恒恨铁不成钢地说："只要你不学习，我就会打你！"说着，果真又打了傅小马一耳光。

傅小马母亲在厨房里听见丈夫打儿子了，急忙跑出来，拉住傅德恒。父子俩僵持了一会儿，傅德恒和丁老师终于放弃了。

后来，傅小马对母亲说："妈，我不是不想努力学习。我想，并且也努力过了，但我就是学不进去，你说有什么办法？"

傅小马的母亲忧心忡忡地问："傻儿子，你不好好学习，怎么上得了大学？"

傅小马满不在乎地看着母亲反问："妈，我非得读大学吗？"

"傻儿子！"母亲开导他说，"你们这代人跟我们不一样！现在这个社会讲文凭，你不上大学，将来不但找工作难，别人也不会尊重你。"

傅小马十分孩子气地说："妈，只要是我真正的朋友，不管我怎么样，他们都会尊重我，我也不在乎别人怎么想！"

傅小马母亲听了儿子的话，心里又疼又恨，可又没办法，只有嘱咐他道："只有小孩子才会这么说，你一定要好好学习，争取考上大学！"

傅小马虽然学习成绩不太好，令父母着急，但非常安分老实，无论在学校还是在社会上，都像个女孩子，安安静静的，从没有过打架斗殴、惹是生非等给父母添乱的事。这又让傅小马的父母很高兴有这么个好儿子，邻里也夸奖和羡慕他们。虽然他有吃零食的习惯，但他知道家里没钱，只买最便宜的，和朋友们逛商场时，也从不乱买东西。

有一次，住在楼上的陈阿姨抱着几件旧衣服来找傅小马母亲，说："李嫂，你怎么能让儿子穿得那么破破烂烂的在街上走！你只有一个孩子，怎么不让他穿漂亮点？"

傅小马的母亲红了脸，对陈阿姨道："我儿子有好衣服，我只是不想让他穿，怕他弄脏了！"

陈阿姨道："你可别说假话了，年轻人有好衣服怎么会不舍得穿？"说着把手里的衣服抖开，继续说，"这是我儿子的几件旧衣服，其实也不旧，他就穿了几次就不想要了，说不喜欢它们的款式，你让小马试试，如果能穿，就送给他。"

傅小马的母亲接也不是，不接也不是，过了半天才接过来，打肿脸充胖子地说："我儿子也不喜欢过时的衣服！"

晚上傅小马回来后，母亲告诉他陈阿姨送衣服的事，又把那些衣服拿给傅小马试。傅小马不试，嘟着嘴说："你们看，就连隔壁邻居也注意到我的衣服有多破了。每次我在街上走都丢你们的面子！"

傅德恒沉默了半晌，突然对傅小马母亲说："明天带他到商场买一套新衣服回来！"

第二天，母亲果然带着他去商场买了一件他渴望已久的、昂贵时尚的阿迪达斯牌子的衣服。虽然付钱时母亲的手一直在抖，但他终于有了一件和陈阿姨儿子同样牌子的衣服。

还有一次，傅小马看上了一款鞋子，回来对母亲说："妈，我看到一双特时髦的球鞋，同学们都穿这种鞋，您给我钱买一双吧！"

傅小马母亲说："他们家里有钱，我们家你是知道的……"

母亲还没说完，傅小马忙哀求地说："妈，给我钱吧！"

母亲说："马上就要期中考试了，要是能考到全班前十名，我就给你钱。"

傅小马不同意，说："到那时候别人早把鞋买走了！您要是现在给我钱，我保证下回考高分，就算进不了前十名，至少也比上次考得好！"

傅小马母亲心软了，给了他钱。

"妈妈我爱你！"傅小马接过钱后，一边大喊，一边在房间里跳起舞来。

傅小马为了兑现诺言，果真比以前用功了许多。不管有多么受不了，他都强迫自己紧盯着课本，直到趴在书上睡着了。期中考试时，他虽然没有拿到班上前十名，却前进了差不多十名，由过去排在全班四十名左右升到了三十名。他父母对他的进步感到非常高兴。"继续这样，儿子，你一定能考上大学！"

母亲兴高采烈地说。

临近高考时,傅小马母亲突然病了,医生告诉她,她的血压很高,还有心脏方面的问题,需要住院治疗。但她拒绝了,因为她担心自己不在家,会影响傅小马考试。医生给她开了降血压和治疗冠心病的西药,但她换成了更便宜的中草药。一天陈阿姨对她说:"李嫂,小马的考试当然重要,可你的健康更重要呀,你应该住院!小马都那么大的人了,自己能照顾好自己。你不应该为了陪他而牺牲自己的健康。"

傅小马母亲回答:"我去了医院,小马会很紧张,他的成绩刚刚好一点,一紧张,就不能安心学习!他爸不会做饭,小马吃不好,营养就跟不上。我不能在他最关键的时刻离开他。"

高考那天,傅德恒没请到假,傅小马母亲有病,傅德恒对她说:"你也没必要在他考试的时候去考点,你又不能替他考,去也没用!"

傅小马母亲却说:"人家孩子的爸爸妈妈都在外面等,我们的孩子出来看见自己的爸爸妈妈不在,他会怎么想?我怎么能不在那儿等他?"

傅小马穿着那双时尚球鞋进了考场。傅小马母亲在考场外的风雨中等候时身体更不舒服了,但她坚决不走,直到看见儿子笑嘻嘻地走出考场,告诉她考得比想象的理想时,才感到一身轻松。

但傅小马还是没考上普通高校,只上了一所成人高校。成人高校声望不高,竞争也不那么激烈。这时他比过去懂事了一些,他原本不想去,知道成人高校的文凭不顶用,不值得父母替他出这学费。他想复读一年,明年再考普通高校。但他父母没有答应,他们担心明年仍然考不上普通高校,何必再多花一年高中的学费。他看着父母憔悴苍白的面孔,想想也有道理,便答应了。

傅小马成人高校毕业后,果然找不到工作。他在家里闲了一年多,在这一年多的时间里,傅德恒为他的事把头发愁白了一大半,母亲的身子也越来越弱。此时,傅小马再也不对母亲说"只要是我真正的朋友,不管我怎么样,他们都会尊重我"的话了,因为他那些考上正规大学的朋友,无论是寒假还是暑假回来,都没来找他玩。有时他硬着头皮主动和他们联系,人家也找各种理由推辞了。由此他看出,这些当年的哥们儿明显地看不起他。慢慢地,他也不和他们联系了。

第五章/辅警傅小马

好在傅小马是一个听话的孩子，这一年多虽然没有正式职业，也不能为父母分忧，但从不出去惹是生非。在这一年多里，他还学会了做饭，每天早早地就把一日三餐做好，等待父母下班回家，成了父母和邻居眼里的乖孩子。

这年十月，县法院和县人社局联合发出招收乡镇派出法庭辅警的通告。因为乡镇法庭主要担当普法任务和一般民事纠纷的审理，工作琐碎、繁杂，条件艰苦，上升的渠道又非常狭窄，法院的正式职工都不愿意到乡镇法庭去，有的地方甚至成了"一人庭"，因此县法院经上级同意，决定在全县招收一批大专以上、二十五岁以下的辅警，充实到乡镇法庭去。

招收公告就贴在傅德恒做门卫的小区大门外面的墙壁上。那天早上傅德恒一见公告，眼睛就倏地亮了。他急忙把公告内容抄下来，便往县法院跑去。他原来农机修造厂的同事，就是他先前骂过的那位的儿子，在县法院做庭长，他是认识的。现在傅德恒也不计前嫌了，他找到这位前同事的儿子，问他傅小马是成人大专毕业，可不可以参加考试。前同事的儿子也认识傅德恒，倒是不装大，对傅德恒说："怎么不可以，傅叔，只要上面没写'全日制'三个字，都是可以考的！"

傅德恒大喜过望，急忙谢过前同事的儿子，回家把这个消息告诉了傅小马。

接下来的时间，傅小马见父亲每天吃过晚饭，怀里抱着一包东西就匆匆忙忙出门了。傅小马虽然不知道父亲抱的什么，却知道父亲是为他的事出去的。傅小马看着父亲满头灰白的头发和佝偻着的身子，热泪常常不由自主地就涌上了眼眶。

傅小马终于成了嵇镇法庭的一名辅警。

傅小马尝了两年"慢就业"的滋味，到了嵇镇法庭，才算真正懂事了。他十分懊悔初中、高中时，把大量美好的时光浪费在了球场上。现在想起来，他都弄不清楚当时自己为什么会迷上踢球，球踢得再好，也不可能当上球星，又耽误了学习，对自己有什么用？现在懂事以后，他就想把以前耽误的损失弥补起来。他之所以愿意到嵇镇法庭来做一名"临时工"，主要是看上嵇镇离县城远，虽然条件比其他派出法庭艰苦一些，但是这样的地方案子也会比条件好的地方少，不办案的时候他可以安安静静坐下来看书。傅小马已在心中立下了鸿鹄大志——要么"司考",要么"公考",总之,他一定要凭自己努力改变命运。

傅小马人年轻,聪明伶俐,很快就适应了嵇镇法庭的环境和工作。他很清楚自己这份工作来之不易,所以十分珍惜。平时不但积极工作,而且没事就捧起书本学习。平时不管谁叫他干什么,他马上就很认真地去干,就连炊事员林大叔差遣他,他都认认真真地完成。加上他嘴也很甜,因此很快便得到了大家的喜欢。

金海燕是一庭之长,观察了一段时间,见傅小马方方面面的工作都能顺利完成,人品也不错,尤其欣赏他热爱学习的劲头,因为她也是从苦读改变命运这条路走出来的。更重要的是,因为江副庭长的消极,金海燕在嵇镇法庭有种独木难成林的感觉。因此,她有心给这个工作积极肯干又肯学习的青年加压力,把他培养成一个优秀的法官,以助自己一臂之力。

金海燕有了这样的想法,便时时处处为傅小马的学习创造一些条件。比如法庭一些杂活,能不给傅小马安排的,就不安排,即使非安排不可的,也挑一些容易完成的让他做。金海燕了解到傅小马的父母都是下岗工人,再就业后找的工作工资很低,傅小马的母亲又有病,而傅小马每月工资扣去"五险一金"还不到三千块钱,除了生活开支他还要花一部分钱在司考或公考上,还别说今后谈女朋友。她有心帮助他一下,可法庭的经费都是县法院拨一分用一分,她即使想帮,也是手长衣袖短,无能为力。想了许久,金海燕终于想出一个办法。

这天,金海燕把傅小马叫到自己办公室,也没客套,开门见山就对他说:"你愿不愿意协助我们办理一些具体的案子?"

傅小马问:"办什么案?"

金海燕说:"我们基层法庭还能办什么案?大案要案你想办也办不了,就是办我们平时办的那些案子!"

傅小马来法庭将近一年,知道法院办案的规矩,只有审判员才能独立办案,欧小华和罗娅当书记员好几年了,都没有取得审判员资格,有时也只能给金庭长和江副庭长打打下手,何况他还是一个"辅警"呢?他犹豫地看着金海燕说:"可我只是一个临时工,连书记员都不是呀……"

金海燕说:"我知道辅警不能办案,你还没听懂我刚才的话,是叫你协助我和江副庭长办一些案子,不是叫你单独办案。办案的思路、方法、审理什么的,还是我和江副庭长决定,在审判和结案材料上签字的,也是我和江副庭长。你只是在我和江副庭长的领导下,帮我们做一些比如下乡取取证呀、了解一些案情的细枝末节呀、走访一些当事人和群众呀之类具体的工作!你也知道的,整个法庭就我和江副庭长是审判员,江副庭长背得有思想包袱,只图工作得过且过,别说几个办案津贴,就是那份工资,他也没放在眼里。庭里这些鸡毛蒜皮的案件都靠我一个人,还要经常到县院开会、出公差,就是一天不耽搁,我也办不过来呀!我巴不得上级再派个审判员来,哪怕是个助理审判员也好,可上级又不派,我又有什么办法呢……也只得在你们中间培养帮手了。"

傅小马十分同情庭长,忙说:"还有欧小华和罗娅,她们在法庭时间也不短了,庭长你怎么不找她们?"

金海燕又说:"你是真不懂还是假不懂?欧小华养尊处优惯了,从没把法庭的事放到心上。要是她对法庭的事上心,家里条件又那么好,早通过司考了,更不用说当审判员!罗娅一个外地人,夫妻两地分居,也无法把心思全放到案件上来。我现在只有依靠你呢!"

说完,见傅小马仍有些不明白的样子,金海燕又向傅小马点明了主题:"明说吧,我是看着你很有上进心,想鼓励你学习,争取将来做真正的法官。而且,你家庭也不太富裕,你一个大男人又挣这么一点钱,你今后还要谈朋友,手里没钱怎么办?你参与办案,能分到一点津贴,多少也有点帮助。"

傅小马激动起来,忙说:"谢谢庭长,你这样关心我,我心里觉得非常温暖!你叫我干什么,我一定去干。可是我不会……"

金海燕打断他的话说:"不会的就学嘛!那些案情复杂、影响较大的案子,你想办也不成,我们也不会交给你!你来了这么久也该知道,基层法庭主要就是处理一些鸡毛蒜皮的民事纠纷,比如离婚案件之类的。这些案子一般都不复杂,当事人翻来覆去总是那些话,你只要多一些耐心,等他们吵够了,吵累了,吵烦了,你再根据情况,能调解就调解,调解就像村干部处理纠纷一样,多点耐心。不能调解的,就交给我们,我们根据法律条文,该怎么判就怎么判！何况我们也不是撒手不管，毕竟在材料上签字的是我们，我们想撒手也撒不了！"

傅小马听了这话，又见从金海燕眼里流露出来的满满都是信任和鼓励，于是站起来，朝金海燕一边鞠躬，一边说："谢谢庭长，我一定向你学习，认真完成你交给我的任务，不辜负你的期望！"

第六章

书记员欧小华

稽镇人民法庭有四个正式编制，除金海燕外，还有一个副庭长叫江涛，两个书记员都是女孩，一个叫欧小华，一个叫罗娅，都是"95后"。此外，还有一个司机叫奉彪，一个炊事员叫林泽斌，他们是法庭自雇的真正的临时工。

稽镇的老百姓对审判员、书记员、辅警什么的，分得不那么清楚。无论是金海燕、江副庭长，还是欧小华、罗娅、傅小马，只要穿着制服上街去，都被认识和不认识的人统统称作"法官"。即使不穿制服，只要认识他们，也都是如此称呼。甚至连司机奉哥、炊事员林大叔，有时候也会被人叫作"奉法官""林法官"。对于这些有些误会的称呼，欧小华、罗娅、傅小马起初还要解释，可不管他们怎么解释，老百姓都不肯改口。老百姓的理由是：你在法庭工作，不是法官是什么？久而久之，他们也就懒得解释了。

对于江副庭长，金海燕不想多说。金海燕还在东关法庭工作时，江副庭长就在县法院行政庭做副庭长。江副庭长不是法律科班出身，他原来是一个乡的副乡长，后来转行到了法院，通过自学考了一个法律专科的文凭。他是一个性格开朗的人，喜欢开玩笑、讲段子，甚至有时会摆点"荤龙门阵"，不像法院里的有些法官，随时都是一张严肃的面孔，给人的印象就是一本厚厚的法律书。他办理一些案子时，并不拘泥于法律条文，但他办的案子，不但从来没有出过错，原、被告双方的满意度还相当高。对他这一做法，院里有两种截然不同的看法：一些人认为他的业务能力很高，能灵活运用法律条文；一些人的看法则相反，认为他并没有严格依法办事，有失法律尊严，不够资格当一名法官。去年院里轮岗，他想轮到刑事庭去，可不知为什么，领导却把他轮到了嵇镇法庭。领导安慰他说："你到下面过渡两年，回来再提拔庭长！"

庭长是正科级待遇，江副庭长知道这是领导的忽悠。再过两年他就52岁了，已经过了提拔庭长的年龄。明摆着领导是把他"流放"到嵇镇法庭。因此他心里有气，于是工作消沉，加上他老婆在县城开了一家超市，赚了不少钱，儿子大学毕业后在省城一家银行找到了工作。平时江副庭长到嵇镇上班，开的都是奔驰，也不需要他的工资拿回去养家糊口，更别说那点办案补贴。所以他在庭里只是当一天和尚撞一天钟，只图把这几年的日子混满。他又是老同志，工作再打不起精神，金海燕也不好批评他。他想来上班就来，不来，金海燕也不勉强。有时还得顺着他，免得给自己的工作添麻烦。

在金海燕的心目中，法庭最重要的人有三个，一个是辅警傅小马，另两个，便是书记员欧小华和罗娅。

庭里的人都说书记员欧小华天生是个"公主命"。为什么呢？因为欧小华作为一个独生女，一直在父母的溺爱下长大。尤其是她的母亲，几乎没有教会她洗衣、做饭、料理家务这些传统上认为女孩儿必须做的事。不是她不愿意做，而是母亲只要一看见她做，就会马上抢过去自己做。在父亲和母亲眼里，她只有一个任务，那就是读书，最后的目标是考上一所好大学，找个好工作，然后嫁个好男人。特别是到了读高中的时候，每次回到家里，不但洗衣、做饭、料理家务这些事沾也不要她沾，连她吃的水果，都是母亲削好皮，送到她复习功课的桌子上。她对母亲说："妈，你让我自己来好不好？"

母亲却说："要你自己来干什么，削水果皮不需要时间吗？"

早上起来，欧小华去刷牙和洗脸，发现母亲将牙膏已经给她挤到牙刷上。她有些过意不去，又对母亲说："妈，难道我自己不知道挤牙膏呀？"

母亲仍是那句话："挤牙膏不需要时间呀？"

欧小华说："那要多少时间？不过几秒嘛！"

母亲又说："几秒难道不是时间？"

欧小华便无言以对了。

连削水果皮和挤牙膏都是这样，可以想象，在做家务、洗衣、做饭这些事上，哪还有欧小华插手的份儿。俗话说，包办使人懒惰，久而久之，习惯成自然，欧小华也就觉得一切都理所当然，因为她肩负着父母的希望，要考大学嘛！

在欧小华高中最后一学年的寒假里，发生了一件事——她母亲感冒了。到中午快吃饭的时候，欧小华从自己的屋子里出来，发现母亲饭还没做好，便十分生气地问："怎么还不做饭？"

父亲正在厨房里笨手笨脚地忙碌着，听见这话，便出来对欧小华说："你妈感冒了，爸爸马上就给你做……"

父亲的话还没完，欧小华又说了下面的话："感冒也不是大病，就不能做饭了吗？"

他爸一听就生气了，说："你也这么大个人了，你就不能做一次饭？你妈不舒服，让她休息，你来和爸一起，给你妈做一次饭！"

没想到欧小华却说："我才不呢！我要是考不上大学怎么办？"

母亲听见女儿和她爸的话，挣扎着从床上爬起来，带病坚持着给女儿做饭。父亲看不下去，便埋怨欧小华说："你每一分钟都花在学习上是对的，可以后你嫁了人，难道还要你老妈来给你做饭？你该学学这些生活基本技能了……"

欧小华没等父亲说完，便不以为然地说："我以后找一个会做饭的男人，不就成了！"说完就转身进了屋。

后来，欧小华考上了西南科技大学的法律系。毕业后，参加公考，便成了穄镇法庭的一员。

有时候欧小华也会想，自己不会做饭，不会做家务，从小养成了衣来伸手、饭来张口的习惯，以后真嫁了人，该怎么办？没想到"懒人有懒福"，欧小华做姑娘时是"公主命"，嫁人后仍然是"公主命"，原因在于欧小华嫁了一个好婆家。欧小华的丈夫是县委办秘书科科长，公公是县中学校长，婆母是县教育局办公室主任。

按说，一个秘书科小科长算不上显要职位，但欧小华丈夫这个科长与别的科长有些不同，因为他是直接跟县委书记的科长。熟悉县城体系的人都知道这个位置的特殊性和重要性。

公公婆婆都是知识分子，知书识理，温文尔雅，是十分注重社会影响的人。欧小华一过门，老两口喜欢得不得了，视为亲生，生怕哪儿出现闪失，让别人说他们苛待儿媳妇。

欧小华的婆母见一家四口人分别在四个单位上班，特别是欧小华，上班下班要跑几十公里路，十分心疼。老太太想来想去，反正离退休的年龄也没多久了，便一纸申请，提前退了休，回家做起了专职保姆。

按当地风俗，没过门时，欧小华对未来的婆母应该喊"阿姨"。欧小华性格外向，嘴巴甜，又很会来事，第一次上门见婆母时，便一口一个"妈"，喊得脆生生、甜蜜蜜的，喜得老太太脸上细密的皱纹一个劲儿地乱颤。过门后，欧小华每次回去，都会像一个撒娇的小姑娘，抱住婆母亲一亲。

婆母和公公都属于那种恪守传统的老古板人，公公是因为工作忙，没时间玩手机，而婆婆则是想玩却不会玩。欧小华便教婆母玩儿抖音，拍短视频。

令欧小华没想到的是，婆母身为教育局办公室主任，竟然还不会跳舞。欧小华很不理解，她问婆母："妈，你不会跳舞，单位有接待任务怎么办？"

婆母说："只要有接待任务，我就叫办公室副主任去，我才不去跟一些陌生人搂腰搭肩呢！"

欧小华说："妈，都什么年代了，你还这样封建？来，我来教你，一定要扫除你的舞盲！"

婆母说："老都老了，我才不学呢！"

欧小华故意噘起嘴，做出生气的样子道："妈，你把我当陌生人吗？"

婆母立即改口道："学，学，你教妈跳，妈怎么不跳呢？"

欧小华便过去拉起婆母，一只手搭在婆母肩上，一只手搂着婆母的腰，让婆母也学着她的样搂着自己，就在屋子中间教起婆母舞蹈来："出左脚，抬脚跟，脚掌踏下！再来，……"

婆母身子先有些僵硬，头上开始冒汗。可跟欧小华跳了一阵，渐渐放松了。欧小华便从婆母腰间取出手，只用一只手牵着婆母，引导她跳起来，跳了一阵，婆母无论是抬脚还是落脚，都能够踩到音乐的节拍了。欧小华非常高兴，便松开了婆母的手，让她跟着音乐的节拍自己跳，自己去拿手机，把婆母跳舞的过程全拍了下来。等婆母跳累了，欧小华便把拍的视频放给婆母看，婆母绯红了面孔，却是一脸幸福的表情。

公婆本来就喜欢这个儿媳妇，现在更加喜爱起来，有种捧在手里怕飞了，含在嘴里怕化了的感觉。欧小华每次回来，婆母把一切都给她做好了，哪还轮得到她去做饭料理家务？和做姑娘时一样，她只需要衣来伸手、饭来张口就行。

有时候她想，也许是自己上辈子做了好事，这辈子上天垂怜她，才给她送来了一个好男人和一对溺爱她的公婆。偶尔，她也会想起大学时代的理想，可这种想法很快就会被现在舒适和安逸的生活所取代。现在，她只想躺在这个安乐窝里过自己的小日子，以后像婆母一样，做一个好妻子、贤内助，相夫教子，助丈夫成就一番事业！

因为欧小华有这样的想法，所以尽管她到法庭已经五六年了，又有大学本科学历，却仍然只是一个书记员。对此，她一点也不着急。

金海燕来后，一心想把嵇镇法庭创建成全县优秀基层法庭，巴不得法庭的每个成员都能成为有理想、有担当、懂业务、一心为民的新时代人民法官，所以要求有些严格。她看见欧小华年纪轻轻一副不思上进的样子，便对她说："你到嵇镇法庭时间也不短了，又是法律科班出身，家里人脉关系也不错，难道就安心做一辈子书记员吗？"

欧小华听了，看着金海燕反问："当一辈子书记员有什么不好吗？做做记录，整理整理资料，哪像庭长你，劳神操心不说，案子如果出了差错，还要承担责任。再说，总不能大家都去坐轿，没人抬轿，法庭总还需要书记员吧？"

金海燕听了她一番振振有词的话，不再说什么了。

但金海燕并没有把欧小华当作一块朽木看。欧小华虽然贪图眼前安逸舒适的生活，其实人非常聪明，为人诚实善良，心里藏不住话，性格耿直，乐观大方，同事间有个什么事，又喜欢帮忙，因此庭里所有人都非常喜欢她，是庭里一颗开心果。金海燕想，一个单位要想和谐，有时还真离不了这样的人。

但金海燕还是决定要给欧小华加担子，一是因为单位人手少，二是要让欧小华锻炼锻炼，不然可惜了这样一个人才。她对欧小华说："书记员并不只是在审理案件时做做记录，审判后归纳一下资料，作为一名法庭的正式工作人员，必要时你还是要协助办办案子！"

欧小华忙说："庭长，我可没办过案，办错了我可不负责哟！"

金海燕说："错了不要你负责，有人会负责……"

欧小华说："这就怪了，办案的是我，负责的是别人？"

金海燕说："上级要求办案必须两个人，我把你和江副庭长编到一个组，江副庭长是审判员，你来给他打下手！我打听过了，江副庭长上中学时，家里很穷，你老公公是他的班主任，没少给他关怀和鼓励，现在他好意思拒收你这个徒弟？他是组长，案子办好了，自然有你一份功劳，要是办砸了，板子不打在组长身上，难道打在你身上？"金海燕又拍了拍欧小华的肩，继续说，"你只管跟着江副庭长学，有他，再难的案子，也不会出什么问题的！"

欧小华听后，不但没拒绝，反而像是捡了一个天大便宜，对金海燕一边说着"谢谢"，一边鞠躬。

金海燕这么安排，其实是花了很大一番心思的。江副庭长三天打鱼两天晒网，她也不好批评他，但法庭就这么几个人，一个萝卜一个坑，也养不起闲人。想来想去，她便想出了这么个办法。她不好直接给江副庭长分派案件，却可以指示欧小华去干这干那。把他们两人编到一个组，欧小华接到案子后，自然要去找江副庭长。江副庭长一方面顾及老师的面子，另一方面，他也清楚欧小华丈夫前途不可限量，他怎么好拒绝欧小华求他？再说，欧小华是个乖巧的女子，她也有办法让江副庭长就范。这样一来，不是把两人的积极性都调动起来了吗？

经过几个案件的办理，金海燕这一招果然十分见效。现在，不但江副庭长工作的主动性和积极性比过去高多了，欧小华也得到了锻炼。金海燕办案，从此又多了一个助手。

第七章

书记员罗娅

书记员罗娅不是本地人,她也是通过公考考到嵇镇法庭来的。她的老家在巴中市南江县的乡下。她告诉金海燕、傅小马和欧小华,她老家那儿全是重重叠叠的大山,海拔最高的山是光雾山,和陕西秦岭米仓山紧紧相连,著名的光雾山红叶就在他们那儿……

一听光雾山红叶,欧小华首先就"哇"的一声叫了起来:"啊,那说起来你们每年都能看红叶哟?"

罗娅说:"我家就在光雾山下……"

罗娅话还没完,欧小华又拍着手叫起来:"太好了,太好了,今年秋天我们可以去看光雾山红叶了!"说完又补充了一句,"看完红叶就在你们家住!"

罗娅的性格不像欧小华那样热情、乐观和外向,如果换作是欧小华,她听了这话一定会十分热情地说:"好哇,好哇,我热情欢迎,到时候不来的可是小狗哟!"甚至说不定还会伸出小手指,来和大家拉钩。罗娅却不同,她听了欧小华的话,皱着眉头沉默了一会儿,突然对大家说:"就是一片片树林和树叶,有什么看头……"

话音没落,欧小华像是不高兴了,说:"还没看头呀?我从电视上看到过光雾山红叶的壮观景象,那真是层林尽染、万山红遍,连绵千里,美不胜收呀!"

金海燕也像是被欧小华的话吸引住了,说:"你是年年看,看多了,才觉得没多大看头……"

傅小马没等金海燕说完,也插话道:"就是,不识庐山真面目,只缘身在此山中嘛!"

罗娅听后,却垂下了眼帘说:"我家虽然是住在山下,但离真正的光雾山还很远……"

欧小华马上问:"多远?"

罗娅道:"开车也得小半天吧!"

欧小华有些泄气了,盯着罗娅说:"你是怕我们到你家里去吧?哪有山上山下隔这么远的?"

罗娅抬起头,目光中流露出几分嘲笑的神情,对欧小华反问:"你知道光雾山景区有多大?400多平方公里呢,从我们家走到主要景区要小半天,还算近的呢!"

欧小华不吭声了。过了一会儿,她又像不甘失败地问罗娅:"你家到底在哪儿?"

罗娅淡淡地回答了一句:"诺水河……"

罗娅口中的三个字还没吐完,欧小华立即显得比刚才还兴奋,马上又一边拍手一边叫起来:"诺水河,太好了,太好了,那不也是国家级风景名胜区和自然保护区吗,还是国家地质公园呢!"

听到这儿,金海燕有点不解地盯着她问:"你怎么知道得这么清楚?"

欧小华马上说:"我正要向庭长汇报呢!我和老公打算国庆期间自驾游,我们查了省内著名的风景区,其中就有诺水河!旅游介绍上说,整个风景区内奇泉遍地,怪石丛生,关隘、峡谷、飞瀑、溶洞、暗河比比皆是。最特别的是那些溶洞,说有一百多个,洞中奇石五光十色、千姿百态,有个叫'中峰洞'的,被称为'天下第一洞'呢!"又盯着罗娅问道,"这下你没法拒绝我了吧?"

罗娅这才对欧小华露出了一丝浅浅的微笑,说:"行,只要你看得上我家,我热烈欢迎!"便再不说什么。

金海燕看出罗娅的笑和话都十分勉强,不但如此,她见罗娅来到嵇镇法庭这段日子,都几乎不爱和大家交流,有时不得不说话,眉宇间总带着一丝忧

第七章 / 书记员罗娅

郁，于是她觉得这个新来的小妹子，心里一定装着什么心事。她可不希望一个新来的下属带着一种不良情绪进入工作状态，便想找时间和她谈谈。她见欧小华还想对罗娅说什么，便抢在欧小华前面对她说："好了，好了，离国庆还早，到时候再说吧！时候不早了，都休息了吧！"

罗娅的命没欧小华好。她告诉金海燕，她上面还有两个姐姐，他们那儿山大林密，父母一心想生个男孩，也不是父母天生就有重男轻女的思想，实在是因为生存条件太恶劣，没个男孩根本不行。当然，现在条件好多了，可在二三十年前，落后得很。她一落地，父母见又是个丫头，便有些不喜欢她。但也没有像有些父母那样，为了再生个男孩，狠心地把她送人，在这一点上，她还是很感激父母的。

她对金海燕说："在我的印象中，家里的日子似乎从来没有好过。那时农民负担本来就重，加上父母超生，又被罚了一笔款，日子就更不好过了。那时我父亲还在村里当干部，先当副大队长，后当会计，每月工资根本没法养活我们姐妹三人。无奈之下，父亲辞去了村上职务，去了一家煤矿挖煤。

"我们姐妹三人都在读书，大姐初中，二姐小学，我刚发蒙。那时国家还没普及义务教育，一到开学，父母便要为我们的学费杂费发愁。

"我读到小学四年级时，大姐考进中等师范学校，是那种毕业包分配的委培生，二姐升到了乡上初中，可她说什么也不愿意读了，说自己成绩差，读了也没什么用，不如把钱省下来让大姐和小妹读，于是二姐辍学了。人们都说，家里有几兄弟、几姐妹，老二最吃亏，'二甲黄'这个称呼就是这么来的。后来我才知道，其实二姐读书的成绩比我好，她是为了成全我和大姐，有意做出这样的牺牲的。所以这辈子你要问我最感激的人是哪个，我一定会回答是我二姐。我二姐和二姐夫现在在杭州打工，日子不算好，一般般吧。

"我读完小学，初中只上了一期，第二期我也不想去读了。还是因为家里穷，大姐师范还没毕业，二姐年龄太小，也不能出去打工，爸爸一个人挣的那点钱，根本不够家里开支。我在家里跟着二姐和母亲下地劳动了两周，后来不知怎么被父亲知道了，他托人给我带回了二百块钱，让我继续读书，于是我又回到了学校。春节时父亲回来，知道我又去上学了，很高兴，对我说：'如果你是个男娃儿，没读书还可以靠劳力吃饭。可是你看你……'说到这里，他抓起我瘦小的胳膊捏了捏，继续说，'这胳膊就像一根干柴棍儿，不把书读出来，今后到哪里找自己那碗饭吃？你听着，你读到哪里，老子就是砸锅卖铁，也要供到哪里……'

"一听这话，我眼泪倏地一下就出来了。我这才知道，尽管我不是男孩子，可父母对我那份爱有多深！我当时说不出话来，只含着眼泪对父亲点了点头。

"我也还算争气。初中毕业时，我竟然以优异的成绩考上了县中的火箭班，这可惊动了整个罗家湾呀！县中是省重点中学，火箭班又是县中的重点班，县里有句话，读'火箭'，坐'火箭'，直上北大和清华！不过坐那'火箭'也不便宜，每学期1000多元。那时候1000多元值现在好几千元呀！不过那时我大姐参加了工作，二姐也出去打工了。她们斩钉截铁地说：'读！我们不相信，我们和爸爸三个人挣的钱加起来，还供不起你一个人读书？'

"于是我到县中坐上了'火箭'，可惜好景不长，这年暑假期间，我妈一个人在家劳累过度，终于病倒了。送到市中心医院一检查，子宫内膜癌！这一下，别说家里三个人挣钱，就是再增加三个人，挣的钱也填不满医病那个坑的。何况大姐才参加工作，二姐文化低，只能从事一些技术含量不高的工作，她们的工资都不高。这时，我还好意思恋着'火箭'不丢吗？我知道是到了自己做出牺牲的时候了，于是我也没和父亲、大姐、二姐商量，就私自到一所教学质量比较差的区级中学联系。那区级中学见我是县中火箭班学生，当即答应整个高中学习期间，我的学费和杂费统统减半。就这样，我就由乘'火箭'变成了'坐驴车'。

"清华、北大与我无缘了，但我仍然没有放弃努力。高考时，我考了一所普通大学。说它普通，是它才从一所地方专科学院升为本科学校。现在我还记得很清楚，第一年的学费是4500元，加住宿费和其他杂七杂八的费一共是7000多元。家里东挪西借，把这7000多块费用给凑齐了。第二年便不行了，因为第一年，能借的都借了。第二年我便不想去读了。除了交不起学费，还有一个更重要的原因，那就是这时我已经是大人了，人都有自尊心，在学校里看见别的女孩子都用上了手机，打扮得花枝招展的，自己呢，还一副土包子的样子，总感觉在同学面前抬不起头。都开学二十多天了,我还没到学校去。那时学校有一条规定,开学两周内不到校报到,学校就要注销学籍。我以为学校已经注销了我的学籍,正要收拾行李到外面打工,没想到班主任老师给我打来电话,说:'你怎么还不来学校?'我说:'我没钱交学费,你们还没有注销我的学籍?'她说:'有人替你缴了一部分学费,把学籍给你保下来了!你快来上学,有什么困难我们大家帮你解决!'我忙问她:'是谁替我交的学费?'她说:'你来了就知道了!'这样,我又回到了学校……"

听到这里,金海燕忙问:"是谁帮你交的学费呢?"

罗娅脸上浮现了一缕羞赧的微笑,然后回答说:"是我的同学,后来成了我的男朋友,现在的丈夫……"

金海燕长长的睫毛像蜻蜓闪翅般眨动了几下,十分理解地"哦"了一声,然后一双闪亮的眸子又目不转睛地看着罗娅,等待她继续说下去。

罗娅停了一会儿,又接着刚才的话说了下去:"到了学校,我才从班主任老师那儿了解到是我同班同学王强替我交了一部分学费,把我学籍给保留下来了。王强是我们恩阳区的人。亲不亲,故乡音,都是来自一个地方,自然比别的同学感觉亲一些。我们经常在一起聊天,在聊天中,他知道了我的家庭情况。他是一个十分善良的小伙子,尽管他的家境也不是非常富裕,但他经常在暗中帮助我。都开学两个星期了,见我还没到学校去,他心里十分着急。他知道学校的规定,怕学校注销了我的学籍,便拿出自己身上仅有的1000多元钱,替我预交了一部分学费。然后他又去给我们班主任老师说明了我的情况。我们班主任老师也是个好人,答应不把我还没到校的事报告学校,给我打来了那个电话。

"到了学校,班主任老师给我找了一个勤工俭学的岗位,又给我争取到了每月90元的助学金,这样,我基本可以把生活维持起走了。至于学费,老师让我暂时欠着,以后慢慢交。我知道是王强替我代交了学费保住学籍以后,心里对他非常感激。更令我没想到的是,他知道我的勤工俭学岗位后,也从学校另一个勤工俭学岗位申请转到我这个岗位来。这样,我俩在周末以及节假日,便在同一个岗位上班,凡是有些吃力的重活和脏活,都是他帮我干。并且每到月底，他都把自己挣得的那份工资全交给我……"

罗娅的眼中含着晶莹的泪花，这泪花和刚才的泪花不同，刚才的泪花是辛酸和悲伤，现在却带着几分甜蜜的美好的回忆。

金海燕没有打断她的回忆，只用一种欣慰的眼神鼓励她继续说下去。

罗娅脸上再次浮现那种自豪和幸福的神情，目光中含着陶醉："这样的男人，你没法不喜欢他！毕业前夕，我们相爱了！毕业后，他参加了我们县上乡镇机关公务员考试，考上后分到离我老家不远的一个镇。那个镇是个大镇，也是过去的区政府所在地。我也参加了考试，却没考上。王强鼓励我不要灰心，镇上有一所私人幼儿园正要招老师，他把我介绍到那儿去，一边当幼儿园老师，一边复习公务员考试资料，准备明年再考。这期间，我们在镇上租了一套屋子同居了。没想到老天爷并不垂怜我，我参加了三次公务员考试，两次名落孙山，一次进入了面试，可面试没过。还要再考时，我忽然发现自己怀孕了，我们只好匆匆举办了婚礼……"

听到这里，金海燕忽然看着罗娅问："你们……结婚后幸福吗？"

罗娅听金海燕这么问，过了一会儿才说："幸福，怎么不幸福呀？"

金海燕像是有些不相信，或者是因为女人的本能，听了罗娅的话，又接着寻根究底地问："怎么个幸福法，能讲给我听听吗？"

罗娅一下红了脸，双手捧起下巴，沉思了一会儿后，才看着金海燕道："怎么个幸福法，我也一时说不清。总之感觉得到他十分爱我……"

金海燕好像不满意这样笼统的说法，打断她的话道："怎么个爱法，你给我讲两个故事，我就知道了。"

罗娅又歪着头想了想，果然就讲了："我们住到一起后，只要王强有空，都是他争着做饭。有时他回来后，看见我已经在厨房做饭了，便把围裙往腰上一拴，冲进厨房，把我拉到沙发上坐下，自己开始在厨房里忙碌起来。我在沙发上无事可做，有时捧起一本书，有时打开电视的音乐频道，一边欣赏着音乐，一边闻着从厨房飘出的饭菜的香味，充分享受着这人生幸福和甜蜜的时光，感到自己真是世界上最幸福的女人。有时，王强趁在锅里烧汤这短暂的间隙，也会从厨房里跑出来，坐到我身边，说：'累了吧，来，我给你揉揉肩，解解乏！'说着，两只手便在我肩上轻轻地按摩起来，一种受宠爱的暖流立即又在我全身奔涌起来。这种感觉不光是他双手按到肩上产生出的舒坦和放松，更重要的是来自一个男人的温柔和体贴。那时我会闭上双眼，在内心细细体会这种幸福感觉。

"从这以后，我似乎找到了一种在他面前撒娇的方法，那就是只要他下班回来，我要么躺在床上，要么靠在沙发上，喊自己腰痛或肩疼。每到这时，王强都会跑过来，当起热情服务的按摩师来。我说头有些晕，他就给我按头，我说肩膀有点酸，他又立即给我揉肩，我说腰又痛起来了，他又马上给我按摩腰。而我则只顾眯缝眼，享受他带给我的温柔、体贴和呵护。

"我怀孕后，更成了王强的重点保护对象，家里什么事儿也都不让我插手了。有一次，我去上班，顺手提起屋子里的垃圾袋，准备去扔到楼下的垃圾桶里，也一把被他抢了过去。除了吃饭，我真成了一个扫帚倒了都不需要去扶的四体不勤的人。

"妊娠反应那段时间，我一会儿想吃酸，一会儿又想吃辣，他想尽一切办法来满足我的要求。有天晚上，他都准备要睡觉了，我突然说想吃顺河街王老二的'王记酸辣粉'。他一听，急忙提起一只不锈钢饭盒出去了。可等他赶到顺河街'王记酸辣粉'一看，人家早关门了。好在那王老二认识王强，听说他怀孕的老婆想吃酸辣粉，老两口忙起来重新生火启灶，给他做了一碗酸辣粉。可是等他把粉提回来倒进碗里时，我又没胃口了。我趴在床沿上，因为我刚刚才吐过。他便过来逗我说：'可香呢！你吃不吃？不吃我可要吃了。'我说：'你吃吧，你吃了我再吃。'王强听了我这话又像哄孩子似的说：'你先吃一口，我再吃！'这时我突然想逗他，便说：'你喂我！'他听了，便叫我张开嘴巴，果然往我嘴里喂了一口。我强撑着把一口酸辣粉咽进了肚子里，然后又像小孩子似的看着他说：'该你吃了！'他又看着我说：'我吃一口，再喂你一口，好不好？'我点了点头。他果然挑起一筷子粉条丢进自己嘴里，接着又往我嘴里喂了一口。两人这样你一口我一口，像玩儿似的把一碗粉条吃完了。过后我想起来，这事太有趣了。

"还有一次，我想吃鱼了，他听说鲫鱼最补身子，就到市场买了几条巴掌大的鱼回来。他做好后,我正要动筷子,他突然叫了一声:'别忙……'我急忙把筷子缩了回来,看着他有些发愣地问:'怎么了?'王强没回答,却进厨房拿来一只盘子。他把鱼夹进盘子里,然后用筷子非常小心地把鱼刺剔了出来。等把鱼刺全部剔干净后,他才把盘子递到我面前,说:'现在吃吧!'我看着这一切,心里自是感动得不行。你说,遇上了这样一个温柔、体贴、深爱着自己的丈夫,这辈子还有什么不满足的呢?"

先前,金海燕听着罗娅那带着几分凄苦和沉重的讲述,心也像是被一汪苦水浸泡着,仿佛要融化了一般。尽管她没吃过罗娅那样的苦,可人心都是肉做的,有好几次,看见罗娅讲到动情处掉眼泪,她也跟着抹起眼角来。现在听罗娅说到家挺幸福的状况,一下又感到欣慰。都是女人,谁不希望有个深爱着自己的丈夫和温暖的家呢?想到这里,她便拍着罗娅的肩说:"先苦后甜,只要你们恩恩爱爱,就比什么都好!"

说完这话,金海燕又像突然想起什么,审视地看着罗娅问:"你到这么远的地方来工作,两口子一个月两个月都见不到一次面,你丈夫同意吗?"

一听这话,如晴朗的天空突然掠过一层薄薄的浮云般,忧郁的表情凸现在罗娅那张圆圆的脸上。她不由自主地垂下了眼睑,像是盯着地下什么东西一样。过了半晌,她才抬起头,对金海燕声音幽幽地说:"他们就是不赞成我到这么远来上班,可我总不能就这样在私立幼儿园当一辈子阿姨吧?谁叫我那么没出息,考了几年老家的公务员都没考上呢?这次,我本来也不抱希望,只是怀着试一试的心情报名参考的,没想到考上了,你说老天捉不捉弄人?考上了,公婆和王强都叫我放弃,等以后再考。可我不愿意放弃,因为我太知道现在考一个编制有多么困难,所以我就犟着来了……"

说到这儿,罗娅又垂下了眼帘,金海燕看见她那对被长长的睫毛遮住的又黑又大的眸子里,再次闪出了一种孤独和压抑的哀伤,心情也不由自主地沉重起来,便迫不及待地问道:"那孩子怎么办呢?"

过了一会儿,罗娅才说:"还能怎么办,交给他爷爷奶奶呗!"说着,罗娅的眼里突然又闪出了几滴晶莹的泪珠。

金海燕忙递过几张纸巾,然后对她说:"别着急,慢慢来,那么艰苦的日子你都熬过来了,难道这个坎还过不去?你要向傅小马学习,人家一个大男人,还是一个临时工,可人家一点也不悲观,发誓要通过司法考试改变命运!你们只是两地分居嘛,也可以参加司法考试呀!等过了司考,看能不能想法调动嘛。"

罗娅一边擦眼泪,一边认真地听着金海燕的话。金海燕说一句,她点一下头,像个十分乖巧和听话的小孩子一般。

从此,金海燕也像对待傅小马一样,处处照顾罗娅。比如每到星期五,她都不给罗娅安排值班,让她能提前半天回去和丈夫孩子团聚。又比如办案子时,她不是把罗娅和自己安排在一个组,就是和傅小马排一个班,因为她知道傅小马能吃苦耐劳,再说,傅小马也可以鼓励和带动罗娅和他一起参加司法考试。

罗娅也非常感激金海燕对她的关心,她不像欧小华那么活泼,平时沉默寡言,脸上总是挂着一种抑郁,甚至冷漠的表情,可干起工作来却是十分认真。她一闲下来,就捧起司法考试的书认真地看,并且时不时去向傅小马请教。金海燕见了十分高兴,在心里默默地祝愿他俩成功。

可不久,金海燕发现罗娅又丢下司考的书不读了。她不好去问罗娅,便去问傅小马,傅小马说:"她对考试没信心了!"

金海燕问:"为什么?"

傅小马回答:"她到县上劳动和人事部门打听过了,说是司法考试和工作调动是两码事,即使通过了司法考试,也不一定能调动工作!再说,她说自己底子差,考也不一定考得过,所以就放弃了。"

金海燕听后,除了替罗娅惋惜,也想不出其他办法。好在这并没有给罗娅的工作带来影响,不但如此,罗娅因为不再参加司法考试,对本职工作反而更加兢兢业业起来。

第八章

夜话1：没有理由的离婚案

吃过晚饭，大家都把椅子搬到二楼露台上。最先到达的是欧小华，她看见栏杆边两盆杜鹃花已经开出了几朵粉红色的花朵，那花瓣有些羞羞答答的，美丽的脸庞半遮半露地躲在绿叶中，既显得娇嫩，又十分引人注目。欧小华放下椅子，急忙跑过去蹲在花盆前，把那几朵娇美的花朵捉在手里，然后将鼻子凑过去，一边使劲嗅着，一边做出夸张的表情叫道："哦，好香呀，好香呀！"接着又丢开花朵，站起来说，"我的绣球花呢，怎么还不开？"

金海燕爱花，也感染了欧小华、罗娅，甚至连傅小马也对花草产生了兴趣。

去年秋天，欧小华从城里买回两盆绣球花放到露台上。她走到两盆绣球花面前，花蕾满枝，鼓鼓的，从已经绽开的花苞中，露出或白或粉或紫或蓝的花瓣。欧小华内心十分得意，嘴里却说："你们太不给我争气了，怎么还不开，怎么还不开？"

金海燕听了，笑着对她说："你可别太自私了，什么你的我的？花开了，难道你能把别人眼睛蒙上不让看？美的东西，本来就应该属于大众嘛！"

欧小华做了一个鬼脸，说："庭长批评得是！就像庭长走在大街上，回头率那么高，这也叫属于大众嘛！"

金海燕作势要去打她，欧小华一扭身跑开了。

过了一会儿，欧小华坐回到椅子上，从衣服口袋里掏出一包五香牛肉干，倒出一片递给金海燕，问："庭长吃不吃？"

金海燕摇了摇头。欧小华立即把那片牛肉干丢进了自己嘴里。

正在这时，傅小马和罗娅一前一后来到露台上。傅小马见欧小华口里嚼着东西，忙说："又胡嚼八嚼啥？有美食还不拿来让大家共同分享！"

欧小华只得把那包牛肉干掏出来，放到金海燕面前的桌子上。傅小马急忙把牛肉干抢过来，倒了一把在罗娅的手掌里。

正闹着，司机奉彪和炊事员林泽斌两人，各人一手端一把椅子，一手捧一只茶杯，也来了。奉彪四十三岁，当过兵，个子不高，有些老实巴交的样子，傅小马、欧小华和罗娅都叫他"奉哥"。炊事员林泽斌，五十多岁，又高又胖，体重一百多公斤。他们两人都是嵇镇法庭自雇的临时工，按说法庭议事、开会，他们都可以不参加，但他们却从来没有缺席过法庭的各种活动，原因是法庭人手不够时，金海燕也常常把他们拉来做事。比如到村上、学校开展普法宣传，又比如送达文书等。

傅小马才到法庭时，看见有次金海燕审案，林泽斌穿着一件油腻腻的大厨服装，拦腰还拴了一条围裙，坐在穿着一身法袍的庭长旁边，十分好笑。过后傅小马问林泽斌："林大叔，庭长审案，你怎么坐在她身边？"林泽斌说："我给庭长当保镖！庭长一个女人，要是有人在法庭上对她动手动脚，我只需扑过去，把欺负她的人往地上一压，就会让他气都出不来！"

傅小马听了这话笑出了声。他又去问金海燕："庭长，林大叔怎么也成了法官？"

金海燕摊了一下手说："什么法官，这个案子需要一个陪审员，法庭人手不够，我只好把黄牛拉来当马骑了！"

金海燕见除了江副庭长，该来的人都到了，便开门见山，把召集大家的原因和盘托出："我接到院里通知，明天到县委党校报到，集中学习一个星期……"

一听这话，欧小华就快言快语地嚷了起来："哦，到党校学习呀，庭长是不是又要升了……"

金海燕没等她说完，便道："往哪儿升？烟霞山只有那么高，喜马拉雅山又离我们十万八千里，你想我升天呀？"

大家听了这话，都笑了起来。

傅小马等大家笑完了马上问："一个星期，那工作……"

金海燕知道他要说什么，立即回答道："庭里这段时间的工作由江副庭长负责。我已经给他打了电话，明天一早他就会赶回来。这段时间事情多，临走之前，我想听听大家办理的几件案子的进展情况。一件是傅小马协助办理的王大成、李娟的离婚案，一件是欧小华协助江副庭长办理的沈玉清诉公婆侵占丈夫死亡赔偿金案，这是我们庭里今年首次审理的一起财产纠纷案，第三件是罗娅和傅小马协助办理的梅兰花诉丈夫'没有上进心，不干家务活，不会挣钱'，要求和丈夫离婚的案件。你们都互相交流交流，有拿不准的问题就提出来。三个臭皮匠，胜过一个诸葛亮嘛！你们谁先说？"

傅小马、欧小华、罗娅互相看了看，都没有发出声音。露台上一时安静下来。这时，大家才听见从房屋前后传来的一阵阵蟋蟀切切嘈嘈的叫声。

过了一会儿，欧小华才小声地说："江副庭长不在，我们这个案子主要是……"

她的话还没说完，金海燕便鼓励她道："即使江副庭长在，我也要听听你的汇报，不然，你怎么能成长起来？"

欧小华又停了一会儿，才有些恳求地道："那让傅小马和罗娅先说吧，我最后说，行不，庭长？"

金海燕点了点头，便看着傅小马和罗娅问："你们谁先说？"

罗娅抢在前面道："傅小马先说！"

金海燕的目光便移到傅小马身上："那就小马先说！"

傅小马迟疑了一下，像是有些不好意思："那个案子已经结案了，庭长你是知道的……"

金海燕打断他的话道："我知道结案了，但这个案子有其特殊的地方，今晚上我们是交流嘛，你把整个案子的办理情况都说一说，看小华和罗娅能不能从中得到什么启示。"说完又补充了一句，"今晚上交流的目的，就是共同学习嘛！"

傅小马听了金海燕这话，马上说："其实这个案子我就打个辅助，能办成功，主要还是庭长你……"

金海燕又打断了他的话："你别老是把我放在前头，我做的是我该做的，你只谈自己是怎么做的？"

傅小马像是被逼到了墙角，过了一会儿，才似乎定下心来，看着欧小华和罗娅说："说就说，不当之处你们就批评哈！"说罢，两只手交换往上撸了撸袖子，目光往露台上一扫，就像过去的说书人那样，绘声绘色地讲了起来——

这事发生在去年冬天。那天，我和庭长刚到办公室，一个中年男子就来到法庭，一跨进门就朝屋子里大喊："法庭的人呢？法庭的人呢？"

庭长让我出去看看，我跑出去一看，来人三十五六岁，穿一件黑色羽绒服，头发蓬乱，两道眉毛又粗又浓，脸上挂着一种像是蒙受了什么冤屈的愤怒的表情，眼睛闪露着凶狠的光芒，仿佛要和人打架一般。

我忙问："你有什么事？"

他看了我一眼，仍大声叫嚷："我要离婚，我要离婚……"

我急忙把他带到接待室。我问他："你叫什么名字，为什么要离婚？"

他怒气冲冲地说："我叫王大成，反正我要离婚……"

我从抽屉里拿出询问记录本，一边问一边做询问记录，当问到离婚理由时，王大成不肯正面回答，支吾了半天，还是那句话："反正我要离婚，一定要离婚！"

我见他说不出离婚理由，便又问他："你要离婚，可有打官司的状子没有？"

王大成急忙从口袋里掏出一张皱皱巴巴的纸。我接过一看，起诉状写得十分简略和模糊，还不到一页，内容和他对我口述的一样，只是一个劲儿地要求和妻子离婚，至于什么原因却只字未提。

我看后便对他说："你这状子要重写！"

王大成梗着脖子问我："为什么要重写？"

我说："一般诉状都要把诉讼事实和理由及诉讼请求都写清楚！你这个诉

状事实和理由都含糊不清,当然要重写!"

王大成红着脸道:"还要什么事实和理由?我要离婚,这就是理由和事实!"

我见这人脸上有些横肉,断定他有点蛮不讲理,便道:"那你稍坐一坐,我请示领导后再说!"

我拿了王大成的诉状来找庭长,先把诉状给庭长看了,接着又把王大成的话告诉了她,然后皱着眉头对她说:"庭长,事实和理由一点都不清楚,就要求离婚,这案子怎么审理?"

当时我的想法是劝庭长不要接这个案子。

庭长看后微微一笑,对我说:"不清楚你下去调查不就清楚了?如果所有案子都事实清楚,理由充分,法官就太好当了哟!"

我听出了庭长的意思,上面一而再再而三地要求基层法庭扩大案源,现在人家把案子送上门,怎么能轻易放弃?可是,我见这案子内里可能有些蹊跷,再看王大成这副模样也不是善茬,怕自己办不好这案子,给庭长丢脸,毕竟我只是协助,主审法官还是庭长。于是我对庭长说:"庭长,这案子恐怕有些复杂,我怕我处理不好,是不是……"

庭长看出了我的心思,说:"难办的案子才锻炼人呢!你尽管收下他的状子,按程序去立案,等立了案,再下去调查,拿不准的地方再来问我!"

我心里有了底,回到接待室就对王大成说:"你的离婚诉状我们先收下,不过立案后,我们还得去调查,你先回去吧!"

长话短说,立案庭立案后,我马上到王大成的村子里调查。我先找到王大成的妻子李娟。可是无论我怎么问她,她什么都不回答,只是把头扭到一边流泪。我心里就想:"这两口子也怪了,离与不离,怎么都不说个理由?"

我见从被告这里问不出什么东西来,便找到他们家隔壁一个叫杜光碧的老太太。这老太太慈眉善眼,看见我,又是端板凳,又是倒开水,对人十分热情。可是当我问到隔壁两口子为什么要离婚时,她却什么也不肯说了。后来被我问急了,才冒出一句:"他们家里那个老不死的,不是个好东西!"

我忙对杜老太太追问:"什么不是个好东西?"

杜老太太想了半天，突然对我下了逐客令，说："你莫再问我，我不晓得了！"

我见她不愿说，心里更加疑惑起来，就想，老百姓不说，干部总会说的，便去了村主任家里。

村主任不在家，村主任的老婆在，我刚要问，从里面屋子里走出一个太婆，对村主任老婆说："梅子呀，刚才听见鸡在后面草丛里'咯嗒咯嗒'地叫，你去看看是不是它又把蛋下在茅草窝窝里了？"

村主任老婆听了这话，转身就要走。

我忙喊住她："大嫂，只耽误你一会儿，问完你再走吧。"

村主任老婆还没答话，那太婆却沉下了脸来，说："你这个娃儿才不懂事喃！俗话说，宁说人一坝，不说人一胯，人家屋里胯下那点事你问我儿媳妇做啥？"

你们都知道，我在城里长大，不明白那太婆嘴里"一坝""一胯"这些俗话指的是什么。正要问时，那太婆已经进了屋。再回头一看，村主任老婆也消失了，我又只好悻悻地退了出来。

接着我又走访了几户人家，都没问出什么，只好毫无收获地回来了。

讲完，傅小马疑惑地问："庭长，啥叫宁说人一坝，不说人一胯……"

傅小马话还没说完，司机奉哥和炊事员林大叔突然笑了起来。欧小华和罗娅都红了脸。

金海燕立即正色说道："有什么可笑的，每个人都有不懂的地方嘛！"

奉哥和林大叔一见金海燕一副严肃的样子，马上捂住了嘴。

金海燕又对傅小马说："你接着讲！"

傅小马像是喉咙发干似的咽了一口唾沫，接着讲了下去——

我回来跟庭长把情况汇报完，庭长想了一会儿，对我说："明天你把李娟通知到法庭来，我亲自问问她！"

第二天，我把李娟带到了法庭。

李娟起初仍是只顾嘤嘤地哭，什么都不愿说。庭长也不催她，只给她擦眼泪，倒水，拍着肩安慰她说："你有啥委屈尽管说，法庭给你做主！"

真是一把钥匙开一把锁，庭长做了李娟一会儿工作，李娟像竹筒倒豆子，把心里的委屈一股脑儿给庭长倾诉了出来。原来是这么回事……哎呀，这事我都不好开口，要不庭长你给他们讲一讲吧……是，是，那还是我来讲！

原来，那个王大成在外面打工，儿子在城里上学，家里就只有李娟和王大成的父亲。王大成的父亲七十多岁了，老东西不知什么时候起了歹心，趁儿子不在家就想吃儿媳妇的"豆腐"。有天晚上，李娟睡觉时忘了插房间的门闩，睡到半夜，突然发觉身上压了一个人，她拉开床头的灯一看，发现是老公公。她对老公公又掐又打，终究因为体弱力小，被老家伙占了便宜。事情发生后，碍于面子，又是自己老公公，说出去也不好，她便什么人也没告诉，只是每天晚上睡觉时，都小心地把门闩从里面插好。没想到那老东西得了便宜，居然上瘾了。他们家是老式穿斗房，门缝大，门闩比较松动。老家伙见儿媳妇从里面把门闩插上了，并不着急，等儿媳妇睡着了以后，用刀子从外面伸进门缝把门闩拨开，又进去占了李娟几次便宜。李娟将一根杠子拿进屋里，晚上睡觉时，将杠子抵在门上，她以为老东西这下就像哑巴看见房屋失火——只有干瞪眼的份儿了！没想到李娟有七算，老东西有八算，李娟有长箩荚，老东西又有翘扁担，他又打上了墙壁的主意。那老式穿斗房的墙壁是用竹篾片夹成的墙笆子，外面敷上泥土。老东西见儿媳妇用杠子抵了门，便把儿媳妇房间靠近门闩的墙壁上的泥巴弄掉，再将里面已经老朽的墙笆子篾片掰断，将手伸进去拿开杠子，照样毫无阻拦地进了儿媳妇的房间。

李娟真正是没办法了，她补了好几次墙壁，可头天补好，第二天晚上又被老东西给掰开了。有一次，掰开的还没来得及补，王大成就回来了。王大成一看房门门闩的旁边有个洞，问李娟怎么回事。李娟忍不住，一边流泪，一边把老东西占她便宜的事对丈夫说了。没想到王大成这个怂人知道这事后，对自己的混账老子束手无策，又不甘心戴绿帽子的耻辱，便把一切都怪罪到妻子身上，要和妻子离婚。而李娟脑海里又有根深蒂固的传统思想，觉得这是丢人的事，不好意思说出来，所以当我问她时，她只得默默流泪。

我们听李娟说完经过后，心里十分同情她。可法律讲的是证据，第二天，我又赶到王大成家里，果然发现他们两口儿睡的房间门闩旁边的墙壁，有才补上的痕迹。

我问王大成这墙壁是怎么回事，王大成支支吾吾地没回答上来。我又打开手机电筒，查看门闩，门闩下面留下的用刀子拨过的痕迹也在。我用手机拍了照片。拍完照，我就通知王大成和他那个混账老子第二天到法庭来。

第二天，王大成父子到了法庭后，老头还想抵赖，说没那回事。后来实在抵赖不过，又把责任推到儿媳妇身上，说是李娟勾引他。

庭长一听就生气了，把桌子一拍，大声道："胡说！她勾引你，还用得着你把墙壁挖个洞？还用得着你用刀子撬门闩，她直接开门让你进去不好吗？她勾引你，你也不吐泡口水照照自己是个什么东西！"然后又严肃地警告他们，"你们的行为，一个犯强奸罪，一个犯包庇罪，已经触犯《中华人民共和国刑法》，不再属于我们法庭管辖！现在我就报告公安局，公安局会调查清楚，到时候该判刑判刑，该……"

庭长的话还没完，老头突然跪下了，一边磕头一边说："我知罪，我知罪，都是我一时糊涂！看在我一把年纪的分儿上，请你们高抬贵手，不要报告公安局，我可不想把老骨头扔到监狱里，求求你，我保证今后不再犯了……"

王大成也涨着紫红色的脸膛对我连声说："婚我不离了，婚我不离了……"

庭长盯着他问："你真不离了？"

王大成说："你把那个离婚状子给我，真不离了！"

庭长说："你说不离了不行！在这个案子中，你妻子是受害者，你和你父亲是加害者，因此我们得听受害人的意见。你不离了，如果你妻子要离，我们支持你妻子离！"

王大成忙说："不会，不会，我保证我的女人不会离婚！"

这时，庭长看了我一眼，问："小马还有什么补充的？"

我忙说："你说了不算，得你妻子亲自到法庭来说！"又对那老头说，"你说你不会再犯，口说无凭，你得当庭给法庭写一份悔过书和保证书，确保以后不再去骚扰儿媳妇。不然，我们还是要把你交给公安处理！"

老头立即说："我写，我写！"

庭长对我点了点头，我就带着父子俩走了。

老头不会写字，我便让王大成帮老头写。王大成歪歪斜斜地写了半天，才把老头的悔过书和保证书写好，交给我。我让老头按了手指印，把悔过书和保证书收好，让他们回去了。

过了两天，王大成果然带着李娟到法庭来了。也不知王大成回去对李娟说了多少好话和许了多少愿，李娟一来法庭，就哭着对我说她不和丈夫离婚，只求我别把她丈夫和公公送进监狱。

我便给李娟普法，告诉她，倘若她公公日后胆敢再有类似非法行为，立即拨打110报警，或者直接打电话到稔镇派出所寻求保护。又严肃地教育了王大成一通，说这么好的妻子你还不晓得关心和疼爱，王大成鸡啄米似的点着头保证今后一定对妻子好。

案子就这么结束了。原告撤了诉，我们也没有开庭审理的必要了。

傅小马说完，金海燕看着欧小华和罗娅说："大家发表一下看法，这个案子能够给你们什么启发？"

露台上静了一会儿，过了十多秒钟，欧小华不客气地炮轰起傅小马来："我认为，这个案子傅小马就这么处理了，是不恰当的！"

傅小马立即问道："怎么不恰当？"

欧小华回答说："你这个案子已经不是单纯的离婚案了！你刚才也说了，这案子涉及老头强奸、王大成包庇老头等犯罪行为，案中有案，怎么能按离婚案和稀泥就处理了？"

欧小华说完，罗娅也说："欧姐说得对，应当把案子移交给派出所进一步侦查……"

甚至连林大叔也气咻咻地打断了罗娅的话，说："对，这样太便宜了那个'老牛吃嫩草'的东西，真该把他送到监狱里才对！"

听大家都这么说，傅小马脸上露出了一副不知该怎么办的茫然的表情，急忙求援似的把目光落到金海燕身上。

金海燕一边点头一边对欧小华、罗娅以及林大叔说："小华说得很对，不愧是科班出身，罗娅甚至林大叔的法律意识也比过去有了很大提升！从法律上说，这个案件确实案中有案，已不属于法庭民事审理范围。但这个案子又有其特殊之处，你们知道特殊在什么地方吗？"

欧小华、罗娅听金海燕这么问，互相看了一眼，没有回答。

金海燕接着说："特殊之处是它发生在家庭里！尽管这个老头很可恶，但从两个当事人，即儿子王大成和儿媳妇李娟的态度来看，还是不愿意把事情闹开，所以他们开始时总是不说离婚的原因。因此，我觉得傅小马处理的方法是对的……"

说到这里，金海燕目光落到欧小华和罗娅身上，提高了一点声音说："不瞒大家说，这事过后，我专门去了趟派出所，咨询过他们的同志是否需要立案调查。他们也认可我们这样处理。其一，那个老头的行为虽然构成了强奸罪，但它发生在家庭，社会影响不是很大。其二，最主要的是，双方当事人都不想把事闹出去，受害人自己并没有立案的意愿，而犯罪嫌疑人后来认罪态度也较好，写了悔过书，保证不再犯，又取得了受害人一定的谅解。第三，犯罪嫌疑人已经七十多岁，身体又有一些病，即使根据法律条例判了几年，恐怕也难以在监狱里服刑。所以，派出所的同志也认为我们处理是正确的。"

听庭长这么说，大家心里都明白了。欧小华忙说："还是庭长站得高！"

罗娅等人也连连点头。

金海燕停了一下，才接着说："作为法庭的审判工作人员，首先要记住的是什么？我看过一本书，专门谈法律效果与社会效果的统一。如果这两者能够统一，那当然更好！可在现实生活中，这两者常常矛盾，这时候我们该怎么办？比如傅小马说的这个案子，王大成的父亲犯的是强奸罪，按法律要求，该把这个老头移交给公安机关侦破，然后追究他的刑事责任，可这样一来，法律效果是很好的，但是社会效果呢，能比我们用民事方式处理的效果好吗？所以，那本书中写了这样一段话：'当我们面对法律效果与社会效果不能完全统一、法律效果并不必然优先于社会效果时，我们要考虑社会效果！'所以大家办案时都要认真想一想，作为一个基层法官，怎样运用司法准则才有利于两种效果的平衡。"

欧小华又说:"原来是这样。以后我们也要跟着庭长办案!"

金海燕笑了笑,又道:"好了好了,傅小马把这个案件说完了,下面罗娅来说说办理梅兰花这个案子的情况吧!"

罗娅一听,立即看着金海燕,说:"庭长,这个案子是我和傅小马协助你办的,还是让傅小马说吧!"

金海燕摇头道:"上一个案子是傅小马说的,这个案子就由你和大家交流!"说完又鼓励她,"你尽管说,没说到的地方,傅小马可以补充!"

罗娅见没法推辞了,只好说:"好吧,那我就把这个案子的具体情况说一说吧!"

第九章

夜话2：说不出理由的离婚案

　　罗娅又看了金海燕一眼，才小声说："你们知道，我和傅小马参与的这个案子，也是一个离婚案。不过我觉得，这个案子我们没有办好，甚至可以说办砸了……"

　　罗娅刚说到这儿，欧小华就性急地问："怎么办砸了？"

　　罗娅说："这个案子说复杂也不复杂，可经过我们几次调解，也没调解下来……"

　　欧小华又打断她的话道："调解不下来，就开庭审理呀！给它来个快刀斩乱麻，你一个法官大人，还没这点威风？"

　　罗娅是个实心眼的人，没听出欧小华话中嘲讽的意思，又老老实实地回答："可这个案子，也不能轻易地审……"

　　欧小华一听又叫了起来："这就怪了，为什么又不能轻易审？你说话声音大一点嘛！都听不清。"

　　罗娅只得提高了一些音量，解释说："因为这个案子，一审就可能出人命……"

　　欧小华又张了张嘴，金海燕看出了她还想继续追问，便抢在了欧小华前面打断了她的话："好了，好了，等罗娅把案子情况说清楚了，大家再讨论！"接着又对罗娅说，"罗娅你声音大点，别像只蚊子似的，不然你今后怎么当法官？"

罗娅红了红脸，答应了一声"是"，果然把声音提高了两度，讲起整个案情来——

这个案子的原告叫梅兰花，一听这个名字，一般人都会本能地觉得这是一个漂亮的女人。确实是这样，我第一次见到她，发现她不仅年轻——才30岁，而且身材苗条，皮肤很白，举止也显得很文雅，是那种既漂亮又很有气质的女性。第一眼看见她，我还以为是城里坐办公室的干部呢！但她脸上明显挂着悲伤和抑郁的表情，她的目光从我身上掠过的时候，甚至还带着绝望的样子。

她对我说，她是来法庭要求和丈夫离婚的，她一边哭一边告诉我，她的丈夫叫谭世林，没有上进心、不干家务活、不会挣钱，也不会关心她。她掏出起诉状，我接过一看，上面也是这么写的。

我看后，有些不相信地问她："就为这些事，你要和丈夫离婚吗？"

她急忙一边点头，一边对我"嗯"了一声，接着又马上把头扭到一边，似乎不敢和我的目光对视。

我又问了一句："他没对你家暴过吧？"

她一边摇头，一边说："没有！"

虽然她答得斩钉截铁，但我总觉得她还是有所隐瞒，便盯着她追问："那还有没有其他原因？"

她听了我的话，把头埋了下去，半天没回答。正当我准备继续问她的时候，就见她抬起头，眼里闪着晶莹的泪花，红着脸想要说什么，却又停住了，过了一会儿才低下头说："真的没有其他原因，就是这些了。"

我看出来她还有些难言之隐，但现在问她，在陌生的地方，又对着陌生的人，想必她是说不出口的，于是我收下了她的诉状，并对她说："我同情你的遭遇，待我请示领导和立案调查后，会按照法律规定给你提供帮助！"

她立即过来紧紧拉住我的手说："谢谢法官同志，我这世不能报答你，来世也会报答你！"

我心里不禁有些奇怪，就离个婚，至于把话说得这么严重吗？同时也更加肯定了这个事一定还有什么隐情。

她走以后，我把这个案子向庭长做了汇报。庭长把这个案子交给了我和傅小马，并且对我说："这个案子主要由你办理，傅小马协助你！"

我们等了几天，等县上立案庭立案后，便去梅兰花的村上调查。

我们原本以为梅兰花都把离婚的事闹到了法庭上来，村子里一定是满城风雨了。没想到的是，村民听说这两口子要离婚，都感到十分诧异，纷纷对我们说："他们的关系一直都很好呀，怎么就闹离婚了？"

住在梅兰花隔壁的黄大嫂还告诉我们："过去他们两口子都在家里种地，一直都是恩恩爱爱的，从没见他们吵过嘴，闹过什么矛盾，只是去年过年以后，梅兰花跟人出去打工，是不是兰花在外面有了人，就回来要和丈夫闹离婚？"

我和傅小马听了黄大嫂的话，又去走访和梅兰花一起出去打工的人。这人叫李芬，今年因为厂子里供不上货，此时正好在家里。她听了我们的话，说："乱说些什么呀？兰花在厂子里，上班下班都和我一路，我们两人都住在厂里的宿舍，又是一个屋的，她有什么事我都晓得。别看兰花长得漂亮，可人特老实，也不善交际，我敢给你们打包票，她在外面不可能有情人！"

听了这些话，我和傅小马接着就梅兰花起诉书的内容，直接去问村民。哎呀呀，村民回答那些话，我有些不好说出口，傅小马你给大家说说吧！

听到这儿，欧小华忙说："我们办案的人，什么难听的话没听过，有什么不好说的？"

罗娅立即红了脸，金海燕见她有些发窘的样子，便为她解围说："行，行，傅小马可以补充。"说完，把目光移到了傅小马身上。

傅小马果然说："好，说就说！村民的话，确实有些粗鲁，但也没太出格的地方！"于是对案情做了补充——

我们就梅兰花在起诉书里提出的几条离婚理由，一一向村民求证。

我们问："梅兰花在诉状里说丈夫没有上进心，是不是这样？"

村民一听就笑了起来，说："一个背太阳过山的人，要啥上进心？我倒有上进心，想当县长、省长，可有那个命吗？"

我们又问:"谭世林不爱干家务活,有这事吗?"

村民回答:"我们这儿的风俗都是男主外、女主内,除了特别重的家务活,一般的家务活主要是女人干。如果这也成为离婚的理由,我们的婆娘也早就到别的男人家尿桶上屙尿了!"

我们再问:"原告说被告不会挣钱,是不是这样?"

村民说:"要是有门路挣钱,哪个还守在家里背太阳过山?我们都是不会挣钱的人,婆娘也没把我们甩了!"

我们见调查不出什么结果,便找到被告谭世林,问他究竟是因为什么妻子要提出离婚。

谭世林说:"我也不知道为什么她要离婚。那天她从法院回来,才告诉我说她把我告上了法庭,要和我离婚。她要不说,你们来调查,我还不知道哪股水发了呢!"

我又问:"你们最近就没有打过架或者吵过架?你再仔细想想。"

谭世林当真认真地想了一回,忽然脸上一红,接着用力地把头摇得跟拨浪鼓似的,说:"没有!完全没有!"

我们再问他,不管怎么诱导劝说,他仍然什么也不肯说。

我就补充到这里,后面的事,是罗娅去和原告单独谈才搞清楚的,还是罗娅说吧。

这次罗娅没再推辞,也没等欧小华、金海燕催促,便接过傅小马的话,继续讲了下去——

傅小马把谭世林带出去,我一个人和梅兰花到她的卧室,把门闩上,然后好声好气地问她到底有什么不好说的原因。

梅兰花还有些迟疑,我只好说:"如果没有合理的原因,这个婚你是离不成的。"

她才红了脸,低着头说:"他……他那个方面不……不行……"

我先还没有听出她这话的意思,又追问了一句:"哪方面不行?"

她的脸更红了，又过了一会儿，才抬眼看着我说："就是那方面……你还没结婚吗……"

我愣了一下，便明白过来，问她："你是指你们性生活不和谐？"

她立即点了点头。

我又问："有多长时间了？"

她说："从结婚就是这样！"

我又说："是一点不行，还是……"

她没等我问完，就把话接了过去："一点不行……"然后眼巴巴地看着我，说，"我是白当一个女人了，我不想再和他一起过了，求求你，我们都是女人，那种日子真不好过，我一定要离婚……"一边说，一边眼泪又流了下来。

我见了，心里很不好受。一方面，我来嵇镇法庭这两年，见过夫妻间因家暴、因出轨、因感情不和离婚的，因性生活不和谐要离婚的还是第一次遇见。这事要放到城里，没什么奇怪的，可你们也知道，农村人比较保守，两口子之间这事，一般不会拿出来对外人说，更不会闹到法庭上来。另一方面，就像梅兰花说的，我也是女人，我也知道，一个女人，年纪轻轻的就守活寡，会有多痛苦。说实在话，梅兰花要不是万不得已，绝不会把这事拿到我们面前说。再说，梅兰花敢因为这事闹离婚并敢和丈夫对簿公堂，也表明了社会的进步。

因此，我决定帮她一把。

我把情况跟傅小马讲了，让他再去和被告谈谈。具体怎么谈的，傅小马你来说吧。

傅小马立即接过罗娅的话，说——

得知这个情况，我又把谭世林单独拉到一个背人的地方，我决定单刀直入，问他："你妻子说你们性生活不和谐，是不是这样？"

谭世林本来还要否认，我就直接说："那你把你们夫妻过性生活的情况直接告诉我。譬如说，你们多久过一次性生活，过性生活时间持续多久，还有，你的身体是否有什么毛病。"

谭世林一听我这话，立即像一棵遭霜打的白菜——蔫了，低下头，一脸惭愧的神色。

通过详细询问，终于了解到谭世林生理上确实患有很严重的阳痿和早泄的疾病，吃了很多药，都一点不见效。

搞明白情况之后，我们真的很同情原告。我们对《民法典》的相关条款也非常清楚。根据被告已不能履行一个丈夫的义务和职责的情况，在审理中依法做出准予离婚的判决，应该是没有问题的。

但我们当时还是决定先按照流程进行调解，看是否可以找到一条更好的路。

到了调解那天，问题来了——原告一定要离婚，而被告的态度也十分强硬，那就是坚决不离。并且还对我和罗娅发出威胁："如果法官判我们离婚，我现在就死给你们看！"说着，被告从怀里掏出一把菜刀来，将刀刃横在自己脖子上。

罗娅从没看过这样的场面，吓呆了。我立刻反应过来，趁谭世林不留神，一下扑过去，抢下了他手里的菜刀。

我们知道调解无法再往下进行了，只能让他们回去，等过一段时间后，再进行第二次调解。

我们把被告单独喊到办公室里，问他不愿离的原因是什么。谭世林余怒未消地道："不愿离就是不愿离，还有什么原因？你们可以判她不回家，我都答应，就是不能判我们离婚！"

我们有些明白这话的意思，便问他："你的意思是她可以在外面另找一个男人，你都没意见，但就是不能离婚？"

被告道："你懂了我的意思还问？她在外面另找一个男人，回不回家我都管不着，但她名义上还是我的老婆！"

我们觉得又好笑又好气："法律上哪有这样的判法？再说，她如果不回家，你只是名义上有个老婆，那又何必呢？"

被告说："那可不一样了！你要判我们离了，你知道现在重新再找一个老婆有多难？再婚要花一大笔钱不说，更重要的是，大家都知道我有了那方面的病，哪个女人还会嫁给我？只要你不判我们离，尽管她不回家，但在名义上，我还是一个有家有室的人，你们说是不是？求求你，我这也是没办法了！"随后又补了一句，"你们真要判我们离，我真不想活了！一个男人活到这份儿上，还有什么意思？"说着，被告也流下了心酸和痛苦的泪。

我们一时又矛盾起来，站在男人的角度想，被告不愿离也有一定道理。可一想起原告，也觉得可怜。但如果我们依法判决，又怕被告真的一时想不通，做出不理智的事来，这事麻烦就大了。想了想，决定把这案子拖一段时间。

可是也不能一直拖下去呀！这段时间里，梅兰花又隔三岔五地来催我们，说到伤心处，还大放悲声，一边哭，一边请求："法官同志，求求你成全我！我没嫌他其他什么，只是我变了一世女人，就只想过一过一个女人的正常生活，想有一个自己的孩子！我跟了他几年，实在受不了了，真的受不了了……"

没办法，我们上周又只好把两人通知到法庭进行第二次调解。

这次，被告身上没带菜刀，却拦腰缠了一根长长的绳子，他对我们说："如果法庭还是要我们离婚，走出法庭大门，我就找地方先把她勒死，然后自己再找地方吊死，两个人都不活了！"

这么一来，我们连调解的话也不好说了，只好对他们说调解不成功，等着下次开庭。

但我们知道，到开庭的时候，等待我们的，还不知是怎样的考验呢！我们只好在心中默默向老天爷祈祷，愿被告在这段时间内，通过求医问药，突然雄风焕发，这婚就不用再离了呢！

这就是我们这个案件的办理情况，现在我和罗娅都感到很作难。我们既然受理了这个案子，依法审理不是，不依法审理也不是。有时我们深深感到：怎么法律有时候也这么无力呢？这个案子究竟怎么办才能取得圆满的效果，请大家给我们出出主意！

傅小马说完，露台上再次安静下来，连快言快语的欧小华也沉默了。

前面公路驶过一辆车，车轮摩擦柏油路面的声音格外刺耳。月亮慢慢爬到了露台上空，烟霞山和周围的树木、庄稼、房屋，都庄严而肃穆地沐浴在银色的光华里。头顶的天空上，有几片鲤鱼斑似的花花云朵。

寂静了一会儿,金海燕问大家:"听了罗娅和傅小马对这个案子的介绍,小华有什么看法?"

欧小华没想到庭长会直接问她,想了想才说:"哎,我也觉得这个案子有些棘手,一时没想好呢!"

金海燕听了欧小华的话,这才说:"刚才傅小马问了个问题,问得很好:为什么法律有时候会显得这么无力呢?

"是的,法律很重要,但法律并不是万能的,遇到这样的案件,法律真的有些无力!但罗娅、小马,还有小华,你们想过没有,就这个案子来说,罗娅和小马已经做得很好了。"说着看着罗娅和傅小马,"你们先是通过细致而深入的调查,不但弄清了真实案情,而且能从原告和被告双方立场上考虑和体谅他们的处境,没急着开庭,而是先调解。整个案件的办理过程,真正体现了法律工作者的智慧和对当事人负责任的态度,这一点我应该表扬你们……"

金海燕话还没完,罗娅便插话说:"庭长,这个案子办成了一个两难案子,怎么体现了智慧……"

金海燕没等她说完,又说:"怎么没体现?依照法律条例,完全可以判他们离婚,这很简单!可这样一来,假如真闹出人命来,就可能引起社会不和谐,甚至导致不稳定的局面,你说,出现这种情况,背没背离法律的初衷?"

听了这话,罗娅不吭声了。

过了一会儿,金海燕又说:"不过,就这个案子来说,你们做了很多工作,但还有一些地方,我觉得还可以再查缺补漏。比如说到被告的病,他是什么时候得的这种病,又到哪些医院就过诊,看的是中医还是西医。还有,一个男人那方面不行,原因是多种多样的,有身体方面的,还有精神和情绪方面的,这些都需要详细了解。现代医学这么发达,一般来讲,只要不是先天性的缺陷,治疗一个男人那方面的病,应当是有办法的。"

金海燕说到这里,林大叔像是突然想起似的说:"就是,金庭长这话提醒了我,我们村里原来也有一对夫妻,结婚好几年都没生娃儿,起初大家都认为是女人的原因。后来,从女人娘家传出消息,才知道因为男人那玩意儿举不起来。这话传出来后,不但男人,就是男方的父母、兄弟姐妹等都觉得在女方面前抬不起头。有一天,他家里来了一个亲戚,对他说,治这种病还得靠中医。又说他知道一个老中医,专治这个病,去找他开几服中药慢慢调理,保准得行!那人果然去了,不到半年,女人的肚子就鼓起来了……"

听到这里,傅小马迫不及待地问:"林大叔,那中医姓什么,在哪儿住?"

林大叔说:"我又不找他治那方面的病,怎么知道?不过,我倒是可以回村里去帮你问问!"

傅小马忙站起来对林泽斌打了一躬,说:"那就麻烦林叔明天就抽时间回去问问,我先谢你了!救人一命,胜造七级浮屠,林叔挽救一个家庭,比造七级浮屠功德还大呢!"

林泽斌说:"我是油黑人,不受粉……"

傅小马说:"怎么是受粉?你帮我们解决了大难题,我和罗娅请你喝酒!"

金海燕听到这里,也说:"这就对了!古人说:'山重水复疑无路,柳暗花明又一村。'这就是大家一起讨论的好处!"又对傅小马和罗娅说,"你们是聪明人,不用我多说,再花点时间,争取把这个案子圆满结案!"然后再看着欧小华,说,"小华,现在该你说了,你总不能再推辞了吧?"

欧小华见傅小马、罗娅都把他们参与的案子说了,自己就像俗话说的腊月三十天的磨子——没推头了,想了想,说:"好,江副庭长不在,我就把我们办的这个案子情况说一说。在汇报之前,我首先向庭长检讨,这个案子因为立案较晚,我和江副庭长只来得及下去把案情调查清楚,还没有正式进入办理过程……"

金海燕忙说:"有多少就说多少,把案子的调查情况和大家交流交流,也是好的!"

傅小马也说:"就是,就是,奇文共欣赏,疑义相与析嘛!"

第十章

夜话3：抚恤金纠纷

欧小华没理会傅小马的插科打诨，说："那好，庭长，我就把和江副庭长调查的情况汇报一下！"接着就讲了起来——

我们这个案子的当事人叫沈玉清，她十多年前嫁给王家洼的王家旺。王家旺那年二十七，比沈玉清大五岁。乡下人说，"女大三，抱金砖"，王家湾也流传一句话，"男大五，像老父"。王家旺比沈玉清大了五岁，虽是农村人，却懂得疼女人，因此夫妻恩爱，家庭和睦。沈玉清在当女孩儿时，虽说是被父母娇惯了的，却是一个大大咧咧的人，什么事都不往心上记，也懂得孝敬公婆。那时她公婆身强力壮，膝下只有两个小子，因此待沈玉清，说不上十分好，也有七八分亲。一大家子欢欢喜喜，和和气气的。王家旺的弟弟叫王家富，沈玉清嫁过来时，那王家富才十一岁……

听到这里，傅小马打断欧小华的话，不解地问："弟弟和哥哥的年龄怎么相差了那么多？"

欧小华撇了撇嘴，说："你没在农村生活过，那时实行计划生育。这王家富，是老两口当年偷偷跑到外面当'超生游击队'生下来的！"

傅小马"哦"了一声，还打算说点什么，金海燕看着他说："别打岔，等小华说完，大家再提问题也不迟。"

傅小马果然住了嘴。欧小华停了停，接着说了下去——

沈玉清娘家只有个姐姐，无兄无弟，因此把那小叔子当亲弟弟一样疼爱。王家富每次放学回来，总要先跑到沈玉清房里，"嫂嫂"长"嫂嫂"短，喊得很欢。有两次王家旺没在家里，王家富还吵着要去和嫂子睡，父母又是哄、又是劝、又是吓，还是不行，只得让他去沈玉清的床上躺了。沈玉清只能等他睡熟了，才起床把他抱到公公婆婆的床上。

过了两年，沈玉清生了女儿莉莉，公公婆婆按照乡下的习俗，让大儿子一家三口分家单过，老两口跟小儿子一起过。

虽说分家后，各家门、各家户，但毕竟血脉亲情，打断骨头都还连着筋。尽管不在一口锅里舀饭了，可父子、婆媳和叔嫂还是像一家人似的和和气气，有商有量，有个什么事，都互相帮衬着。王家湾的人一说起这家人，莫不赞扬。

原以为一家人就这样亲亲热热过下去了，没想到天有不测风云，王家旺突然出事了。

原来，分家之后王家旺和沈玉清又生了儿子军军，等儿子周岁，王家旺便出去打工。可是他又不敢像无家无室的年轻人那样，想走哪里就走哪里。他担心自己走远了，照顾不到家里，让妻子一个人在家里吃苦受累。最后，他选择了到县城一家建筑工地上干活。那个建筑老板姓刘，待工人还算不错，王家旺在刘老板手里干了七八年，换了好几个工地，都吉星高照，平安度过。没想到有一天遭到飞来横祸：

那天，王家旺站在吊车下面，指挥吊车往上面吊水泥板。吊车起吊后，王家旺站在吊机下面抽烟。谁知吊车升到半空中钢缆突然断了，水泥板一下坠落下来不偏不倚砸在他身上，王家旺连叫都没叫一声，便被砸成了一摊肉泥。

王家旺死了，麻烦事马上就来了。

他虽然是死在工地上，但他违反了工地上的安全规则，站在吊机臂下抽烟，他自己至少要负一部分责任。吊机的钢缆损坏，没及时换掉，导致了这场安全事故，老板负主要责任。经过多方调解，刘老板答应赔偿王家旺抚恤金30

万元。

王家富见有30万元抚恤金，一下动了心，对父母说道："爸，妈，你们一把屎、一把尿，辛辛苦苦养了儿子一场，为的是养儿防老，现在大哥没了，大嫂还年轻，肯定要嫁人，如果让她把30万块钱拿到手里，嫁了人，你们不是就白养了我哥？再说，如果嫂嫂嫁了人，把莉莉和军军丢在屋里，哪个来养？还不是我们的事！趁她现在还没有回过神来，我们明天就赶到城里去找刘老板，把钱要到手里！"还吓唬他们说，"如果你们不去要，我们今后也不得养你们！"

王家旺的父母本是老实人，先前并没有想着要和儿媳妇争这笔钱，可禁不住小儿子两口子在耳朵边吹风，又害怕今后小儿子和小儿媳妇真的不养他们，于是也动了心，便和王家富两口子一道，跑到刘老板那儿要钱。

刘老板见王家旺的父母和弟弟两口子来要钱，心里已经明白，便道："按照法律规定，沈玉清和你们都有权得到这笔钱，但究竟谁该得多少，这是你们的家务事，你们回去商量好了，我再把钱分别给你们，反正30万元钱，我不会少给一分！"

王家富两口儿一听，便朝老两口儿使了个眼色。那老两口儿会意，往地上一坐，一把鼻涕一把泪地哭了起来。

王家旺的母亲一边哭，一边长一声短一声地诉苦："天啦，我不活了，不活了！我一把屎一把尿，好不容易才带大一个儿子，就这么说没就没了呀！我们不活了，让我们去死吧……"说着，就要去跳楼，被大伙儿拉住了。

刘老板仍是不为所动，耐着性子对老两口和小两口解释："我理解你们的心情，可我也得依法办事是不是？按法律的规定，这钱王家旺的妻子也有份，我把钱给了你们，要是死者的妻子又来向我要，我怎么办？我总不能给你们双份吧？"

王家富听刘老板这么说，便道："你放心，在家里我们和嫂子已经商量好了，这钱她和我父母二一添作五，一边一半，我们绝不会乱来！因为她现在还为着我哥的死在家伤心，人都病了，所以就由我们先来把这钱领回去，我们保证一分钱也不会少她的！"

刘老板看着老两口问："真的呀？"

老两口也不知该怎么回答，只顾"唔唔"地点头。

刘老板想了想，便对王家富说："那你按照刚才说的，给我写个保证，出了事儿，我也不负责！"

王家富果然写了一份保证书。刘老板先要王家旺的父母在上面画押，又让王家富两口子都在上面按了手印，才让财务人员去取了30万元现金出来，当面交给了王家富。

后来我们去调查时，问过刘老板怎么这么轻易地把30万元现金给了死者的父母和兄弟，难道不知道他还有老婆儿女吗？

刘老板说："他们在我办公室寻死觅活的，我心想，反正这钱我是要给的，多一事不如少一事，要是那两个老人真在我办公室跳了楼，我不还要多赔两个人的钱吗？"

就这样，王家富和他的父母拿到了王家旺的全部抚恤金。

等王家旺的"头七"过了，沈玉清才回过神来，跑到城里去向刘老板要钱。刘老板如实把王家旺的父母和弟弟两口子要钱的经过告诉了沈玉清，还拿出了王家富写的保证书让沈玉清看。

沈玉清没法，回来向公公婆婆和小叔子两口儿要钱，却哪儿要得出来？

王家富说："钱是在这儿，可钱不是你的！"

沈玉清惊诧地问："不是我的是哪个的？"

王家富说："是军军和莉莉的，我们给他们存在那儿，等他们今后读大学和娶媳妇用，保证一分钱也不会少他们的！"

沈玉清便有些生气，说："我的儿女，我不晓得给他们保管钱，要你们给他们保管？"

王家富说："那不见得！有后老子就有后娘，要是你嫁了人，不把军军和莉莉当儿女看，怎么办？"

反正不管怎么说，钱是一分也不肯给沈玉清。

沈玉清一个妇道人家，没人帮她，就像墙壁上的团鱼——四脚无靠，拿公婆和小叔子两口子没办法，便去请了村上干部和家族的一些长辈来解决。

那村上的干部起初以"清官难断家务事"为理由，不愿来管他们这事，后来架不住沈玉清再三请求，甚至让莉莉和军军在他们面前跪下，他们才不情愿地来了。

他们一来，沈玉清便一手拉着一个孩子，一把鼻涕一把泪地哭诉。

家族的一部分老辈子见沈玉清伤心欲绝的样子，想起人家一对鸳鸯，如今失去了一只，将心比心，哪有不痛苦的？又看见这一高一低、一大一小两个孩儿，既可爱又可怜，因此心里早同情了她。又听了她一番诉说，更觉得言之有理，便站在了她这一边，批评老两口儿和小两口儿不该这样做，实在不像样子。

可另一部分家族长辈，事先得了王家富的好处，这时便站到老两口儿这一边，说这老两口儿好不容易把儿子带大，如今老年丧子，本身就很可怜，况且沈玉清迟早要嫁人，不把钱给她，也是为了孙子孙女打算，有什么不对？哪个爷爷奶奶不心疼孙子孙女？

这么一说，听起来两边都有理，于是一齐看着村上干部。

那些村上干部都是不爱得罪人的老好人，像牙疼似的嘟着嘴唇不吭声。过了半天，见实在不能再装聋作哑了，村支书便看着沈玉清问："我问你一句话，你可要实话告诉我：你究竟有没有改嫁的打算？"

沈玉清道："我儿女都有了，你说我改嫁做啥子？如果莉莉、军军的爸还活着，他要离婚，我还放心走。因为就算没有了我，起码他们还有老汉儿管着，起码他们还有一个家。可现在他们老汉儿没了，我要是走了，娃儿就连个家也没了！现在他们爷爷奶奶、幺爸幺妈，都恨不得把我们娘儿母子一口吃了，难道还靠得到他们？退一万步说，即使他们爷爷奶奶肯收留他们，可他们还活得到多少年？他们一死，你说两个娃儿，会不会成为两个没人管的孤儿……"说到这儿沈玉清又伤心地哭了起来。

村支书听了沈玉清的话，便立即说："好，现在听我裁断：这30万元抚恤金，莉莉、军军和他们爷爷奶奶一方15万！既然沈玉清当着这么多人表态不会改嫁，便仍然是监护人，莉莉和军军的15万，理应由他们的母亲替他们保管！限三天以内，莉莉、军军的爷爷奶奶拿出15万元，交给沈玉清。"

村支书的稀泥还没和完，王家富马上又问了一句："那她拿到钱后，又要改嫁了呢？"

村支书只想把眼前的事搁平,哪想到以后的事情,便说:"如果军军和莉莉妈拿到钱后又想改嫁,就必须把15万块钱退出来交给莉莉、军军的爷爷奶奶。"

欧小华说到这儿,傅小马立即气愤地叫起来:"这是什么话?这个支书简直是个法盲!"

罗娅听了也说道:"就是,世上哪有这本书卖?沈玉清丈夫的死亡赔偿金,为什么没有沈玉清一份,只有公公婆婆和莉莉、军军的?改嫁关她公公婆婆什么事,凭什么要把丈夫的死亡赔偿金交给他们?再说,村支书这个调解方案本来就不公平!"

连奉哥也说:"这个解决办法确实不公,人家孤儿寡母,本来就该分得多一些嘛!"

金海燕见大家都替沈玉清鸣不平,便说:"好了,让小华先说完,大家再议论吧!"

众人又住了声,欧小华继续说了下去——

那些被沈玉清请来主持正义的家族老辈子也都是些墙头草,他们本身就不想得罪任何一方,听了村支书的话,便都纷纷打起和气牌来。有的对沈玉清说:"这样最好,只要不改嫁,就还是一家人,还争来争去做啥?"有的对沈玉清的公公、婆婆和王家富说:"你们也别争了,不看僧面看佛面,看在军军和莉莉两个娃儿的面上,该让一点就让一点!"

本来沈玉清还想多争一点,但听众人都这么说,知道胳膊拧不过大腿,便也同意了。

双方在村支书的主持下,立了文书,规定三天以内,沈玉清的公公、婆婆必须将15万元现金交给沈玉清。沈玉清和公公婆婆都在文书上摁了手印,一场家庭财产纠纷案就这样给按平了。当下双方偃旗息鼓,又都谢了村上干部和几位家族老辈子,各自收兵回营。

事已至此,本该皆大欢喜才是,可过了三天,沈玉清见公公婆婆没把钱拿来,便过去问。

公公说:"钱是军军的叔叔存的,你去问他要嘛!"

沈玉清又去问王家富。王家富却耍赖说:"你想也别想!那钱给了你,你拍屁股一走,我们去问哪个要?钱是在我手里,可我就是不会给你!"

沈玉清一听这话,真的没办法可想了,这才一纸诉状,把公公婆婆和小叔子告到我们法庭来了。

我们下去调查后,江副庭长对我说,下一步,我们先调解,调解不下来,就开庭依法审理!现在就等着江副庭长的安排了。这就是我们这个案子的基本情况,我讲完了。

听完欧小华的讲述,一时间大家又沉默下来。

花盆里那些月季、牡丹、杜鹃、茉莉等花枝上,不知什么时候,挂上了一颗颗晶莹、圆润的露珠,被飒飒的夜风一吹,掉在露台的水泥地板上,发出"吧嗒、吧嗒"的脆响,犹如豆荚爆裂了一般。从远处的稻田和旷野里,比赛似的传来一片嘈嘈杂杂的、热闹的虫鸣声。

金海燕见大家没吭声,便问傅小马和罗娅:"你们俩怎么不说话了?"

傅小马这才说:"我建议这个案子不用调解,一定要开庭审理……"

金海燕道:"为什么?"

傅小马说:"只有通过法庭的公正判决,才能彰显法律的威严。"

傅小马话还没完,奉哥突然说了一句:"农村这样的事多了!猴子烤火,各人往各人胯下刨,也不顾亲情了……"

林大叔也在奉哥话后补了两句:"人都死了,还有啥亲情?俗话说得好,人不为己,天诛地灭嘛!"

罗娅等大家说完,才说:"我们固然不能消灭私心,但法律是保护弱者的,我也赞成通过法庭审理,还孤儿寡母一个公道!"

金海燕听后,才说:"我也赞同各位的意见,但不论是司法调解还是司法判决,终究要以其不偏不倚的公正性与合法性来谋求法律的权威,在这点上,我们要相信江副庭长,他是老法官了,是不是?"

傅小马、罗娅、欧小华听了这话,都点了点头。

金海燕便总结道："刚才小马、罗娅、小华都交流了自己参与的案子办理的情况，小马协助办理的王大成离婚案，已经审理完结，顺利结案。罗娅和傅小马协助办理的梅兰花离婚案，虽然没有完结，但也离结案不远了。接下来，你们再分别去找两个当事人好好谈谈，如果梅兰花丈夫的病能治好，这个官司可能就不需要再打了。沈玉清这个财产纠纷案，事实已经十分清楚，案情也不复杂，无论是调解，还是审理，有江副庭长掌舵，我们都不用担心。这几个案子，大家都做得很好，充分体现了我们基层法庭办案的特点，那就是始终把'讲政治、顾大局、保稳定'这九个字牢记在心间，而不是单纯背法律条文和搬法律知识，所以我前面说傅小马他们协助办理的王大成离婚案，充分体现了一个法律工作者的智慧呢！罗娅和傅小马办的梅兰花离婚这个案子，也是这样。接下来，希望罗娅、傅小马、欧小华把还没办理完毕的两个案子尽快推进！"

金海燕说到这儿，扫了傅小马、罗娅和欧小华一眼，见他们都听得很认真，停了停又接着说："今天下午傅小马接待的，那个叫郑琴的贺家湾村村民要和丈夫贺兴胜离婚的案子，我想了想，欧小华和江副庭长那个财产纠纷案还没办完，我明天又要去县委党校报到学习，就只有交给傅小马和罗娅先跟进。以后审判时，是我还是江副庭长当审判长，到时候再说……"

听到这里，罗娅张了张嘴，似乎想说什么，金海燕抢在她前面，说："我知道，你们前一个案子还没办完，又给你们交新的任务，有些鞭打快牛。可你们也看见了，庭里就这么几个人，不交给你们又交给谁呢？"停了一下又说，"不过这个案子，罗娅你只是协助。等这个案子办完了，我放你几天假，回去和丈夫、孩子好好团聚一下！"

罗娅便不再说什么了。

金海燕从面前的桌子上拿起黄昏时傅小马交给她的那个郑琴案子的卷宗，重新递给傅小马，说："材料我已经签字，明天就送到县上的立案庭立案吧！"

傅小马把材料接了过来。

这时，金海燕像完成了一件重大任务似的，长长地舒了一口气，然后才说："时间不早了，大家回去休息，明天都还有事呢！"

几个人纷纷起身，拖着各自的椅子离开了露台。

傅小马、罗娅、欧小华和奉彪、林泽斌走后，金海燕并没有马上离开。她继续坐在月光下，看着前方的烟霞山发呆。远远看去，烟霞山上有层银色似的雾在轻轻移动，山上的树影有些朦胧，只能看见一个大致的轮廓。此时，公路上的车辆明显少了，偶尔一辆轿车或货车驶过，车灯发出的光从露台上空划过，强烈的光柱把头顶的天空照得十分明亮。只是倏忽之间，随着光柱移开，周围又是万籁俱寂，世界仿佛都静静地睡了过去。

在一片静谧中，金海燕忽然想起刚才差点说错一句话，就是她听了傅小马、罗娅和欧小华汇报的案情过后，她本想告诉他们，我们基层法庭办案，有时仅拘泥于法律条文办事，不一定产生好的社会效果。但话到嘴边，突然想起这虽然是自己从实践中总结出来的经验之谈，可对于几个才接触法律工作的年轻人来说，他们不一定能完全理解。假如他们理解偏了，说不定对以后的工作还会产生不好的影响，于是她把这句话换成了"讲政治、顾大局、保稳定"九个字，她想，这个原则他们一定会理解的！

想到这里，金海燕忽地又叹息了一声，心里说："基层法律工作者真是太难了，好些问题哪是光靠法律条文和书本知识就能解决的。就说这常见的离婚案子的审理吧，你法庭有七算，不轻易判决，可当事人也有八算，他们像是法官肚子里的蛔虫，晓得你不会轻易判决，于是他们表现出充分的耐心，第一次不给判离，那他们就隔上几个月，再来一次起诉，如此三番五次，很考验耐心。所以我才对傅小马、罗娅、欧小华等人说，在基层法庭办案，最考验法官的是经验和智慧！但愿他们经过这些磨砺，都能尽快成长起来！"

又坐了一个小时左右，那半轮明月不知什么时候移到房顶后面去了。原先露台如银，月光突然暗淡了下来，远处变成了一片黑色。夜已经深了，金海燕身上也渐渐有了几丝寒意，她这才站起来，提着椅子往自己寝室走去。

第十一章

送文书

那次傅小马在露台上汇报完王大成离婚案的办理情况后，金海燕当着欧小华、罗娅，还有奉哥和林大叔的面表扬了他，这让傅小马颇有些骄傲和自豪。傅小马甚至认为庭长这么做是故意的，因为那个案子，从立案到结案，都是庭长给他出的主意，现在庭长却把功劳归到他身上。不但如此，就连他和罗娅协办的梅兰花离婚的案子，庭长听完也大加赞扬。十分明显，庭长是想在法庭的人，特别是在欧小华和罗娅面前，树立他这个辅警的威信。这一点，怎不令傅小马心怀激动和感谢之恩呢？更重要的是，现在不但傅小马觉得自己通过协助办案，实现了人生价值，同时，庭长还没有说假话，将办案津贴一分不少地给了他。现在，傅小马每月的工资加津贴，基本可以和书记员欧小华、罗娅拉平，比司机奉哥和炊事员林大叔要高出一大截。这让傅小马更有成就感了。

傅小马明白，这一切都来自金庭长对他的关心、爱护和赏识，因此，他也想进一步报答金庭长。好在办过几次案后，他渐渐摸出了一些经验。过去觉得法官办案十分神秘，可现在感觉也不过如此，就像庭长说的那样，只要有足够的耐心，就没有办不好的案子。通过王大成和梅兰花这两个离婚案子，傅小马感到又积累了一些新的经验，再办这样的案子，他一定会有一种轻车熟路的感觉。

但正应了一句俗话："有得必有失"——因为傅小马对自己协办的案子，不论大小，他都想像一个具有精湛技艺的工匠一样，办得尽善尽美，不但让庭长满意,也尽量让当事人都满意,因此他把全部精力和时间都投入案子中,这就严重影响了他的学习。他连续参加了三次公考,每次的成绩离面试线都是戴起草帽亲嘴——差了一大截。他见公考不行,又转而参加司考,运气照样不佳,考了两年,同样榜上无名,他因此有些灰心了。

这次,金海燕又把郑琴离婚案的一些工作交给了他和罗娅。他和罗娅的想法不一样,罗娅可能认为庭长是鞭打快牛,他却认为是金庭长对他俩,特别是对他这个辅警的信任。他心里再次感激庭长,也决心把庭长交办的任务完成好。但和过去的想法略有不同,把这个案子的任务完成好不单是为了报答庭长,更重要的是,他还想在庭长和江副庭长、欧小华、罗娅面前,进一步显示自己的能力,赢得庭长更大的赏识。怀着这样的想法,傅小马翌日一早,便赶到县法院立案庭。现在,县上各个部门的办事效率比过去高了许多,县法院也不例外,何况又不是什么大案要案,立案庭当天就批准立案。傅小马在立案庭给父母打了一个电话,向父母报了平安,就回到嵇镇法庭。

回到法庭,歇也不歇,傅小马便马不停蹄地复制出郑琴起诉书的副本,第二天,他便叫上罗娅,坐上法庭那辆破长安,往贺家湾去了。

按照以往送达司法文书的惯例,一般都先找到村上的干部,然后由村干部带到当事人家里去。有村干部陪着,可以减少一些当事人的胡搅蛮缠。所以到了村里,傅小马想找人打听村里的干部住在哪儿。他们发现村里的房子修得很漂亮,白墙绿瓦,像小别墅一样,但大多关门闭户,有的院子里甚至长满了野草,显然很久都没住过人了。他们的车在村里转了一个大圈,也没碰上人。

奉彪只好又把车开出村外,在一块地里找到一个锄地的七十多岁的老头,傅小马上前去打听,才知道村支书贺端阳和人合伙做生意,大多数时候都没在村里。傅小马又问村主任,老头又说村主任和贺端阳穿的是一条裤子。傅小马有些不明白,问怎么穿的是一条裤子。老头说:"村主任是他,村支书也是他,村支书吃饭,村主任也吃饭,村支书放屁,村主任也放屁,不是穿一条裤子?"傅小马这才明白这个叫贺家湾的村,村支书和村主任是"一肩挑"。

傅小马没法了,又问他:"知不知道村里有个叫贺兴胜的,和村里一个叫郑琴的姑娘结婚的,两口子前不久闹了一点矛盾,这个郑琴现在要离婚,你知道贺兴胜住在哪儿？"

老头顺手一指，说："那不是，就在那个鸭嘴壳石盘嘴嘴上！不过你们的车子开不到那儿去，得把车子停在村委会，走路过去。"

傅小马谢过了他，正要走时，老头又问他："你们是公安局的吧？"

傅小马说："我们是法庭的。"

老头说："那你们穿的衣服和公安局的一样？"

傅小马指了指胸前的一块牌子说："衣服虽然一样，但这标牌不一样！"

傅小马说完，马上转身朝路上的车子走去。回到车旁，觉得老头连法官和警察都分不清，感到很好笑，便对奉彪和罗娅转述了老头的话，于是奉彪又掉转车头，把车开到村委会院子里停下，三个人便沿着小路朝老头指的那石盘嘴走去。

傅小马和罗娅今天专门跑这一趟，其实有些违反法庭的规定。嵇镇法庭在金海燕没来之前，就形成了这样一个制度，那就是为了节约人力、物力和财力，以及提高工作效率，法庭在送达司法文书时，会把不同案件被告的住址排列到一起，然后按距离远近拟出一个行车路线图，力争出一趟车就能解决一堆案件文书的送达问题。金海燕来嵇镇法庭后，觉得这是她前任的一个创造，应该发扬光大，便把这条规矩给继承下来了。当然，她不坚持这条规矩也不行，因为法庭只有这么一辆破车，跑车的费用上面不拨款，由法庭自行解决。如果每个案件都单独跑一趟，不但增加耗油费用，光是车辆维修费就不得了，何况这本身就是一辆快散架的破车呢？

当然，金海燕到嵇镇法庭后，对文书送达的方式也做了一些改革。这种改革源自她亲身经历的一件事。那是她初到嵇镇法庭没多久，她去向一位被告送达原告的起诉书副本，那也是一起离婚案件，女方是原告，男方是被告。当她找到案件当事人，还没把话说完，对方的母亲便指着她又哭又骂起来："不收，不收，状子我们坚决不收！你们法院总是帮坏人……"

金海燕问："我们怎么帮坏人了？"

被告的母亲说："你为什么要帮那个骚婆娘？你称二两棉花访（纺）一访

（纺），这湾里哪个不知道这个骚婆娘在外面跟人乱搞。现在还有脸和我儿子离婚，这世界上还有天理没有？"

那是一个宗族性很强的村庄，全村人都姓苟，很团结，当时又正是吃午饭时候，一些人看见停在路边的警车，又听了被告母亲的叫骂，便端着碗纷纷跑了过来。当他们弄清事情原委后，也围着金海燕，指责她说："就是，你们法院为什么不站在老实人一边，却要站在坏人一边？那是个骚狐狸精，不在家好好过日子，跑出去和别的男人鬼混，这样的女人你们法院还要袒护？"

金海燕努力向他们解释，可这些农民有他们朴素的是非观，总觉得法庭不该收那女人的状子，收了女人的状子就是支持女人在外面乱搞。金海燕越解释，他们越不听，人越聚越多，个个脸上都呈现出一副义愤填膺的样子。奉彪看见情况不妙，急忙把金海燕从人群中拉出来，塞进面包车走了。

走到村外，奉彪才告诉金海燕："你要再和他们说下去，说不定我们就走不了了！"

金海燕问："过去送达文书发生过这些事没有？"

奉彪说："多着呢！农民总觉得当被告脸上不光彩。还有，他们认为法庭一定是得了原告的好处。所以，每次送文书下来，都几乎要和被告磨半天嘴皮，有时人家根本就不接文书，还把你大骂一顿呢！"

金海燕听后没有吭声。回去后，便征求大家意见，制定了几条纪律：

第一条，以后干警出庭给被告送达法律文书时，至少得两人同行，以确保人身安全。

宣布这一条时，大家均无意见，顺利通过。

第二条，干警出庭送达法律文书时，不要全为男性或全为女性，必须一男一女搭配。

金海燕说到这里时，大家又一齐兴奋起来，说："好哇好哇，男女搭配，工作不累，欢迎欢迎……"

金海燕还没等大家把掌鼓起来，便正了脸色说："想得挺美，下面的话还没完呢！"接着又宣布，"严禁男干警直接和村民发生争执和冲突，一旦村民出现冲动，女干警要第一时间冲上前……"

第十一章 / 送文书

金海燕话还没完，书记员欧小华便叫了起来："这是要把女人拿去当炮灰呀！"

金海燕笑了笑："不是拿女人当炮灰，是对你们委以重任！柔能克刚，这是充分发挥你们温柔、嘴甜、耐心的长处。再说，乡下自古以来就有'男不跟女斗'的古训。当然，男干警要自始至终保护好女干警，如果女干警出了事，我第一时间处分男干警！"

欧小华这才说："这还差不多！"

于是又一致通过。

金海燕接着宣布：第三条，干警出庭送达法律文书时，一律严格按规定着警服；第四条，到达被告所在村庄后，首先和村干部取得联系，并请求村干部陪同，以获得村干部支持。

以上两条也一致通过。

今天，傅小马和罗娅来给贺兴胜送达郑琴的起诉书副本，固然是立功心切，也正好响应了金海燕提出的"快办案、办好案"的要求。

三个人下了一道缓坡，从一条小路来到一座白墙灰瓦的建筑前，傅小马一看，房屋虽然很宽敞，却有些陈旧了，看起来像是十多年的建筑。两扇大门被一把冷冰冰的铁锁强行拉在了一起，一扇大门上贴着门神尉迟恭，另一扇门上则是尉迟恭的老搭档秦琼。两位大将军十分尽责，圆睁双眼，威风凛凛地瞪着他们。院子倒是打扫得十分干净，石缝里也没杂草，两只鸡卧在离大门不远的墙根下，悠闲地打着瞌睡。这一切都表明，房屋的主人没有走远。

像这样送达文书的事，他们最害怕的就是当事人不在家里。只要找不着当事人，他们这一趟就算白跑。他们已经琢磨出送文书的规律，那就是在早、中、晚这三个时段，一般容易找到当事人。因为在这三个时段，当事人要么还没出工，要么正在吃饭，要么已经收工回家休息。

虽然今天只有这贺兴胜一家，可他们仍不敢多逗留，法庭只有这辆唯一的公车，要是江副庭长等一会儿要用车怎么办？所以傅小马一看铁将军把门，心里就着急了。如果今天不能把起诉书送给被告，就得等下次，可下次是什么时候，谁也说不清楚。他站在院子中间，朝四处如波浪起伏、大大小小的群山望了一眼，这个在城市长大的小伙子第一次感受到大地是如此安静和空旷。他想找人问问，可周围连一个人影也没有。他想朝群山喊，可不知道该喊什么。

倒是奉彪见傅小马着急，忙对他说："别急，既然这屋子不像没人住，那主人肯定没走远，现在正是农民下地干活的时间，说不定房主人也下地去了，我们到附近的地里找找，或找人打听打听！"

罗娅听司机这么说，也马上附和："就是，一定没有走远。"

傅小马有种醍醐灌顶的感觉，可他看了看从院子向外延伸出的几条小路，不由得又把眉头皱紧了："到处都是路，我们怎么知道他们在哪儿干活呢？"

奉彪看了看几条弯弯曲曲的小路，忽然指着院子左边那条小路对傅小马说："从那条路去找，房主人的地一定在那边！"

傅小马不由得瞪大了眼睛，问："为什么？"

罗娅一下明白了，说："另几条路上都长满了杂草，这条路杂草较少，证明经常有人在上面走动，你想，为什么会在上面经常走……"

傅小马恍然大悟，心里不由得对奉彪和罗娅佩服起来，说："喔，我明白了！好，我们就从那条小路去找！"

罗娅像是还要有意考考他，便问："你明白了什么？"

傅小马说："只有房主人出工下地，才会经常在上面走。"

罗娅一边赞赏地点着头，一边打头往前边走了。

三人走过一个形如乌龟背的石脊，下行十多步，进入一条平坦的直路。走到直路尽头，拐弯，在一座馒头形的小丘后面，果真看见一个老头儿和一个老太婆在锄地，另一块地里，也有一个上了年纪的妇人在做着同样的活计。

傅小马喜出望外，急忙几步奔到老头儿面前，问道："大爷，请问一下，有个叫贺兴胜的人，你可知道他在哪儿？"

老头儿和老太婆都站住了，十分好奇地看着他们。半天，老头儿才十分警惕地反问："你们找他啥子，是要安门窗吗？"

傅小马说："我们不安门窗，找他有点事儿。"

老头儿又瞧了他们一阵，这才说："他在城里给人安门窗，不在家里！"

傅小马等人都愣住了。过了一会儿，傅小马又问："他家里还有什么人没有？"

老头儿没回答傅小马的话，却对另一块地里的老妇人喊了起来："他二娘，有人找贺兴胜……"

话还没完，三人明白了，连谢谢都没来得及对老头儿说，便朝那边地里跑去了。

那边地里锄地的，正是贺兴胜的母亲严亨渠。

三人来到严亨渠的地里，严亨渠停下锄地，把他们看了几眼，然后才问："你们找我家贺兴胜？"

傅小马点了点头。

严亨渠又满眼狐疑朝他们看了看，半天才说："你们找他做啥，他在外面做活儿，这会儿你们也找不着他，有什么事给我说吧。"

于是傅小马首先做了自我介绍，接着向严亨渠说明了来意。严亨渠一听郑家向法院提出了离婚，顿时便像被雷击中了般呆了。她万万没想到事情竟然会这样，儿媳妇向法庭起诉了，要休她儿子了，这让儿子和自己这张脸往哪里搁……

半响，严亨渠才像清醒过来，她两只脚突然一跳，扔下锄头，屁股往地上一坐，就号啕了起来："天啦，不活了，何本玉这老母狗欺人太甚了……这日子没法活了……"

傅小马和罗娅没想到严亨渠会这样，一时显得有点慌乱，倒是奉彪有经验一些，立即过去拉住严亨渠一只手，说："大娘，你这是怎么了？这又不是其他事，况且法庭也没审理……"

奉彪话还没完，严亨渠又一下从地上跳起来，把傅小马刚才递给她的状子往他脸上一扔，挥了一下青筋暴突的手，一边哭一边又大声喊了起来："不收，状子我不收，我也签不来啥子字！你们法庭是干什么吃的？两口子闹了点矛盾，媳妇就回娘家不回来，还恶人先告状，你们不但接了恶人的状子，还帮她把状子送来……"

傅小马觉得严亨渠的话十分可笑，便又笑着对她说："大娘，郑琴是原告，她对法庭提出离婚诉求，我们不接她的诉状，该接谁的？"

严亨渠又嚷嚷道:"要告也该我们告!郑琴她一两个月不回家,我儿才是受害人!你们把状子退给她,我们再找人写状子,我们要告姓郑的……"

傅小马感到更好笑了,忙又对她解释说:"大娘,这是民事案子,你告他告都是一样的……"

话还没完,严亨渠马上就把话接了过去:"你莫来哄我老太婆!你以为我不晓得?没吃过油还没听过榨响?那可不一样了,她告是想休我家儿子,休了我家儿子让我们面子往哪里放?我们告也要让她的面子没地方放……"

傅小马马上又说:"大娘,谁说的离婚就没面子了?再说,我们还没开庭,万一法庭经过审理,觉得他们感情还没破裂,不准予离婚呢!"

但不管傅小马怎么解释,严亨渠只一口咬定自己不会接法庭送来的起诉书副本。奉彪看时间已是不早,担心江副庭长要用车,更怕刚才严亨渠的号哭和大喊大叫,把远处地里干活的村民给引来,像过去曾经历过的那样被围住不让走,便悄悄附在傅小马耳边说了几句话。傅小马只得掏出手机,拍了两张现场的照片,作为文书已经送达的证据,然后三人便匆匆地离开了。

第十二章

金海燕的罗曼史

金海燕坐在县委党校后面的小园子里，对着面前的一池春水想着心事。池子不大，两亩左右，是人工挖掘出来的。此时像一面圆圆的镜子，倒映着深蓝色的夜幕上那轮还要过几天才能圆的月亮，以及月亮周边几颗稀稀落落的星星。池子附近的小径上，有几盏昏黄的路灯，光线照不到她坐的地方，但月光却温柔地把她给拥抱住了。

金海燕已经很久没回过家了。前天报到过后，她就想抽时间回母亲家看看女儿，给母亲打电话，母亲却说莉莉前天被她爸爸接到乡下奶奶家去了。金海燕尽管十分思念女儿，但一听这话，只好打消了去看她念头——她内心里对于和婆婆打交道是有些回避的，何况婆婆住在乡下，没半天的时间根本回不来，便只好把对女儿的思念压在心底。可是，那思念并没有化作一缕尘烟随风而去，而是在心头越积越多，最后形成一团解不开、理不清的乱麻，沉沉地堵在心头。一整天，她心里闷闷的，上课也听不进去，有时悄悄拿出女儿的照片，看着那可爱的样儿，忍不住眼眶便湿润起来。

金海燕的丈夫叫余伟，就是当年在县委政法委举办的演讲比赛中获得第二名的县公安局选手。

正是那次演讲，金海燕不仅赢得了冠军，同时也收获了爱情。

那天演讲比赛结束后，金海燕刚走出礼堂大门，忽然听到后面有人叫她。

她回头一看，见是登台领奖时站在她身边的二等奖获得者、公安局代表队的余伟，便站住了。

余伟在台上演讲时，金海燕便在台下目测了一下他的身高。她估计他的个头至少有一米七五，额头宽阔，脸腮结实，颧骨丰满，整个面孔初看说不上精致，但金海燕盯着他细看了一会儿后，才发现这是一张十分俊朗、充满着旺盛生命力的面孔。尤其是他那一对深嵌在单眼皮下面的漆黑发亮的眸子里，随着他的演讲内容，不断进发出的纯净的光泽和激情，使人不由自主地会产生一种怦然心动的感觉。两道眉毛又粗又黑，下面一个粗壮挺直的鼻子，鼻梁稍稍拱起。他的嘴不算大，但嘴唇饱满多肉，在他停住演讲打量会场时，金海燕发现他的下嘴唇比上嘴唇要厚。可是等他一说话，两片嘴唇往两边稍稍一舒展，不但又整齐划一了，而且在鼻翼、眉毛、眼睛的配合下，显出一副憨厚可爱的模样。金海燕在台下看得出了神，有那么几分钟的时间，她甚至没听清余伟讲了些什么，只顾看着他发愣。

见余伟朝她跑过来，她的心突然有些"咚咚"地狂跳起来，仿佛做了什么错事一般。

余伟红着一张脸，神情也十分拘谨，完全失去了在台上演讲时的风度和自如。他在离金海燕一步远的地方停了下来，目光落在金海燕身上，过了半天才傻傻地说出一句话："你好！"

金海燕想笑，却没笑出来，她只感觉到自己的脸颊有些发烧，心更慌得厉害，过了一会儿，竟也同样傻傻地说出两个字："你好！"

说完，两人像没什么话说了，却又没有离开，目光在对方身上流连不肯移开。又过了一会儿，余伟再次打破沉默："我叫余伟……"

金海燕终于忍不住笑了起来："你上台演讲和领奖的时候，我就知道了！"她的意思是说，你这纯粹是多余。可说完，她自己也忍不住多此一举："我叫金海燕。"

余伟见金海燕笑，也忍不住笑起来，同样说："我也早知道了！"似乎害怕冷场，又接着说，"祝贺你……"

金海燕知道他指的是什么，故意不明白地问："祝贺我什么？"

余伟说话顺畅了:"祝贺你获得第一名!"

金海燕的脸红了:"其实你比我讲得好!"

余伟说:"你比我讲得好,真的,我要向你学习!"说着伸出手来,目光端端地落在金海燕脸上,又带着恳求的语气说,"我们握个手吧!"

金海燕的脸"唰"地红到脖根,心里慌得像有只小兔子跳。稍停了一会儿,她终于鼓起勇气,把手伸了过去。

说是握手,其实也就是一只厚实的手掌和一只柔软的手掌轻轻地碰了碰。但就是这十分短暂的一碰,金海燕充分感受到了余伟那只大手的力量。

大约因为这瞬间的一碰打破了男女间的鸿沟,余伟收回手,直直地看着金海燕说:"我请你吃饭,你不会拒绝吧……"

金海燕忙说:"不行!"

余伟立即愣住了:"为什么?"

金海燕说:"我得去赶班车回乡上,错过了时间,得明天早上才有车……"

余伟忙说:"吃过饭我送你!"说完,仿佛害怕金海燕会突然消失,马上抓住她的手,说,"领导吝啬,也不招待我们喝杯庆功酒,我们就自己庆贺庆贺吧!"

金海燕突然发现这个年轻英俊、孔武有力的男人,也成了一个调皮的小孩。仿佛冥冥中有只大手在推着她一样,她想也没想,便随着这个才第一次见面的男人走了。

金海燕看出余伟想把她带到县城唯一的海鲜酒楼吃海鲜,她不想让他太破费,往前没走多远,见路边正好有一家小食店,不等余伟说什么,径直走了进去。余伟一见,显得有些不好意思,说:"怎么能在这里吃?"

金海燕在一张长条形桌子后面坐下,这才说:"这儿清静,烧菜、炒菜、蒸菜样样都有,为什么不能在这儿吃?"

余伟只好在金海燕对面坐了下来,喊服务员拿来菜单,然后又交给金海燕。金海燕点了两荤两素加一个酸菜粉丝汤,便把菜单交给了服务员。菜上来后,余伟像是十分不满,说:"怎么就点这些,我去看看,这儿没有别的什么了吗?"

余伟站起来要走,金海燕急忙起身拦住他,说:"你们公安平常吃的都是山珍海味呀?"

余伟露出满脸的愧疚说:"可也不能让你吃得这么寒酸呀!"

金海燕说:"我觉得这样挺好的呀!坐下,坐下,你要再去加菜,我就不吃了!"

余伟只得坐下,嘴里还是直说:"太简单了,太简单了!"

吃饭时,余伟不断嘱咐金海燕不要客气,要多吃,不够再让服务员加菜。见金海燕很少动桌上的荤菜,便拿过一双公筷,将盘子里的鱼香肉丝和木耳肉片往她的碗里夹。金海燕急忙把碗端开,说:"你这是干什么呀?"

余伟说:"谁叫你客气呢?"

金海燕说:"你想把我喂成肥猪呀?"

余伟这才意识到女孩比男人更注意身材,住了手,咧开大嘴对金海燕"嘿嘿"地笑了起来。

金海燕看见余伟那笑,既憨厚可爱,也带着真诚善良,更有一份关心和体贴在里面。一时,一股甜蜜和温馨的感觉涌上身上每个神经细胞,使她有些情不自禁地战栗起来。为了掩饰慌乱,她急忙低下头,把注意力都集中到自己手中的饭碗上。

吃过饭,余伟果然回局里开出一辆两轮警用摩托车来,让金海燕跨上摩托车后座,双手轻轻揽着他的腰,开始向红堡梁乡驶去。出了城,摩托车在宽阔平坦的柏油公路上飞奔起来。迎面而来的风,将金海燕的头发和裙子都吹得飘了起来。她不自觉地将身子往前靠了靠。这是金海燕感觉到的最幸福的时候,风在耳边呼呼地吹,云在天上慢慢地飘移,树木、山岗、庄稼接受检阅似的从她眼前急速地后退。长这么大,第一次和一个成熟、健壮的男人靠在一起,搂着他的腰,呼吸着从这个男人身上散发出来的雄性的气息,一种陶醉和幸福的感觉涌上了金海燕的心头,她很想摩托车就这样载着她,永远飞奔下去。

摩托车驶过平整的柏油公路,拐上了通往红堡梁乡的乡村土路,开始像跳舞一样跳跃起来。金海燕便紧紧搂抱住余伟,将整个上半身都贴在余伟厚实的后背上。尽管这样,摩托车往前跳跃一下,金海燕的身子也会身不由己地颠扑起来，她整个人也会跟着战栗，一种甜蜜的、眩晕的、快乐和刺激的感觉涌上心头。

摩托车开到乡政府门口，金海燕下了车，默默看着余伟，红着一张晚霞似的脸，想说什么却没说出来。余伟也一样，目光中露出了期待和恋恋不舍。过了一会儿，大约是见金海燕沉默不语，他便打破沉默说："以后要回家或进城，不要去坐班车了，打个电话，我来接你！"

金海燕才回过了神，便像个小孩子似的做出一副调皮相，一边笑，一边求之不得地说："真的呀？那我好久都没回家看望父母了，下周想回去看看，你来接不……"

余伟没等金海燕说完，马上迫不及待地说："我一定来接，哄你是小狗！"

金海燕马上伸出右手，对余伟说："拉钩！"

余伟伸出手，和金海燕的手指紧紧地拉在了一起。过了一阵，两人才把手指松开。余伟推着摩托车，一边回头对金海燕频频挥手，一边打道回府。

金海燕看着余伟的摩托车渐渐消失在自己的视线之外，这才慢慢往司法所的宿舍走去。这时，她才想起，过去她都是隔一周才回去看望父母，上周才回去过，怎么又说出让余伟这个周末来接她的话呢？

但她确实很希望他来接。

人一旦有了期待，便会觉得日子过得比平时要慢。这一周，金海燕便有这种感觉。她以为周五下午余伟会来接，但她等了整整一下午，余伟没来，她有些隐隐地失望。但她没灰心，她相信余伟不是一个说假话的人。周六她很早就起来了，周六周日乡上伙食团不开火，洗漱完毕，她到旁边的小餐馆里草草地吃了一碗馄饨，然后就坐在窗前眺望起外面的大路来。望了一阵，没看见余伟的影子，她心里又有些烦躁起来，在屋子里来回地走了几遍，然后又到窗前坐了下来。等到半晌午，通往乡政府的石子路上终于出现了余伟的身影，伴随着摩托车"突突"的响声，以及车后拖着的一道飞扬的灰柱。她忍不住轻轻地惊叫了一声，立即像个迎接亲人的小孩子，拿起桌上的小包就噌噌噌地冲出了门。

来往了几次，金海燕慢慢知道了余伟的家庭情况和成长经历。和她一样，余伟也出身于一个农民家庭，他老家那地方，金海燕知道，但从没有去过。读高中时，她有个同学就是那儿的人。同学给她讲过，他们那儿很穷，周围都是山，出产洋芋和苞谷，同学还给她唱了一首山歌："尖尖山，簸箕坪，苞谷洋芋胀死人；弯弯路，密密林，想吃干饭万不能。"金海燕是独生子女，是被父母捧在手心长大的，而余伟上面有两个姐姐，母亲在四十岁的时候才生下他。在父母的意识里，那样的山区，没个儿子今后给他们养老，那是不行的。因此，尽管当时国家的计划生育政策还十分严格，可他父母还是东躲西藏，冒着风险生下了他。他没能上上户口，他的小名便叫作"黑娃儿"。快上小学了，在进行人口普查时，父亲为了带他去登记才给他取名"余尾"，"尾巴"的尾，意思是最小也是最后一个，登记户口时，工作人员写成了"余伟"，并告诉他父亲说："别看两个字读音一样，可意义差别可大了！这个是伟大的伟，伟人的伟，预示着这孩子长大会干一番伟大的事业，做一个伟大的人，到时你会有享不尽的福呢！"余伟的父亲一听这话，心里顿时乐开了花。

但余伟的成长却并不那么顺利。六岁时，他的两个姐姐和爸爸妈妈都出去打工了，把他送到了外婆家。外婆那时快六十岁，是个孤老婆了，对他非常严厉。因此，他在外婆家，从小就学会了做饭、洗衣，自己管理和照顾自己，放学回来了，还要帮外婆到地里干活。当然，这也给他带来很多好处，艰苦的劳作不但锻炼出了一副结实和健壮的身子，还养成了他吃苦耐劳的习惯和坚韧不拔的性格。同时，他也十分争气，高中毕业时，考上了省内一家警察专科学校，三年后，他从这所警察学校毕业，参加全省公安警察公务员考试，顺利考进了县公安局做了一名刑侦干警。

金海燕知道余伟的成长经历后，更多了几分崇拜的心理，觉得能从那样艰苦的环境中拼搏、奋斗出来，实属不易。于是她又在心里暗想，是不是真应了他名字中那个"伟"字？说不定他真能成就一番不平凡的事业呢！

这么想着，金海燕不觉红了脸，一股甜蜜的感情潮水般涌上了她的心头。在为余伟骄傲的同时，她也在心里寻找自己的不足，想努力补齐自己的短板，以便今后和余伟比翼齐飞，共同进步。

总之一句话，这个英姿勃发、活力四射，名字叫余伟的公安局刑侦干警，像头猛兽般地闯进了金海燕的心里。尽管两人从没表白过，余伟也没对金海燕

第十二章 / 金海燕的罗曼史

做过什么，但金海燕脑海里只要一掠过这个名字，内心便会一阵悸动。

这天才星期四，上午上班不久，余伟突然骑着摩托车来了。金海燕看着他，有些不解地问："怎么这时候来了？"

余伟说："来接你到城里看演出呀！"

金海燕忙问："什么演出？"

余伟反问："你知道从我们县上走出去的一个明星，名字叫霞霞美子的吗？"

金海燕想了一会儿，说："是不是那个唱《太阳出来绯绯红》的张霞？"

余伟说："可不是她！"

金海燕说："我想起来了，那时我还在读高中，好多同学都把这首歌设为铃声呢！一下课，教室里全是一片《太阳出来绯绯红》呢！"

余伟说："这个霞霞美子出去好多年了，一直没回来过。这次福镇有个姓李的房地产老板一个叫'幸福花园'的新项目开工，只因当年霞霞美子参加选秀时，这位李老板出了20万去电视台给她捧场，霞霞美子吃菌子不忘疙蔸恩，答应回来给李老板捧一次场。昨天晚上在福镇演出，真说得上万人空巷！福镇派出所警力不够，我们局里还派了警察去帮助维持治安。县上领导听说后，派宣传部和文广局领导持了他的亲笔信，去福镇邀请霞霞美子，希望她也能来县上演出一场。霞霞美子见县上领导这么重视，答应了，今晚上就在县体育场演出呢……"

金海燕还没听完，便有些心驰神往起来。一则她也从小喜欢唱歌，二则大名鼎鼎的霞霞美子就在眼前，为什么不去追一下呢？更重要的是，这样重要的活动，余伟不但没忘记她，还不辞辛苦地来接她，让她感动的同时，又备觉温暖。她想了一想，却有些发起愁来，说："可今天才周四，我还得上班呢……"

余伟立即打断了她话："那有什么？你现在不但是红堡梁乡的功臣，也是司法局的红人，你去向所长请一天假，就说家里有事，得回去看看，难道他会不同意？"

金海燕觉得有道理，再说，自从参加工作后，她还从没有因私事请过一天假，于是按余伟说的，去所长那儿请一天假。出人意料的是，所长不但准了假，而且将假期延长了一天。

金海燕喜出望外，回到屋子里换了衣服，出来跨上余伟那辆摩托车的后座，抱紧余伟的腰，摩托车便风驰电掣般朝县城飞奔而去。

摩托车驶出场口后，金海燕干脆把头伏在余伟宽阔而厚实的肩膀上，眯上眼睛，陶醉在了一种从未有过的幸福中。

摩托车驶进城里时，正是城里人吃中午饭的时间，余伟对金海燕说："今天中午我们自己做饭吃，早上起来我就到菜市场把菜买好了！"

金海燕本想拒绝，转念一想，认识有一段时间了，还没去过余伟住的地方，去看看也好，便红着脸说："客随主便，好哇，可我不会做饭……"

余伟没等金海燕说完，便说："怎么会要你做饭？我从小就学会了做饭。"

金海燕听了余伟这话，便不吭声了。

余伟于是将摩托车径直驶进了自己住的小区，在车棚停好车后，带着金海燕上了楼。

打开房门，金海燕跨进去一看，原来只有一房一厅，外加厨房和卫生间，总面积40平方米左右，显得十分狭小和紧凑。家具陈旧，卧室里是一张木板床，一个老式的大衣柜，不但显得笨重，而且大约因为柜门有些拱翘，无法关严，从裂开的缝隙中可以看见里面挂着余伟的几件衣服。客厅里靠墙壁是一个放电视机的木柜子，上面一台小电视机，电视机对面是一个已经褪色的黄色布面沙发，沙发前面一张酱紫色的小茶几。进屋靠近厨房的地方，有一张长方形餐桌，主人似乎为了尽量少占空间，餐桌一面也紧靠着墙壁，两端和另一面的桌子底下塞了四把小餐椅。

余伟见金海燕的目光像探照灯似的不断在屋子里来回扫射，有些不好意思，便对她笑了一笑，然后说："对不起，房子是租的，每月600块钱……"

金海燕马上叫了起来："租的？"

余伟又接着说："家具也都是房东留下来的，旧是旧了点，但我看还能将就用，便没买新的。"

听了这话，金海燕像在思索什么似的，又住声了。

余伟见金海燕沉默不语，突然走过去抓起她的手，接着两只眼睛闪着火苗似的看着她，然后身子向她俯了过来。金海燕一见，知道余伟想干什么，她的心擂鼓似的跳动起来，脸颊红得像要淌血。她的眼睛紧紧落在余伟的脸上，目光中分明也带着一种期盼和渴望。可就在余伟的嘴唇即将落到她嘴唇上时，女人羞涩的本能鬼使神差地推着她往后退了一步，接着她又用力一推，将余伟向后推了一步。

余伟见金海燕推他，仿佛吓住了似的马上松开了她的手，然后怔怔地望着她，过了一会儿才有些发窘地说："对不起，对不起，我实在太爱你了……"

金海燕看见余伟失望的样子，心里也不是滋味，她红着脸站在那儿，也不知该说什么好。她在心里不断责怪着自己说："都怪自己，什么年代了，还这么封建，自己不明明也爱着他吗，为什么还要拒绝他？"

可她却不好意思把这话说出来，也怔怔地看着他。她希望余伟鼓起勇气再来一次，这次她再不会拒绝他了，他愿意做什么她都会答应。可是余伟却像木桩一样站着没动。

这样过了一会儿，余伟突然拿起茶几上的电视遥控器，"啪"地打开了电视，然后把遥控器递到金海燕手里，说："你看电视吧，我去做饭！"说完，也不等金海燕回答，就急急地进了厨房。

金海燕在沙发上坐了下来，她的心仍然在慌乱地跳着。她有些懊悔，又有些自责，电视里演的什么，她根本没看进去。过了一会儿，她听见从厨房传来"笃笃笃"的切菜声，那声音细密而均匀，仿佛一首动听的乐曲，接着一股清油的香气，在屋子四处缭绕开来，再接着便是一阵铲子碰击铁锅的声音。这声音和香气吸引了金海燕的注意力，使她的心情慢慢平静下来。她忽然想去看看余伟做饭的样子，于是站起来，来到厨房门边。

厨房里，余伟高挽着袖子，站在灶台前边，手里握着锃亮的钢铲，眼睛专注地看着锅里。锅里的油翻腾了一会儿，开始往上冒出柔和的烟，看着余伟挥动钢铲的动作，是那么娴熟，令人着迷，又看着他在灶台前那份从容、专心致志的样子，金海燕更感到了一种家庭的温馨气息。

吃饭时，尽管余伟不断劝金海燕不要客气，有几次还往金海燕碗里夹了菜,可金海燕明显看出,大约经历了刚才的事,余伟举手投足间都显出了几分拘谨。金海燕也想对余伟说点什么,打破这有几分尴尬的场面,却不知该怎么开口。

吃过饭,余伟突然从皮带上解下钥匙串,把它放到金海燕面前,对她说:"我马上要去上班,晚上还要去演出场地值勤,下了班我就不回来了。值完勤后我去同事家睡,晚上你就住在我这儿吧!"又拉开电视机下面箱子的抽屉,从里面取出一只望远镜,递给金海燕说,"晚上观众肯定很多,那个场子又很大,担心你看不清楚,特地借了我们大队的望远镜来。看不清楚时,你就调调焦,拉近一些看,晚上我就没法陪你了!"

说完,余伟转身就要走。就在这时,金海燕也不知哪里来的力量,突然颤抖着喊了一声:"你……别忙……"

余伟不知发生了什么事,果然站住了。金海燕还没等余伟转过身子,便几步走到余伟前面,像个撒娇的孩子,双手吊着他的脖子,将脸颊紧紧贴在他像磨盘一样结实和宽阔的胸脯上,仿佛害怕会失去他一样。

在那一瞬间,余伟像是被什么击晕了,他呆呆地伫立了几秒钟,这才回过神来,喉咙里发出一声像是焦渴难耐的"咕嘟"的声音,接着他俯下头,双手捧起金海燕那张红得像苹果似的脸,先细细地端详了一会儿,这才将自己厚实的嘴唇贴在金海燕那鲜艳、湿润和火热的嘴唇上。

金海燕这次没有躲他,更没有推他,只把自己的眼睛轻轻闭上,在余伟的嘴唇贴在她嘴唇上那一刻,金海燕的心里"咯噔"地跳了一下,一种被电流击中的酥麻感漫过了全身。她觉得这种感觉太好了,她会永远铭记住这种美好的感觉。

过了片刻,金海燕将双手从余伟脖子上放下来,紧紧抱住了他的身子。现在,金海燕确信,自己这辈子已完全属于这个男人,而自己,无疑也将永远归这个男人所有了。

自从确定关系后,余伟便再也没有离开过金海燕的心。她想起那一次体育场看演出,她根本没去注意霞霞美子,甚至连霞霞美子演了些什么,她现在一点印象也没有了。但她却非常清晰地记得,当时她举着余伟给自己的望远镜,

第十二章 / 金海燕的罗曼史

在人山人海中寻找余伟执勤的身影。只要镜头中出现余伟的身影,她的心就会狂跳起来,同时,中午接吻的甜蜜感觉也会油然而生,回味无穷。现在,金海燕已经是在掰着手指头,一个小时一个小时地计算着时间,等待着和余伟见面,好再次体味那种销魂的感觉。她渐渐地有些不满足一个星期只和余伟约会一次了,巴不得天天都和他在一起。她感到一周的时间是那样漫长,简直太难熬了。每到周末,她就坐在窗前,眼巴巴望着前面的公路。她打定主意,只要回到余伟那间小屋里,一定要把一星期的思念,像打机关枪一样告诉他。事与愿违的是,当余伟在他那间屋子里一把将她抱在怀里时,她什么都忘记了,因为余伟不等她说话,又像上次一样,仿佛想将她的身子和灵魂都连根拔起,吸进自己的身子里。

周末过得飞快,接下来,金海燕又开始了痛苦的思念。

好在这种思念的日子很快就结束了——她鲤鱼跃龙门,被法院领导看中,调到了城关镇边上的东关法庭。

现在好了,两人都在同一个小城上班,只要余伟不出差和外出办案,他们几乎天天都能见面。那段时间,县城及附近的角角落落,几乎都留下过他们热恋的痕迹。

金海燕进城第二年的春天,一个周末的下午,她和余伟到县城一个叫罗家山的地方看桃花,中午在乡下农家乐吃午饭,半下午时余伟开着摩托车往家里走。到达城里,正值黄昏,傍城而过的渠江水半江瑟瑟半江红,景色十分优美。回到余伟的小屋里,余伟立即拉上窗帘,照例和金海燕拥抱、亲吻。窗帘遮住了西斜的夕阳光线,屋子弥漫着一种温馨柔和的淡紫色的金黄色光芒。两人的舌头时而搅在一起,时而分开又互相追逐着。

吻过之后,余伟紧紧抱着金海燕没松开,然后附在她耳边恳求地说:"今晚上别走,好吗?"

金海燕鬼使神差地点点头,答应了。

第二天一起床,余伟忽然掏出自己的工资卡,递到金海燕面前,并且做出一副调皮的样子对她说:"好了,今天我正式向你交权!"

金海燕有些不明白:"什么交权?"

余伟说:"从今以后,这个家交给你管!"

金海燕笑了起来,说:"我怎么有能力管好这个家?"

余伟说:"没能力也可以学呀!你没听说吗,男人是笆篱,女人是笆篓,男人的笆篱往家里捞得再多,女人的笆篓扎得不紧,也会从缝隙里漏掉。所以你当保管员,我放心!"

金海燕听了余伟这话,心里又是一阵感动,觉得还没结婚,他就把工资卡交给自己,说明他对自己诚心诚意,现在都这样,结婚以后还不知怎样爱自己呢!

从此,这间小屋,便成了他们的爱巢。每次约会后,金海燕都会沉浸在一种说不出的幸福中。她觉得余伟不知给她带来了什么东西,像血液一样渗透到她全身的每个毛孔。跟他在一起的感觉真是妙不可言,她相信余伟也是一样的感受。他们两人越来越无法分离。

第十三章

江庭长巧断拆迁案

傅小马从贺家湾回来后,觉得郑琴和贺兴胜的离婚案需要下去认真调查了解一下。按说,现在的离婚案子,法官一般都不下去调查了,只需把当事人分别通知到法庭,了解清楚原告和被告结婚的经过、婚后的感情、子女的情况、家庭财产和债权债务情况以及当事人具体的要求等。法官在掌握这些情况后,基本上就心中有数。接下来经过调解,该判离就判离,该继续在一起,就不判离。金海燕来到嵇镇法庭后,一是为了争创全县政法系统"人民群众满意的政法单位",二是为了加强对欧小华、罗娅、傅小马的锻炼,促使他们接触社会、接触人民群众,使他们能更快成长,便规定凡法庭所办案子,除主办人员做好询问记录外,一些自己觉得拿不准的案子,必须下乡调查走访。在走访调查的基础上,结合当事人的询问记录,找到案件的发力点。傅小马决心要把这个案子办好,给自己的伯乐交一份满意的答卷,他决定第二天和罗娅一起再到贺家湾去一趟。

但是第二天他却睡过了头。要不是林大叔喊他,他还不会醒。他一个鲤鱼打挺从床上跳下来,一看太阳从窗子照进屋子了,那太阳光线呈现出紫红色,柔柔的,光柱中飞舞着许多小虫子似的灰尘。他急忙套上裤子,趿了鞋,用手拉着裤腰,过去拉开了门。

林大叔说:"你真睡得呀!我在下面喊了你几遍,都没见你答应。大家还等着你吃了早饭,好下乡呢!"

傅小马一听说下乡,眼睛顿时大了:"下乡,做什么?"

林大叔的目光里,明显露出了一丝不悦的神色,说:"我又不是领导,知道你们要干什么?是江副庭长喊我来叫你的,你问他去吧。"说完,转身走了。

等傅小马匆匆洗漱完毕赶到饭堂,只见桌子上摆着一钵绿豆稀饭,一大盘白面馒头,一盆煮鸡蛋,一盘清炒莴笋,一碟泡菜,江副庭长一个人坐一条凳子,欧小华和罗娅坐一条凳子,奉彪和林大叔坐一条凳子,每人面前摆着一碗热气袅袅的稀饭,但都没有动筷子。傅小马知道大家在等他,便不好意思地对众人笑了一下,说:"你们吃着吧,等我做什么?"一边说,一边拿过桌子上一只空碗,从盆里盛了一碗稀饭,在江副庭长对面的空凳子上坐了下来。

欧小华快人快语,说:"要不是吃了饭要下乡,我们早吃了!你以为你多大个人物,还要等你来开席?"

傅小马正要回答,江副庭长突然说话了。江副庭长当过乡干部,知道不少村夫农妇的俗谚俚语、歌谣段子,他又喜欢开玩笑,此时便道:"你是不是也要学农村中的懒婆娘?"说完便念了起来,"太阳起来万丈高,懒婆娘,起床了,头不梳,火不烧,扯根板凳来坐到……"

傅小马红了脸,说:"昨晚上失眠了,睡不着……"

奉彪马上问:"是不是想哪个美女了?"

傅小马脸更红了,急忙拿眼去瞟罗娅,见罗娅只顾埋头吃饭,像没听见奉彪的话。欧小华跟了奉彪的话,说:"就是,是不是和哪个美女约会去了?"

傅小马说:"哪个美女会看得上我哟?如果我有了对象,早带来让你们参谋了!"说完这话,便问江副庭长,"江庭,今天到哪个乡?"

江副庭长刚咬了一口馒头在嘴里,此时一边咀嚼,一边吐出了几个字:"白塔镇。"

傅小马又继续问:"到白塔镇做什么?"

江副庭长端起碗,喝了一大口稀粥,"咕噜"一声,把嘴里的馒头咽了下去,这才说:"大家都来了,我就说一说吧!"

第十三章 / 江庭长巧断拆迁案

原来，昨天晚上江副庭长刚睡着，一阵电话铃声又把他吵醒了。他瞥了一眼手机屏幕，见是一个陌生号码，以为是个骚扰电话，便一下摁断了。可没一会儿，铃声又大作，江副庭长只好再次把手机抓过来。他刚把手机贴到耳朵上，一个男人的声音便传了过来："江叔，打扰你了哟……"

江副庭长听声音很熟悉，可一时想不起是谁，便问："你是谁？"

那人说："我是张明呀，你连我的声音都听不出来了？"

江副庭长一下想起来了，原来是儿子的同学，于是忙说："是你？你不是到白塔镇当党委书记了吗……"

江副庭长话还没完，对方就叫了起来："哎呀，江叔，别提了，就是因为这个芝麻官，小侄向你求救呢！"

江副庭长听见这话，便说："什么事，把一方'诸侯'都难住了？"

听了这话，对方就说开了。原来，这个年轻的党委书记不久前才从团县委到镇上任职，他好不容易从上面争取到一笔资金，想把从镇上到白塔的公路加宽，修成柏油路，为下一步开发白塔的旅游资源打下基础。可白塔村有一个老头，他的一座猪圈棚就在公路边上，需要拆除。政府已经答应给他3万元补偿款，他嫌少，死活不愿意拆。老头放出狠话来，如果镇上敢来硬的，他就马上披上血衣到法院喊冤。现在，工程队几十号工人在镇上等着，每天光停工费就要几大千呢！年轻书记思来想去，觉得只有找法庭才能解决问题。

"江叔你快来救救小侄吧！"对方在电话里这样对江副庭长说。

江副庭长听完他一番话，不由得心里乐了起来："小子，这下知道锅儿是铁铸的了吧！"但他嘴上却说："你找我有什么用，你们要依法行政，难道我们不依法办事？"

那小子有一股不依不饶的劲头，说："江叔，别说那么多，明天我在镇上恭候你！你要是不来，我就只有向你们院长求救了！"

江副庭长怕他真的把电话打到院长那儿，就说："好好，我答应来。不过你是知道的，我只是一个副职，放牛娃儿不敢随便就把牛牵去卖了，等我请示了金庭长再说！"

说完江副庭长果然拨通了金海燕的手机。金海燕听后，马上指示江副庭长

110　小镇法官

说:"去,白塔镇是嵇镇法庭的服务范围,不去一趟说不过去!"

于是,就有了这次嵇镇法庭的临时下乡任务。

傅小马听完江副庭长的讲述后,却皱起了眉头,说:"去是该去,不过他们任何一方都没向法庭提起诉讼,民不举,官不究,我们就这样去,恐怕有些不妥吧?"

欧小华马上顶了傅小马一句:"人家党委书记亲自打电话给江副庭长,不是举了吗?"

傅小马说:"可法庭办案讲的是程序呀,打个电话算什么程序?"

欧小华不吭声了。傅小马拿眼去瞅罗娅,罗娅装作没看见。

江副庭长说:"我知道有些不妥,但不去更不妥。去不去是态度问题,去了能不能解决是水平问题。实在不能解决,也只当我们今天搞了一场送法下乡吧!"

傅小马也不说话了。大家只把头埋在饭碗里,屋子里响着一片"呼哧呼哧"喝粥的声音。

吃过早饭,奉彪到院子里发动起法庭那辆"长安"面包车,大家一挤上车,江副庭长便从副驾驶座上回过头,对欧小华、罗娅和傅小马说:"我考一考你们三个年轻人,看你们的智商哪一个最高。"

欧小华、罗娅和傅小马见江副庭长又要开始说笑话了,便一起说:"考吧,江庭,我们不怕你考!"

江副庭长想了想,却又改变了主意,说:"算了,还是讲个小朋友的笑话吧!"

欧小华和罗娅一听,立即一边鼓掌一边叫起来:"好,江庭讲笑话,我们热烈欢迎!"

江庭长说:"我可有言在先,谁笑出来了就罚他也讲一个哟!"

欧小华和罗娅只顾想听江副庭长的笑话,也不管会不会受罚,仍拍着手叫:"行,行,但不准讲过去讲过的哟!"

江副庭长说:"不是新的,假一罚十!你们听着:有个小朋友叫小明,七岁了,去报名读书,老师考他:'一加一等于几?'小明说:'不知道。'老师说：'那你回家问问你的家人去。'小明于是回去问妈妈，妈妈正在和别人吵架，小明问：'妈妈，一加一等于几？'妈妈骂对方正骂在兴头上：'王八蛋！'小明知道了一加一等于王八蛋。小明又去问爸爸，爸爸正在喝啤酒，小明问：'爸爸，一加一等于几？'爸爸也正喝到兴头上，随口说：'爽！'小明又知道了一加一等于爽。小明又去问爷爷，爷爷正在看电视，小明问：'爷爷，一加一等于几？'爷爷看电视也看得入了迷，说：'黑帮老大！'小明知道了一加一等于黑帮老大。小明又去问妹妹，妹妹正在唱儿歌：'小兔子乖乖，把门儿开开！'小明知道了一加一等于小兔子乖乖，把门儿开开。第二天，老师问：'小明，一加一等于几？'小明说：'王八蛋。'老师一听，立即打了小明一巴掌，小明说：'爽。'老师莫名其妙地说：'谁教你的？'小明说：'黑帮老大。'老师吓了一跳，把小明关在门外，小明又边敲门边唱：'小兔子乖乖，把门开开。'"

江副庭长还没讲完，欧小华、罗娅已经捧着肚子笑了起来。傅小马立即幸灾乐祸地叫道："罚，罚……"

一路说着笑着，就到了白塔镇党委、政府。镇政府办公大楼呈"U"字形，进院子的大门处横着一道电动栅栏。司机奉彪在栅栏门口按了半天喇叭，才有一个穿黑制服的保安从旁边屋子里懒洋洋地走出来，瞅了面包车几眼，这才过去按了电动栅栏的开关，栅栏抬了起来，奉彪将车开了进去。进了院子一看，两边已停满了各式各样的小车。奉彪只好把车停在院子中间。

书记的办公室在正面楼房二楼，那位懒洋洋的保安把江副庭长一行带到书记办公室门前，退回去了。江副庭长一行往屋子里一看，那个叫张明的书记年约三十，一张娃娃脸，梳着光滑的中分头，鼻梁上架一副眼镜，上身一件蓝色的干部夹克，下身一条藏青色直筒长裤，一只脚跷在另一只脚上，皮鞋锃亮，正坐在放着一部笔记本电脑的办公桌前的大班椅上打电话。一见江副庭长一行，张明立即从大班椅上站起来，一边把手机贴在腮边不断"嗯嗯""是的"地说着，一边伸出另一只手，过来和江副庭长、傅小马、欧小华、罗娅握了握手，又用手指指沙发，示意他们请坐，然后退回大班椅上，继续打他的电话。

江副庭长、傅小马和欧小华、罗娅只好在沙发上坐下了。趁这当儿，傅小马的目光落在了年轻书记椅子后面墙上的白塔镇简介和未来五年的发展规划上。

清源市清江县白塔镇简介

  白塔镇位于清源市清江县西南部，东靠黄泥镇，南接凤凰镇，西连洪溪县龙背乡，北邻元通镇，距清江县城58公里，因其境内有座13层白塔得其名。明宣德元年（1426）建场，名白塔场。中华人民共和国成立后，更名为白塔乡。2019年，清江县乡镇行政区划调整改革，将原土城乡整体并入白塔乡，更名为白塔镇，镇政府驻白塔镇白龙路189号。全镇面积90.96平方公里，现有耕地面积49486亩，林地面积54037亩，水域面积8950亩。辖10个行政村、4个居委会、102个村民小组、10个居民小组，总户数10302户，总人口42808人……

清源市清江县白塔镇未来五年发展规划

一、产业发展"组合拳"

1. 引进龙头企业促增收，采取"公司+基地+农户"的模式，建设高标准猕猴桃产业园5000余亩。

2. 规模种植叶桑、果桑、红心柚等5000余亩。

3. 建设香菇菌棚1000亩。

4. 新建温氏仔猪繁殖基地3万平方米。

5. 温氏生猪养殖单元8个，年出栏生猪5万头。

6. 发展特色经济林1600余亩。

7. 建成清江乌鸡养殖场3个，年出栏5000余只。

8. 连片发展枳壳、丹参等药材2000亩。

9. 组团发展有机果蔬2000亩、青花椒500亩、青脆李300亩，建成"三产融合"示范基地4个。

二、"五位一体"建设，打造高品质项目

1. 云龙沟水库—白水河水库"康养度假之旅"。

2. 龙尾—龙堡—新月龙嘴—明月坝—郭家寨"田园忆趣之旅"。

3. 南阳寺—柏林沟—凉水井—尖山子"清江乡恋之旅"。

4.打响白塔"一山二湖三园四带"乡村旅游品牌。

……

傅小马把墙上的简介和规划看了两遍,张书记的电话还没打完,也没听见他说什么,只是不断地对着话筒哼哼哈哈地点头,十分恭顺的样子。他正打算看第三遍时,张书记的电话终于打完了,回头看着他们说:"对不起,江叔,怠慢了!"一边说,一边双手抱拳,对他们打一躬。接着从抽屉里掏出几包"软中华"香烟,往江副庭长、傅小马、欧小华、罗娅手里,一人塞了一包,一边塞,一边说:"哎,没办法呀,刚才是县委吴常委打来的,吴常委联系我们这一片,看了我提出的未来五年发展规划,很感兴趣,这不就给我们重要指示了吗?"

尽管这位年轻的书记从脸上挤出了一副无可奈何的样子,但江副庭长、傅小马、欧小华、罗娅都看出,他说这话时,带着一种明显的炫耀和自命不凡的语气。

几个人都不抽烟,傅小马、欧小华、罗娅把烟放到桌子上。江副庭长却把自己手里的烟给了罗娅,说:"你把这包烟给奉彪送下去!"又把自己手里的茶杯递给罗娅,说,"顺便给我倒杯开水来!"江副庭长的脸上露出了明显的不悦之情。

张书记这才意识到自己的疏忽,急忙两步跑过去,双手接过他手里的茶杯,一边表示歉意,一边跑到门口,冲隔壁喊了一声:"小李,给客人泡茶!"

话音刚落,从隔壁跑过来一个年轻漂亮的女孩儿,接过书记手里的茶杯,从隔壁接了一杯水过来。接着,又用一次性纸杯,给傅小马、欧小华、罗娅各泡了一杯茶,放在他们面前的茶几上。

正在这时,张书记的手机又响了起来。他朝屏幕上看了一眼,似乎想接,可一抬头看见江副庭长两眼正盯着他,这才把电话一下摁了。

江副庭长对年轻书记这个举动似乎十分满意,脸上露着长者的笑容,朝对方点了点头,这才说:"说吧,书记大人……"

江副庭长话还没完,张书记急忙一边摇手,一边对江副庭长说:"江叔,你叫我小张好了,在你面前,我怎么敢称书记?"

江副庭长又笑了一下："今天这屋子里也没外人，我就真不叫你书记了！你说说事情到底是怎么回事？"

小张书记镜片上面的两道眉毛立即往鼻梁中间皱拢起来，显出了一副焦头烂额、无计可施的样子："还能怎么回事，江叔，就是我昨晚上电话里给你讲的那些……"

江副庭长打断了他的话："你们没找人去和他谈过？"

小张书记马上说："怎么没找人去谈过？当事人姓万，今年70岁，儿子儿媳妇在外面打工，老伴几年前死了，家里就他一个人。就那么一个猪圈棚，现在空着。我们起初打算补偿他3万块钱，叫村上干部去谈，他嫌少，不干。我们又叫镇财政所所长去谈，仍然没结果。我们又叫分管副镇长去谈，还是说不进油盐，最后镇长亲自去谈，把价格也涨到了4万元，可镇长还是小猪钻灶——碰了一鼻子灰。没办法，我只好亲自出面去给他谈，并且又给他增加了1万块，可他还是不同意。现在倒好，不管什么人去谈，他干脆装死觅活，一概不见。更让人生气的是，他不知从哪里弄来一条高大凶猛的狼狗，拴在大门口，一见生人就龇牙咧嘴，汪汪大叫，往人面前扑……"

听到这儿，江副庭长打断他的话问："他要多少钱才愿意拆迁？"

张书记说："他呀，狮子大张口，要10万！你想，一个猪圈棚，抱都抱得起，能值10万吗？这种漫天要价、敲政府竹杠的歪风不刹住，白塔镇以后还怎么发展？"

张书记此时已是满脸怒气，仿佛受了莫大侮辱一般。

江副庭长却显得十分镇静，仍带着满脸笑意，不慌不忙地对张书记说："我的好贤侄呀，这个事情如果真是这样，并不难解决呀……"

张书记立即叫道："江叔，我说的全是事实，你快说说该怎么解决……"

江副庭长不慌不忙地说："镇政府完全可以向法庭起诉这个姓万的，然后由我们法庭判决，我敢保证你们准赢……"

江副庭长话音未落，张书记就叫了起来："江叔，等到你们开庭，黄花菜早就凉了……"

江副庭长仍是不动声色地问："怎么就凉了？"

第十三章／江庭长巧断拆迁案　　　　　　　　　　　　　　　　115

张书记说:"我们向一些法律界人士咨询过,像这样的案子,你们法庭走完全部程序至少得三个月……"

江副庭长又打断他的话,补充说:"如果当事人不服,再上诉,至少还得两个月!"

张书记叫了起来:"对啊,我们施工队还歇起的,江叔你说我们能等到几个月后吗?"

江副庭长点了点头:"确实不能等,可没能进入司法程序,我们出面也恐怕不妥!再说,书记大人都吃了闭门羹,我们的面子难道比书记大人还大?何况,老头那条看家狗,难道会对我们网开一面……"

张书记忙说:"江叔放心,你的面子肯定比我们大!再说,万老头不见政府的人,是因为他现在为了自己一点私利,和政府站在了对立面,认为政府的人都是坏人。而江叔你们法官是公正执法的人,去了解了解情况,他总不会也认为我们是一伙的吧?"

江副庭长说:"你怎么知道他不会认为我们是一伙的呢?"

张书记说:"这怎么可能呢……"

江副庭长说:"为什么不可能呢?世界上什么事情都可能发生!"

张书记突然语塞了,半天才说:"那怎么办?反正江叔你们来都来了,麻烦你们还是跑一趟。我让镇办的小李带你们到他家大门口,然后你们再进去。能不能成,中午镇政府都安排了一顿便饭……"

听到这儿,江副庭长笑了起来:"好哇,我们中午的饭有着落了!这么说,我们真的非去一趟了哟?好嘛,恭敬不如从命,我们就去和他谈一谈,权当是开展一次'今日说法'吧……"

张书记立即站起来朝江副庭长打了一躬,喜不自胜地道:"多谢江叔,多谢江叔,我这就去安排!"说罢就跑了出去。

不一会儿,张书记又回到办公室,身后跟着刚才倒茶的那个小姑娘。小姑娘肩上挎了一只乳白色小坤包,时令还没到仲春,头上却扣了一顶折叠式遮阳帽,鼻梁上架一副琥珀色的遮阳镜。江副庭长一见,便有些不悦,说:"镇上就没有别的同志了吗?"

小姑娘的脸顿时红了，急忙回头看着张书记。张书记忙说："镇上差不多的同志都和老头打过交道，他都认识了，一见是镇上的人带着你们去，会认为你们是镇上请来的援军，准会吃闭门羹。小李是才考到我们镇的公务员，还没有和老头交过手。不过为了保险起见，我还是建议她不要和你们进老头的屋子，她只负责把你们带到村支书家里，村支书和老头是本家，老头的门别人进不去，村支书却是可以进去的！"

江副庭长便没有再说什么，带着傅小马、欧小华、罗娅，跟在小姑娘后面走了。

大约中午11点，江副庭长一行风尘仆仆回到了镇政府，张书记忙笑嘻嘻地迎着他们问："江叔，旗开得胜了？"

江副庭长没立即回答他，却盯着傅小马、欧小华和罗娅说："你们把情况给书记大人汇报汇报吧！"

傅小马、欧小华和罗娅互相看了一眼，像是有些不好开口。过了半天，欧小华才仿佛自言自语般说了一句："这个老头不像是个胡搅蛮缠的人呀！"

欧小华说完，罗娅像受到了鼓励，也马上接了她的话说："可不是，蛮通情达理的！"

两个人的话音一落，张书记的脸就沉了下来。江副庭长一见，忙又对傅小马说："小马，你把详细经过说一说！"

傅小马像是早就知道江副庭长会喊他发言，也不推辞，说："那我简单地汇报一下吧！我们出发后，镇上肯定就给村支书打了电话，通知了他……"

说到这儿，张书记忽然打断了傅小马的话："我们前几天就给村上说了，要请法庭的人下来，大家可不在盼着你们吗？"

傅小马没接张书记的话茬，只看了一眼江副庭长，接着说："到村上的路确实不好走，不但狭窄，还到处坑坑洼洼，不修确实不行了……"

听到这里，张书记便有些得意地叫了起来："江叔，我没说假话吧！俗话说，要致富，先修路，何况我们还要开发白塔风景区呢！"

傅小马等张书记说完，又接着说："我们刚走到村口，就看见村支书已经

第十三章／江庭长巧断拆迁案　　117

在那棵大黄葛树下等着我们了。小李把我们向村支书做了介绍,村支书非常热情地对我们说:'我刚才进去和万老头谈了,说法庭今天要来人了解一下情况,你千万不要胡搅蛮缠。法庭是依法办事,你有什么要求可以和法庭的同志说。一听法庭的人来了,老头像是有些慌了,急忙对我说:"我不懂啥法律,也不晓得跟法官说些什么,不见不见!"我说:"你其他人可以不见,但法官不见不行,他们会给发传票的!你最好把那条狼狗牵远一些,来的人中有两个年轻的女法官,吓着了可是不好玩的!"'说完,村支书就出来在黄葛树下等我们了!"

傅小马端起茶杯呷了一口茶,接着说:"我们以为老头等村支书离开后,也关门溜之大吉了。可等我们走近了一看,老头不但没躲避我们,还将屋子打扫了一遍,阶檐下那条虎视眈眈的大狼狗也不见了。我们进了屋,老头先还显得有些局促。江副庭长把我们一行的目的给老头说了,说我们主要是来了解一下情况,请老人家不必紧张。说完,江副庭长提出先去看看那个猪圈棚。老人答应了……"

说到这里,傅小马忽然停下了话,看着江副庭长说:"庭长,还是你来说吧,你说得比我更清楚些!"

江副庭长说:"谁责怪你没说清楚了?"

傅小马像是被江副庭长问住了,过了一会儿才说:"我一个人说得太多了,要不罗娅说一说吧!"

江副庭长一听这话,竟叫起好来:"这还差不多!那就罗娅接着说……"话还没完,罗娅早红了脸。江副庭长知道罗娅不如欧小华胆大和开朗,于是改变了语气说:"说就说,胆子大一些!带你们出来就是锻炼,说错了小马和小华补充就是!"

罗娅像被逼上了梁山,只好抬头对傅小马问:"你刚才说到哪儿了?"

傅小马说:"你刚才耳朵打蚊子去了?我说我们去看老头的猪圈棚了!"

罗娅又红了一阵脸,才顺着傅小马的话说了下去:"猪圈棚就在老头的房屋后面,紧靠着那条通往白塔的村级公路。很显然,那条村道要扩宽,无法绕过那个猪圈棚。那个猪圈棚大约有十多平方米,土坯墙,瓦倒是小青瓦,但房顶破了好几个洞,显然早就已经没养猪了。屋子里堆着一些早已不用的破斗笠、烂背篼等东西,上面结满了蜘蛛网。从乡下的行情来看,镇上给了他5万元,也算大差不差了。我们问他:'老大爷,镇上给了你5万元补偿,为什么你还不答应拆呢?'老头沉默了半晌,突然红着眼圈大声说了一句:'舍不得呀,实在舍不得呀!'我们正想问他这么一个烂棚棚,有什么舍不得的。这时江副庭长突然拍着老头的肩说:'万大爷呀,我理解你的心情,我们回屋里慢慢谈,啊……'"

说到这里,罗娅朝江副庭长看了一眼,江副庭长笑了笑,对罗娅说:"讲得好,接着说。"

罗娅受到鼓励,果然又接着说道:"回到万大爷的屋子里,江副庭长却没有直接谈那个猪圈棚的事,而是和老大爷拉起了家常。他问老大爷有几个儿女,现在都在干什么,儿女们孝不孝顺,每月给他多少养老钱,孙子孙女们在哪所学校念书,成绩又如何,等等。说着,江副庭长又对老头问起他老伴是什么时候死的,得的什么病。老头听到这里,却突然变了脸色,说:'你问我家凤莲呀……'就红了眼圈。江副庭长忙问是什么事让他这么难过。老头强忍着没让眼泪掉下来,过了半天才说:'说起我家凤莲,我真是对不起她呀!'听他如此说,我们大家都屏声静气地等着他继续说下去,他却不出声了,只顾低下头沉浸在自己的心事中。江副庭长见状,忍不住又问了一句:'你们是什么时候结婚的?'老头这才像是醒悟过来,抬头对我们说:'我们是1975年结的婚。那年我22岁,我家凤莲20。不瞒你们说,我家凤莲嫁过来时,就是一个共产党员,那时全大队就她和王金玉两个女党员。王金玉是大队书记,她对我家凤莲说:"你是共产党员,可要发挥先锋模范作用哟!"我家凤莲果然时时处处带头,被称为我们大队的郭凤莲。没几年就土地到户了,上面号召争当万元户。我家凤莲也积极带头,种蔬菜卖,起早睡晚,比我更吃得苦。到了年末县上开大会,上面通知我家凤莲也去开会,县长不但亲自给我家凤莲戴了大红花,还让我家凤莲到主席台上讲话。回来后,王金玉就让我家凤莲做了生产队长。这一做就是很多年,直到她病了才没做了。我家凤莲做生产队长的时候,现在的村支书还在穿开裆裤呢……'说到这里,老头像是意识到自己跑题了，忙不好意思地笑了一笑，说，'扯远了，我给你们说说那个猪圈棚的事吧！那个猪圈棚，可是我家凤莲一手一脚建起来的呀！那是三十多年前的事了。那时，农民已经兴起到城里打工，我出门在外，不出去不行呀，一家大大小小几张嘴，得靠我挣钱养活呀！那年，我在广东打工，夏天，一场大暴雨将我家原来的猪圈房冲垮了。庄稼人不喂猪怎么行？我家凤莲什么也没说，她咬紧牙关，找来一副墙板，开始一个人在家里打墙盖猪圈。她硬是凭着一己之力，把这个猪圈房给建起来了，而且还是一个拉扯着几个孩子的女人呀！我是过年回到家里时，才知道这件事。我看着圈里三头肥滚滚的肥猪，忍不住哭了起来……'听到这里，我们都有些明白了，欧小华问：'你就是因为这个原因，才舍不得拆除这个猪圈棚？'老人过了一会儿，忽然回答说：'也不全是……'我们一听这话中有话，忙问：'还有什么原因？'老人脱口而出：'还因为心里有气……'说到这里，忽然停住了。江副庭长见他不肯说，又急忙说：'有什么你就尽管对我们说，我们一定圆满给你解决！'他听了这话，停了停，又对我们说了起来：'我家凤莲，不是我对你们夸，是个能干人呀，还是个共产党员。上面叫带头就带头，没讲过二话。她是大前年三月初八走的。之前她躺在床上好几年，都是我服侍她的，村上干部有时候过路上下，还来问她一句，镇上的干部一直没来踩过脚印。有一次，镇长下来检查工作，从我门前路过，她躺在床上，耳朵却灵得很，听见镇长说话的声音，急忙对我说："快点快点，镇长来看我了！"我急忙跑出去看，人家却已经走远了，回来我对她说了，她闭上眼睛什么也没说，下午就晕过去了。第二天，我也没有注意到，以为她还像过去一样，直到发现她有些不对劲了，我才急忙给儿子、女儿打电话，儿子、女儿先回来，媳妇后回来。这时我家凤莲已经说不出话了。不吃不喝，三月初八就走了……走了后，除了本家，镇上也没派个人来吊唁一下，更别说开追悼大会……'老人越说越激愤，忽然提高了声音，十分气愤地说道，'这些都不说了，这次你要拆我的猪圈棚，虽然值不了多少钱，可是那是我的一份念想呀，看见它，就让我想起我家凤莲。哪个人又没个念想呢？你好好给我说吧。可是说不了几句话，就拿大帽子吓我。把我说成钉子户，是白塔镇的罪人。还说我阻挠全镇的新农村建设，要叫警察来抓我，好像我是山上的麻雀，是吓大的样！现在你们也来了，就把我抓走吧……'听到这里，江副庭长忽然笑出了声，说：'老大爷，我们抓你干什么？'老大爷说：'我不怕你们抓，你们把我抓进去，还要倒贴几顿干饭！'江副庭长更乐了，说：'老大爷，你说的情况都是真实的？'老大爷说：'你看我土都埋到脖子上来了，还像是扯谎卖白的人吗？'江副庭长听了这话，站了起来，说：'没说假话就好，我们心里有底了，回去就向镇上领导汇报，把这事解决好！'之后，我们就回来了。"

罗娅说完，屋子里立即沉默下来。过了一会儿，张书记才问："就这样了？"

傅小马、欧小华、罗娅忽然像被问住了，都纷纷看着江副庭长。江副庭长说："不这样还能怎样……"

张书记颇有些不满的样子："你们也该拿出个处理意见呀？"

江副庭长说："情况现在已经明确了，解铃还须系铃人！"

张书记有些明白了，看着江副庭长问："江叔，还请你指点迷津，这铃该怎么解？"说完，又补了一句，"你知道，我才到镇上来，许多情况还不了解呢！"

江副庭长淡淡地笑了笑，说："好嘛，看在你小子还算虚心的份儿上，我也就竹筒倒豆子，来个心直口快！你中午不是要请我们吃饭吗？多添两双筷子，把那万老头和村支书请来，一同进餐……"

江副庭长话还没说完，张书记就皱紧了眉头，嚅嗫着说："这……"

江副庭长说："有什么这呀那的，难道老百姓就不能和'官老爷'一起吃饭？冤家宜解不宜结，这难道不是一个化解矛盾的好机会？如果那老头答应来，说明这事就有得谈。如果那老头不但答应来，而且来了气氛融洽，酒杯一端，你谦我让，事情就成功了一大半。膏药一张，就看你咋熬炼了……"

听到这里，张书记眼里闪出了灼灼的光芒，可过了一会儿却又担心地问："可要是他不来呢？"

江副庭长沉吟了一会儿，说："这好办！傅小马、罗娅你们辛苦一下，再跑一趟，用我们法庭的名义请，我想老头就不会不来了！"

第十三章／江庭长巧断拆迁案　　　　　　　　　　　　　　121

傅小马和罗娅果然马上站起来，下楼叫上司机奉彪走了。

这儿江副庭长继续对张书记说："你给5万元补偿款，虽然大差不差，可是在我看来，还是少了一点。你只看到了实物的价值，却忽略了那个猪圈棚棚在老人精神上的价值。我建议你们在原来基础上再增加两万元……"

张书记立即又叫了起来："怎么还能增加呢？5万元已是最高价了，还增加，用什么名义呢？"

江副庭长说："只要你设身处地站在解决问题的角度着想，何愁想不出理由？我问你，老头那猪圈棚里，是不是堆着一些杂物……"

张书记忙说："可那些杂物根本不值钱呀！"

江副庭长说："值钱不值钱那看你从什么角度看！等会儿你们和老头谈妥了，一不做，二不休，派出一辆推土机，趁老头还在镇上的机会，三五几下就把那棚给推了。然后你们对村民说，因为司机工作失误，老头还有一些家具没搬出来，给损坏了，镇上额外再赔偿两万元。这么大一个镇，两万元算不了什么，可对于老头来说，却是一个莫大的心理安慰。再说，你们明天就可以恢复施工，孰大孰小，你自己掂量掂量吧！"

一番话，说得张书记哑口无言，过了片刻，突然对江副庭长打一躬，笑着说道："真是人在事中迷，就怕没人提！江叔这一着实在是高，你看你们这么一来，就帮我们基层解决了大问题……"

正说着，傅小马和罗娅回来了，不但没有万老头，连村支书也没一起来。江副庭长和张书记大惊，两人几乎异口同声问："怎么，老头不愿意来……"

傅小马忙说："要来，要来，但老头不愿意坐我们的车，他和村支书坐摩托车来！老头还说，他不和镇上的人坐一桌，只愿意和我们法庭的人和村支书坐在一起！"

江副庭长和张书记这才长长舒了一口气，江副庭长说："只要来了就好办了！"

果然，接下来完全按照江副庭长规划好的脚本进行了。当张书记和镇长等一干人，端着酒杯走进江副庭长这一桌人的包间来给老头敬酒时，老头开始还有些拘束和排斥，可他哪里禁得住这些年轻干部的口吐莲花，何况还有江副庭长一旁不断地劝说呢？几杯酒一下肚，老头的脸红了，熠熠生辉，一道道皱纹舒展开来，仿佛九月的金菊绽放一般。不但如此，老头的话也明显多了起来，张书记抓住这个机会，把镇上最新的处理决定告诉了他。老头像是没想到似的，一下站起来说："早知如此，我还扯锤子个皮！"

吃过午饭，镇长和村支书陪着万老头去办理拆迁补偿协议的有关手续，张书记则陪着江副庭长一行人，感激不尽地说："今天多亏了江叔！看来，你们这些法官在老百姓心中，比我们这些万金油干部关火（四川方言，管用）得多呀！"

江副庭长忙说："你别给老叔戴高帽子，老叔是油黑人不受粉！明说，老叔也不会光做亏本的买卖。今天我帮了你一个忙，我这里也有一件事，正需要你帮忙呢……"

张书记没等江副庭长话完，忙说："老叔有什么需要晚辈跑腿的，尽管吩咐！"

江副庭长就看着他问："你们镇上有个王家洼村，是不是？"

张书记说："有哇！"

江副庭长又接着问："王家洼村有个叫沈玉清的女人，你知道不？"

张书记歪起头想了半晌，对江副庭长摇了摇头，说："我才来不久，不清楚。"说完，又问江副庭长，"这个沈玉清出了什么事？"

于是江副庭长就把沈玉清与公婆和小叔子的赔偿款纠纷向张书记讲了一遍，末了又对他说："这个案子正好落到我和小欧手上；我们正准备这几天进行调解，调解不成就开庭审理。为了深入开展普法工作，不管是调解还是庭审，我都打算放到王家洼村举行，到时候，就需要你这个书记大力支持了哟……"

张书记没等江副庭长说完，马上叫了起来："好哇好哇，提高全镇老百姓的法律意识，这是好事呀！江叔放心，我们一定全力支持和配合！"

江副庭长听后也十分高兴，握了张书记的手说："那好，我们就这么说定了。回去我们就着手安排，到时候我们再电话联系！"说罢，一行人这才打道回府。

第十三章／江庭长巧断拆迁案

第十四章

阴差阳错

傅小马和罗娅骑了一辆摩托车，赶到贺家湾来了。这天他俩的运气很好，不但支书贺端阳没有外出，村妇女主任张芳也从丈夫那里回来了。还有村里的红白理事会的会长、爱管闲事的老支书贺世忠，郑琴和贺兴胜的媒人贺兴菊等知情人也都在，更不用说双方当事人了。傅小马和罗娅的调查很顺利，罗娅带去的法庭调查笔录本都记满了。傅小马觉得贺兴胜和郑琴这两口子的故事太有意思了。和嵇镇法庭审理过的所有的离婚案件不同，这两口子既不是因为丈夫贺兴胜出轨，也不是因为诉讼人郑琴喜新厌旧。没有家暴（尽管贺兴胜打了郑琴一个耳光，但那是由于喝了酒，而且婚后几年仅有一次），没有移情别恋，他拿金海燕归纳总结出的几个离婚类型来套，竟然发现一个也套不上——这小两口竟然是因为面子，互不妥协，而闹到法庭上来了。更准确地说，也不是小两口因为面子，而是小两口各自的母亲，即两个亲家婆因为自己的面子要他们离婚，小两口成为池中无辜的"鱼"。傅小马把案情了解清楚后，觉得这太像一部小说了，甚至比小说还要精彩！要是把整个故事写出来，还不知要吸引多少读者呢！可是，他毕竟没有作家妙笔生花的本领。回到嵇镇，他只能根据调查的事实，提纲挈领地写出一个大概，还原了这对夫妻闹矛盾的经过。

郑琴和贺兴胜都是贺家湾村人。贺家湾村由贺家老院子、上头院子、下头院子以及一个叫郑家塝的杂姓院落组成。贺兴胜住在贺家湾下头院子边上一处叫鸭子嘴的石盘上，郑琴住在郑家塝一处叫槽子沟上面的岩塝上，两家大门对着大门，别说站在院子里朝对方喊一声，就是早晚开门关门的声音，两家相互都能听得见。至于家里鸡鸣狗吠之声，越过沟涧传到对方耳中，更是不在话下。

两家虽然隔得这么近，可真要去串个门，却是不容易，因为中间隔了一条沟。在庄稼各做各的以后，村里一年半载都难开上一次会，所以尽管两家鸡犬之声相闻，来往却并不多。

不过对于贺兴胜和郑琴两个人来说，他们不但不陌生，还称得上青梅竹马——他们在同一根板凳上一起度过了六年的时光。

郑琴上学下学，必须从贺兴胜住的鸭子嘴下面的陡梯子爬上爬下。才发蒙读书时，郑琴还差两个月才到七岁，遇到下雨或下雪的天气，一个小小的孩子走在那羊肠小道似的石梯子上十分危险。当时村里的代课教师，曾是郑琴和贺兴胜的班主任曹银霞的回忆，遇到刮风下雨，贺兴胜便经常把郑琴拉到自己家里吃饭。贺兴胜的母亲严亨渠是个爽快人，又最爱面子，她只有贺兴胜这个独子，因此特别喜欢女孩儿，看见儿子领了郑琴来很高兴。孩子年纪小，不懂事，郑琴一来，两个孩子都玩得十分高兴。严亨渠回忆说，那一年夏天，是个下午，老天突然下暴雨，槽子沟涨了洪水，淹了郑琴回家时要跨过的那条有两个石磴的小河沟，贺兴胜便又把郑琴拉到了自己家里。贺兴胜早已和父母分开了睡，晚上，严亨渠让郑琴和贺兴胜一起睡，两个孩子连想也没想，便高兴地答应了。严亨渠又给他们找出一床毯子，嘱咐他们睡着时把肚子盖上。睡到半夜，严亨渠不放心，爬起来过去一看，只见两个孩子互相搂抱着，面对面地睡在一起，毯子被蹬在了一边。

上完小学，两个孩子都到乡上念初中。郑琴到乡上，仍要打贺兴胜家旁边的小路经过，贺兴胜每天早上便在院子边上等郑琴。等到后，两人便一起往乡上去。班上有个学生叫雷亮，发蒙晚，这年满打满算十六岁，长得牛高马大，满脸的痤疮痘痘。他成绩不好，却专喜欢在女同学面前说些不三不四的下流话。一天放学的时候，他突然挨挨擦擦地走到郑琴身边，给郑琴递过一张字条，对她说："请教你一下，这个字认什么？"

第十四章 / 阴差阳错

郑琴老实本分，村里人都叫她"实心姑娘"。她看了一眼纸上的字，见上面是一个出入的"人"字，下面是一个"肉"字，便一边摇头一边说："不认识！"又对雷亮问，"你说认什么？"雷亮挤眉弄眼地说："你查查字典，查到了告诉我！"

郑琴果然去查《新华字典》，却没查到这个字。她做事格外认真，第二天上课前，她拿着字条去请教班主任老师。班主任老师是一个才从学校分配来的女老师，还没结婚，一看这个字，脸就红得像块红布，"哗哗"地一边撕着字条，一边对郑琴吼道："课本上的生字不好好学，哪里弄来的这些下流字，还有脸拿来问我？出去给我站好！"郑琴一下蒙了，她想对老师说明原委，但看见老师眼里闪着的愤怒的火苗，又见满教室的人都盯着她，话到嘴边又溜了回去。她感到既委屈又羞得不行，似乎想找个地缝钻下去，只得站到教室外面去了。

下课后，贺兴胜把她拉到一边，才问清楚了是怎么回事。回到贺家湾，贺兴胜把这个字写给贺家湾的退休老师贺大龙看，才知道这是脏字，脏得连《新华字典》都不收这个字了。贺兴胜弄明白后，握了握拳头对郑琴说："你放心，我一定要为你报仇！"

贺兴胜说到做到。这天下午放了学，雷亮一个人走到一个叫亮垭子的地方，贺兴胜突然从树林里跳出来，从背后猛虎般朝雷亮撞去，一下将雷亮撞倒了，接着扑到雷亮身上，抡起拳头就打，一边打，一边咬牙切齿地叫："我让你欺负郑琴！我让你欺负郑琴……"雷亮身块大，力气自然也大，猛地一个鲤鱼翻身，便把贺兴胜给压在地上了，接着挥起手掌，又一下一下地扇起贺兴胜的耳光来。贺兴胜努力撑着双手，想从雷亮身下翻过来，可雷亮像泰山一样压着他。他的手掌在地上摸索着，摸到了一块尖利的石头，他突然反过手来，朝雷亮的脑袋砸了过去。只听得"嚓"的一声，雷亮一边大叫："你把我脑壳打破了，你把我脑壳打破了！"一边用双手去捂脑袋。贺兴胜趁机用力，从雷亮身下钻了出来，拿起书包跑了。

从这事以后，雷亮在郑琴面前老实多了。

三年初中学习期满，乡上附属初中教学质量差，每年能考上县上高中的寥寥无几，贺兴胜和郑琴与大多数落榜的同学一样，口袋里揣着一张初中毕业证书，从贺家湾来又回到了贺家湾。

贺兴胜有个堂叔叫贺世宽，几年前到福州打工，掌握了一门烧电焊的技术。这两年自己带起一伙徒弟独打天下，闯出了一些门路。贺兴胜毕业第二年，便告别父母，拜到堂叔手下去学艺。走以前，贺兴胜去问郑琴愿不愿意出去打工。郑琴说："我当然想出去的，我们一块儿走好了！"可是，就在他们走的那天早上，郑琴的父亲郑汉文早上去下地，出门时绊了一跤，倒在地上半天爬不起来，还嘴角流涎，口齿不清，连说话都变成了像是老鼠叫。郑琴急忙跑到乡卫生院喊来医生一看，说是脑出血，下半辈子怕是要瘫在床上了。家里突然倒了顶梁柱，郑琴只好把打工的话咽回肚子里，让贺兴胜一个人走了。

贺兴胜和郑琴都过了二十二岁的生日，郑琴越发漂亮了，一米六五高的个儿，身材匀称，皮肤白净，两只大眼睛秋波盈盈，一根大辫子在背后飘来荡去。郑琴已到了婚嫁的年龄，何本玉放出话来："郑琴虽不说招婿上门，但这个女婿也必须是郑家半个儿子，得隔我们近一点，我们家今后有个什么事，来来往往也方便一点！"

消息一出，媒人便上门来了。媒人叫贺兴菊，就是嫁到郑家塝郑全荣家的贺世忠女儿。贺兴菊给郑琴介绍的便是对门的贺兴胜，她对何本玉说："我的个幺婶呀，我这个娘家兄弟，是个靠得住的实在人。人聪明，又吃得苦，几年前出去打工，学会了烧电焊，现在凭手艺在外面挣大钱，每月要给我大娘寄好几大千回来呢！我妹子嫁过去，这辈子肯定吃不愁、穿不愁。更重要的是，两家隔得这样近，你家有什么事，站在院子边上喊一声，人就过来了，你说当不当一家人？"何本玉一想，何尝不是这样，便对贺兴菊说："好倒是好，但我有一条他们必须答应，那就是他们如果同意这门亲事，贺兴胜就不能再到外面打工了！他如果还要到外面打工，还不是等于把你妹子放到了远处？"贺兴菊道："行，行，我明白了，幺婶，我现在就过去跟我严大娘说一说！"贺兴菊去对严亨渠一提，严亨渠想也没多想，不但一口答应，还连连感谢贺兴菊给提了一门好亲。贺兴菊回来又回了何本玉的话，何本玉还是不太放心，又说："两个人说话没对证，她要真答应，就把贺兴胜喊回来，我们当面锣对面鼓，三人对六面，把话说清楚，免得你大娘今后反悔！再说，他们年纪也不小了，说好后，就把亲订了，免得别的媒人又牵起线线儿来，我难得给她们泡茶！"贺兴菊又道："我大娘也正有这个意思，说要是你们家里没意见，她就马上叫我兄弟回来，两家人先把亲家打了！"

果然没几天，贺兴胜就从福州赶了回来。因为都是一个村，知根知底，便省了"访人户"这道程序。这天，严亨渠便在家里办了几桌酒席，把两边长辈、亲友和村上干部都请了来。当着众人的面，何本玉把先前对贺兴菊说过的话提了出来。何本玉的话还没完，严亨渠便大包大揽地道："亲家姐姐放心！你们家里那情况，我还不晓得？人心打比是一样，她爸得了那个病，说话说不清，走路靠拐杖，家里有个什么脏活累活，谁不想依靠个男人？一个女婿半个儿，亲戚成了，还分个啥你我？他既是我的儿，也是你的儿，你们家里有什么活儿，打声招呼我就叫他过来！至于说不出去打工了，我早就有了这个心！还有，不瞒亲家姐姐说，我还想早点抱孙儿呢！你放心，从现在起，我就不让他出去了！"贺兴胜也当着众人表了态，两个年轻人便把一件人生的大事定下来了。

贺兴胜说到做到，和郑琴订婚后就再没出去。一个冬天，都在何本玉家的地里忙着。一季活儿干完，贺兴胜又比先前黑了许多，但何本玉却对这个个子不高、矮壮敦实、手脚灵活的未来的"半个儿子"，越看越喜欢起来。刚把地里的活儿忙完，郑琴的父亲在瘫了几年之后，终于摆脱人间痛苦，一命归西了。贺兴胜虽然还没和郑琴扯证，但他作为郑家的准女婿，也按风俗披麻戴孝，摔盆端灵，扮起孝子的角色来。

将郑汉文送上山后，就进入了腊月。腊月里是乡下人办喜事最集中的日子。贺家催促办喜事，何本玉还想把女儿的婚事再拖一拖，但又实在找不出拖延的理由，再一看只要贺兴胜一来，郑琴马上就会想方设法地和他黏在一起，一副秤不离砣的样子。何本玉是过来人，又特爱脸面，怕拖下去让女儿的肚子大了才办喜事反倒让她丢了面子。再一想，事情都到这一步了，迟早女儿也是要过门的，便答应了。

于是在这年农历腊月十八，贺家湾的贺兴胜与对面郑家塝的郑琴喜结百年之好。

郑琴和贺兴胜新婚燕尔，亲密得如胶似漆，走一步都是出双入对，那份甜蜜恩爱的热乎劲儿自不待细说。但正月十五过了，何本玉都没见贺兴胜和郑琴回过郑家塝。这天傍晚时分，何本玉便站在院子边上朝这面大声呼喊："郑琴！郑琴——"结果把严亨渠从屋子里喊了出来："亲家姐姐，你看我这忘性！他们两个出去旅游了。他们走得急，叫我给亲家姐姐说一声，可我一转身就忘了，对不起亲家姐姐哈……"

何本玉并不相信，便气愤地骂了起来："死婆娘，受了哪个烂肝烂肠烂心肺的挑唆，这么大的事，草树桩桩也该摇动一下嘛……"严亨渠一听何本玉的话有些难听了，便道："亲家姐姐，我说你怎么不晓事？正月里头没啥事，人家小两口正热乎着，亲亲热热地出去度几天蜜月，很快就会回来的，你咋说话这么难听？谁挑唆了她，人有姓，狗有名，你当面指出来，免得害夹湿伤寒、打肚皮子官司哟？"一番话，倒把何本玉给问住了。在院子边站了一会儿，只好嘟嘟哝哝地回屋子去了。

第二天一早，何本玉赶到娘家侄媳妇家里，用侄媳妇的手机打通了贺兴胜的电话。贺兴胜在电话里说："妈，你放心，我们要不了多久就会回来！"何本玉说："你让郑琴接电话！"没一会儿，电话里果然传来了郑琴的声音："妈……"一听见女儿的声音，何本玉气便不打一处来，马上骂了起来："你个死女子，是哪个给你灌了迷魂汤，一嫁了人就忘了老娘，竟把老娘关在栅子门外，你这样没良心的东西，你就莫回来，死到外头嘛……""妈，你着急什么？现在活儿不是还没出来吗？等活儿出来了，我们自然会回来嘛！再说，爸也不需要你服侍了，地里那点活儿完全做得出来嘛！"何本玉听女儿亲口说很快就会回来的话，还是把心肝放进了肚子里，回到家里该干什么干什么。

正月一过，活儿就逐渐多了起来。往年还有一个郑琴打帮手，现在，里里外外的事都落到何本玉一个人身上，她又是一个好强的人，一看自己家的活儿落到了别人后面，她心里就十分烦躁。这天合该出事，何本玉挑水又摔了一跤。她一瘸一拐地回到家里，抱着膝盖骨揉了半天，那膝盖却越肿越大。她只得拄了拐杖，忍着疼痛，一瘸一拐地又赶到娘家侄媳妇家里给郑琴打电话。郑琴还没等何本玉把话说完，便支支吾吾地道："妈，我、我们不、不回来了，

第十四章／阴差阳错

就在外面打、打工了……"何本玉肺都差点气炸了。她知道上当了,这一定是严亨渠的主意,先给她玩一个瞒天过海,再来一个金蝉脱壳,把她给骗了。原指望把郑琴嫁过去,她可以得"半个儿子",帮她把家业顶起来。没想到现在猫没买到,连口袋也丢了,湾里人议论起来,说她被严亨渠耍了,她还有什么脸见人?

何本玉觉得可不能就这样算了,得一报还一报,不能输在对方手里。这么一想,何本玉心里立即又蹿起了一堆熊熊大火,便气冲牛斗地来到严亨渠的院子里,什么都不说,面对堂屋,双膝往地下一跪,便哭死人般放声号啕起来:"亲家姐姐呀,你们不要良心呀,把我姑娘骗到手了就变卦了呀,你们不得好死呀……"按贺家湾的老风俗,面对堂屋跪哭是报丧才有的风俗,这是非常不吉利的,何况这还是才过了年不久。严亨渠一时气得面色铁青,牙齿打着战,胸脯一起一伏。她走到何本玉身边,对她不满地大声道:"亲家姐姐,你这是干什么,啊,干什么?啊?"何本玉没管严亨渠,仍一边号哭一边诉说:"亲家你不要良心呀!我把姑娘嫁给你家,原指望女婿半个儿呢!说好不出去打工的,怎么又悄悄地要出去呀?你也不看看你儿子长得啥样?长不像冬瓜,圆不像南瓜,也是我瞎了眼睛才把姑娘嫁给他,你们不要良心呀……"严亨渠听何本玉光天化日之下这样贬低他儿子,也是忍不住了,于是也道:"离了你家姑娘,难道我儿子就讨不到婆娘了?现在婚也结了,睡也睡了,你想怎么样,难不成你把你姑娘还喊回去……"

何本玉才开始号哭时,下头院子的人就赶了过来看稀罕。现在一见两亲家越说越不像话,竟然伤到了两个年轻人,便纷纷劝道:"算了算了,你们两亲家都少说两句!儿女亲家是踩不断的铁板桥,话说绝了以后还见不见面了?"一面说,一面有人去把何本玉给拉了起来,给劝回去了。

从此以后,两亲家就结下了怨恨。

贺兴胜和郑琴到底还是回来了,不过已经是两年后的事。

可是贺兴胜并没有回到贺家湾,而是在县城租了一个门市和一套屋子,自立门户开了一个防盗门、防盗窗、卷帘门加工和安装门市,并起了一个好听的名字:"兴盛门窗店"。

才回到县城的日子里,两口子又仿佛回到才结婚的时候,亲热了一段时间。但不久,两人为一些小事争吵了起来。但吵归吵,睡过一觉后,又和好如初,跟没事一样。两口子都像孩子,一会儿吵,一会儿好。

一天傍晚,贺兴胜的一个师兄从云南昆明回来了。师兄师弟相逢,贺兴胜自然高兴不已,立即收了家什,把店里几个伙计叫上,一起去了"醉乡友"餐馆。因为高兴,贺兴胜也忘了打电话告诉郑琴一声。郑琴在家里做好晚饭后,见贺兴胜还没回来,便给贺兴胜打电话,贺兴胜的手机却关了机。郑琴心里不由得产生了几分怀疑,因为贺兴胜从来都是天没黑就回家。今天这么晚了还没回家不说,连手机也关了机,究竟有什么事要躲着我?想了一想,郑琴便往店里寻去。来到门店,却见门店的卷帘门关得死死的,哪还有丈夫的影子?去向旁边卖水暖器材的蒋老板打听,蒋老板说:"傍晚的时候,我看见他带了一伙人往'醉乡友'餐馆去了!"一听这话,郑琴忙又去了"醉乡友"饭店。

刚进饭店门,郑琴就见贺兴胜正和一伙人大呼小叫地喝酒。她不认识贺兴胜的师兄,却认识"兴盛门窗店"的伙计,见他们吃喝得热闹,气便不打一处来,立即过去没好气地对贺兴胜叫道:"等你回来吃饭,你才跟一伙狐朋狗友在这里逍遥!你逍遥也不打声招呼,你眼里还有没有家了?"一句话说得大家面面相觑,立即停下了手中的筷子,都怔怔地看着贺兴胜。

贺兴胜此时已有了七八分酒意,平时大家都笑他是"妻管炎",此时酒壮英雄胆,见郑琴扫了大家的兴,更重要的,他觉得在师兄面前丢了面子,于是气也涌上来了,便红着眼睛对郑琴道:"你、你来干、干什么?"郑琴正在气头上,没察觉贺兴胜已经喝醉了,也冲贺兴胜道:"我为什么不能来?你下了班不回来,电话也打不通,害得我到处找,你还有理了?"贺兴胜继续红着眼睛说:"你、你啥时打了电话来?"一边说,一边掏出手机看,发现手机自动关机了。可他却没说手机没电了的话,"啪"的一下将手机放到桌子上,对郑琴说:"我不回来又怎么了?"说完又对郑琴吼道,"各人滚、滚开……"郑琴更气得脸上一片红紫,将身子一挺,冲贺兴胜道:"我就是不滚,你又怎么办?"说完也狠狠地瞪着贺兴胜。贺兴胜见郑琴这样,更觉没了脸面,于是咬

第十四章 / 阴差阳错

着牙冲郑琴道:"信不信今晚上我打、打你……"话还没完,郑琴立即冲过去抓着对贺兴胜道:"你打,你打,不打的就是大围女生的……"一语未了,贺兴胜"呼"的一巴掌,抽在了郑琴那张带着怒气的紫涨的脸上。

郑琴哭着回到家里,打开衣柜门,取出自己常穿的一些衣服,装进一只原来打工时的大拉杆箱里,拉上箱子义无反顾地下了楼。她拦了一辆出租车,朝娘家贺家湾去了。

回到郑家塝,何本玉早睡了。郑琴叫了半天门,把何本玉叫起来。何本玉打开门一看,只见郑琴拖着一只沉重的箱子,脚上全是稀泥,像是一个逃难的人。不待母亲问,郑琴便一下扑到母亲身上,一边抽泣,一边把贺兴胜打她的事告诉了何本玉。

何本玉听完女儿的话,新仇旧恨都一齐涌了上来,立即咬牙切齿地骂了起来:"这个圆不像南瓜、长不像冬瓜的矮打杵儿,也不吐泡口水照照自己是个什么东西,敢打我女儿?你长这么大,我都舍不得动你一指头,现在拿给他打,把妈的心都痛死了!我也是前世瞎了眼,把你嫁给了这么个狼心狗肺的东西,我女受委屈了!"一边说,一边抚摸着郑琴的头,继续道,"等他明天来接你时,妈不给他点颜色看看,他还认为我们让了四两姜,还说我们不识秤!"说罢,去生火给郑琴煮了一碗面条。郑琴吃了面,又洗了脸。母女俩正准备去睡,郑琴的手机突然响了。郑琴掏出一看,是个陌生号码,她原想不接,可又怕是贺兴胜生意上的事,便犹豫着按下了接听键。刚"喂"了一声,一个男声便在电话里道:"宝贝,在做什么?你快过来,张哥想死你了!"郑琴一听这流里流气的声音,便知道是怎么回事了,忙气愤地回答了一句:"谁是你宝贝?流氓!""啪"一下关掉手机,往原来自己住的房间去。何本玉忙问:"哪个给你打的电话?"郑琴不好对母亲说是一个男人约小三的电话,想了一想才道:"是别人打错了……"何本玉见女儿遮遮掩掩的样子,有些怀疑起来,便生气地道:"打错了?我可给你说,要是贺兴胜给你打电话来,你可不要接!你也不要下贱八式地给他打电话……"郑琴喃喃地说了一句:"知道了……"何本玉见女儿犹犹豫豫的样子,突然伸出手,用不容置疑的口气对郑琴道:"把你的手机交给我!我还不知道你?三句好话一说心就软了!这次必须把他收拾服帖,不然以后还要骑到你脑壳上来拉屎!在他没有当面给我们赔礼道歉、写保证以前,手机我给你保管到!"郑琴便"缴枪不杀",把手机乖乖地交了何本玉。

贺兴胜第二天并没有来接郑琴,郑琴也知道贺兴胜不会来,因为他要到河东场玉水福邸小区安装门窗和防护栏。那可是一桩大生意,贺兴胜费了九牛二虎之力才把那个工程拿下,这是早就定好了的。所有门窗和防护栏早拉到工地上去了,安装的时间也是前几天就约好的——今天务必要去,人家等着把门窗和防护栏安装了,好交房呢!

贺兴胜第二天早上起来,酒也醒了,气也消了,他便给郑琴一连打了十多个电话,但电话一直没人接听。到了工地,他把活儿安排好以后,又躲到一边给郑琴打电话,郑琴的手机现在干脆关机了。贺兴胜这时也生气了,把手机往窗台上重重一放,嘴里愤愤地骂了起来:"你愿回就回,不回拉倒,哪个龟女娃子生的才给你打电话!"

这么一赌气,贺兴胜连电话也不给郑琴打了。但贺兴胜只坚持了一天,到第三天,他突然觉得像被人掏空了脏腑,心孤零零悬在那儿慌得难受。熬到下工的时候,贺兴胜便对工人们说:"我家里有点事,回去一下,明天你们继续干就是!"说完,跨上自己那辆"大洋"摩托车,"突突"地往城里开了去。

贺兴胜心里还怀着一份希望:要是郑琴气消过后,自己回家了呢?这也是完全有可能!两口子,难道还能生一辈子气?可是等他打开家门一看,走时什么样,现在还是什么样。屋子里冷冷清清,沙发和桌子上留着老鼠爬过的痕迹并留下了它们"到此一游"的纪念物。贺兴胜的心一下又凉了下来。他茫然地四顾了一会儿,又掏出手机给郑琴打电话,可电话仍是关机。过了一会儿,贺兴胜突然拉上房门,下楼重新发动起"大洋",朝着贺家湾疾驰而去。

回到贺家湾,已将近半夜时分,贺兴胜开门的声音惊醒了严亨渠。严亨渠从床上爬起来问:"深更半夜的,你回来做啥子?"贺兴胜问:"妈,你看见郑琴没有?"严亨渠惊讶地道:"郑琴怎么了?"贺兴胜说:"我们吵架了!"说着,便将事情的经过对严亨渠说了一遍。

严亨渠听完儿子的话,突然说:"怪不得,前天傍晚时候我扫地坝,看见对面院子里有个人很像郑琴。我站在地坝边上喊了一声'郑琴',可她马上进屋去了。我以为天打麻影,看错了。再说,如果她回来了,会不来看我?所以我也没把这事放到心上。现在听你这么一说,那肯定是她!"贺兴胜一颗悬着的心突然着了地,便说:"她回来了就好,我就担心她像别的女人那样跑了呢……"严亨渠没等儿子说完,便道:"她往哪儿跑?跑出去又嫁得到一个多好的人?"贺兴胜不想母亲再就这个话题说下去,忙说:"没跑就好!明天一早我就过去把她接过来……"

贺兴胜刚说到这里,严亨渠忽然气咻咻地打断了他的话:"去接她做啥子?人争一口气,佛争一炷香,你不要面子,我还要面子呢!两口子哪有不争嘴角孽(四川方言,吵架之意)的?吵个架就往娘屋头跑,成啥子体统?一个大男人,哪会没个三朋四友?男人的师兄来了,招呼吃顿饭,哪有女人去管的?再说,你两口子有气,我这个老婆子又没惹到你,你人回来了,隔得这么近,这几天了看都不来看一下我,把我当啥子人了……"严亨渠越说越气愤,最后斩钉截铁地对儿子说了一句,"不要去接!"贺兴胜听到这儿显出了犹豫的样子,说:"可是……"严亨渠没等儿子说出可是什么,又气愤地打断他的话,说:"还有啥子可是不可是的?她心里都没有你,你心里还有她?两口子吵了架,扯起一趟回娘家也就算了,还把手机关了,一连几天都不接男人一个电话,她把男人当什么了?你自己想想,她把你当啥子了?"说完又补充一句,"这肯定是何本玉的主意,就是想逼我们去给她跪地求饶,好看我们的笑话!"最后,严亨渠又用了更坚决的口气再次强调了一遍她刚才的主张,"她不回来,你坚决不能去接!"贺兴胜终于忍不住,把自己的担心说了出来:"可、可要是她一直不、不回来,怎么办?"严亨渠说:"嫁出去的女,泼出去的水,能在娘家住一辈子?你放心,你不去管她,到时候她自己就灰溜溜地回来了!"说完又愤愤地补了两句,"把她德性惯坏了,以后你处处都要顺着她的毛毛抹,到时看你还怎么做男人?"

贺兴胜听了母亲的话,立马想起这几天给郑琴打电话的事,心里不免又产生了怨恨和怒火，又觉得到底姜是老的辣，母亲说得有道理。事情都过好了几天，你还关着手机，明显拒绝我的意思嘛！既然这样，我还用热面孔来贴你的冷屁股？想了想，果然便对母亲说："也好，那就再等几天，如果她还不回来，我们再说吧！而且这几天我活忙，所以我才抽晚上这点时间回来，明天一早我就得走！"严亨渠说："你走吧，不管何本玉要什么手段，我都不会输给她！你放心，妈保证让郑琴乖乖地回来！"

贺兴胜见母亲说得如此肯定，也就放心了。第二天一大早，严亨渠便起床做了早饭，贺兴胜吃过后，发动摩托车，又朝城里开了去。刚驶到村口，贺兴胜便碰到了一群到嵇镇上学的孩子。其中一个叫二愣子的孩子是郑琴二伯伯郑家安的孙子，孩子嘴甜，一看见贺兴胜就亲热地叫："大姑爷，你什么时候回来的？怎么不到我三婆家里去，我郑琴姑姑还在我三婆家里呢！"贺兴胜心情正郁闷着，也没把二愣子这个孩子放到眼里，一听他的话，便有些不耐烦地说："不去了，不去了，我有事！"说着一溜烟走了。

二愣子觉得有些不对头，可又说不出哪儿不对。晚上放学回家正碰上何本玉从地里往家里走，便把早上看到贺兴胜的事告诉了何本玉。何本玉只感觉一股气蹿到肚子里，像是马上要爆炸，咬了半天牙齿。

郑琴听了母亲回来告诉她的话，也像傻了似的愣了半天，等回过神后，便不由自主地又伤心地哭了起来。何本玉则在一旁咬牙切齿地骂，郑琴半天才对何本玉说："妈，你把我的手机拿给我，我看看他给我打过电话没有？"何本玉去把手机拿过来交给女儿。郑琴打开一看，一下跳出了几十个未接电话，一种感动和歉意立即涌上心头，她马上扬着手机对何本玉说："他打了几十个电话来！我给他回一个去！"郑琴说着就要拨号，何本玉突然一把夺过了手机，道："你给他打啥子打，你就那么贱呀？他不亲自来接你，把话说清楚，不许你去先理他！"

郑琴见母亲还是坚持原来的观点，又见她再次夺走了自己的手机，也就只好作罢。回过头郑琴想了一想，觉得贺兴胜也实在太过分了，明明回到了村里，却也不过来看一看就走了，这是什么意思？我就这么让你恨之人骨？就算当时话说重了一点，可也是你先动手打人的呀！你打了人还有理了，还不让我回娘屋消消气？贺兴胜呀贺兴胜，你太忘恩负义了……郑琴越想越委屈，越委屈越伤心，越伤心就哭得越厉害，肩膀一耸一耸，抽抽搭搭地泣不成声，一会儿便成了个泪人儿。

何本玉见女儿如此伤心，心里也是又气又恨，却突然对郑琴吼道："哭啥子，你哭他就回来了？这个矮打杵把事情做绝了，别说他不来接，就是来接，我也要一脚把他踢回去！"说到这儿，何本玉咬着牙齿，恍然大悟地叫了起来，"这肯定是严亨渠的主意，叫贺兴胜不来接你，好让你自己回去，落得他们娘儿母子看我们的笑话！"说到这里，何本玉又狠狠地补了一句，"这个老东西屁股一翘，我就晓得她是屙屎屙尿！她打错了算盘，我不出心里这口气，就不姓何！"

何本玉是个炮仗脾气，她这么一想，还没等郑琴弄明白是怎么回事，就一步冲到门外，对着对面鸭嘴壳方向，扯开喉咙骂了起来："严亨渠，你个老不死的，你们娘儿母子不要良心哟！你们把我女儿骗去，我忍了又忍！你现在唆使你那矮打杵儿子虐待我女儿，打得她半夜三更往娘家跑哟！她在你们家里究竟犯了什么错，是偷人养汉，还是好吃懒做，你们要拿个话出来说哟！你们拿不出话来说，我也忍了。小两口闹矛盾，年轻人不懂事，你这个老东西也跟到不懂事呀？回来几天了，你挑拨起你儿子过都不过来问一下，你娘儿母子眼里还有她没有……"

何本玉中气足，声音大，又处在气头上，所以那掺杂着怒火的詈骂声格外高亢，早惊动了从地里收工回来的庄稼人。一些人便纷纷从屋子里伸出头，一边脸上挂着几分兴奋的色彩，一边竖起耳朵生怕听漏一句似的，捕捉着那些粗俗不堪却又是乡下人耳熟能详的话语，以此来驱逐一天的疲劳。

何本玉一边叫骂，一边回头瞧见郑家塝很多人都聚在家门口听她骂大街，更来劲了，便又转变了语气，由控诉变为争取同盟军，继续叫道："她大爷二爷三婶四婶五哥六弟七姐八嫂们，你们都过来评评理，看看对门这家人欺不欺人？贺兴胜昨天也不晓得啥时回来的，今早上才走，连脚印也不过来踩一下，我家姑娘你就是这样嫌弃的呀？大家都给我评评呀……"

那些人见何本玉叫他们评理，又都像商量好了一样，立即把头缩进屋子，

"哐啷"一声都把门关上了。严亨渠等何本玉声音渐渐小了下去，这时才出来像是很有涵养地叫了一声："亲家姐姐。"又道，"你说累了吧？你说累了我就来说几句！你打得大锣，我也敲得瓦片，是不是？埋到不臭掏开臭，莫怪我说话不客气！"说到这里，突然把声音拔高了好几度，朝四面八方声嘶力竭地喊道，"贺家湾和郑家塝的老少爷们，你们都出来听听吧，我不怕丢人……"一听严亨渠这喊叫，那些躲进屋子里的人果然又纷纷钻了出来。严亨渠见状，马上对何本玉发起了凌厉的反攻："亲家姐姐，你茅坑里捡根帕子——咋个好开（揩）口？我问你，郑琴是啥子时候回来的？又是为啥子事回来的，啊？回来这么几天了，你们母女来跟我说过一声吗？把我关到栅子门外头，瞒得风都透不过，不是我儿子回来说，我还不晓得郑琴回来了！俗话说两口子打架不记仇，她回来了，你该劝劝，该说说，不该把我屋里的人扣到不让她回家呀！嫁出去的女，泼出去的水，郑琴现在五十根头发姓了贺，生是贺家的人，死是贺家的鬼！我家的人，不管是儿子还是儿媳妇，有什么不对，我这个当娘的知道该怎么管！如果我偏袒了我儿，到时候你来兴师问罪，我二话不说，给你赔礼道歉，但你给我说过一声吗？你口口声声嫌我儿子是个矮打杵，你这样做安的啥子心？你是不是想把他们一家人搞散……"

何本玉听了严亨渠这话，马上在对面捶胸顿足地叫喊了起来："天地良心呀，我何本玉有那个想把他们搞散的心，都天打雷轰呀！老天爷，你做个证呀，我有那个心，不得好死呀……"何本玉还没把誓发完，严亨渠又打断她的话追问道："你莫得那个心，那又安的啥子心？你是不是想逼我来跟你下矮桩（四川方言，低头之意）……"

两个女人如此隔空叫骂，可苦了屋子里的郑琴。一边是自己的亲生母亲，一边是婆母，她本身的性格又有几分懦弱，现在被夹在中间，既没勇气去责怪自己的母亲，也没有能力去说服那边的婆母，只躲在屋子里嘤嘤啜泣。现在见两亲家越说越不像话，要是继续隔空骂下去，说不定还会骂出更难听的话。这时，她也不知从哪儿产生的勇气，从屋子里猛地冲了出去，一把拽住母亲使劲往屋子里拉，哭着央求道："妈，求求你不要吵了！"又朝对面喊了一句，"妈，你也少说两句吧……"

可因为郑琴声音小,又哭泣着,她的喊声严亨渠压根儿没听见。不但没听见,因为暮色已经严严地笼罩住了夜空,严亨渠连对面是什么人把何本玉拉进屋子的也没看清。但不管怎么说,严亨渠见对面住了声,也见好就收,转身进了屋,结束了这场没分胜负的叫骂。经过这场隔空交手,两亲家加深了相互间的矛盾。严亨渠回到屋子里愤愤地想:"本来小两口闹了点矛盾,只有你知我知,现在闹得全贺家湾都知道了!既然这样,我就更不会来接了,看我们到底谁熬得过谁?"那边何本玉被郑琴拉进屋子里,仍然余怒未息,嘴里嘟嘟哝哝地骂了严亨渠和贺兴胜一会儿,突然转身对郑琴严厉地说:"你跟我听到起,严亨渠不亲自来接你,贺兴胜再咋个来给你下矮桩,你也不能跟他回去!"

郑琴装作没有听见,进灶屋做饭去了。

贺兴胜盼星星、盼月亮般又盼了一个星期,见郑琴仍没回去,有些等不住了。这时玉水福邸的工程也结束了,贺兴胜便又骑了"大洋"摩托车回到贺家湾来。严亨渠一见儿子脸上挂着的几分哀伤和愁闷的神色,突然有些可怜起儿子来。她知道儿子心中的痛苦,她又何尝不是一样?那天和何本玉隔空对骂过后,她见郑家再没有任何动静,也弄不清何本玉究竟是怎么想的,心里也一天比一天着急,因此不等儿子提出来,便先说道:"你去那边把郑琴接回去吧,老这么下去也不是一回事。"贺兴胜说:"我一个人去,要是郑琴不愿意跟我回来,怎么办……"

严亨渠脸上呈现出一种愠怒的表情,有些恨铁不成钢地说:"没出息!她是你的老婆,有啥理由不和你一起回来?你各人脸皮放厚些,他们还敢把你吃了?如果何本玉不放郑琴走,你就脚跟脚,手跟手,把郑琴缠紧些,白天她走哪你也走哪,她干啥你也干啥,晚上她睡哪里你也睡哪里!两口子睡一张床是名正言顺,到时候你看那姓何的敢不敢不让女儿跟你一起走?"

听严亨渠这么一说,贺兴胜又突然觉得信心和力量回到了自己身上。因为他从小就知道乡下有这样一个风俗,那就是嫁出去的女儿如果在娘家和女婿同床,会给娘家带来不吉利,娘家人是非常忌讳这一点的。他觉得母亲这一招确实很高,到时郑琴如果不回来,他就这么办,便对严亨渠说:"那好,妈,礼品我都买回来了。我现在去接她！"说着，就从摩托车后座上取下一箱特仑苏牛奶、两罐槐花蜂蜜、三盒专供老年人吃的稻香村传统糕点，还有给郑琴买的内蒙古风干手撕香辣牦牛肉干，朝鸭嘴壳下面的小路走去。

　　贺兴胜想着郑琴要回来了，脚下也像生了风，没一会儿便爬到崖畔上面，抬头一看，发现何本玉正挥舞着一把用棕叶绑扎而成的大扫帚扫院子。他忽然愣住了，觉得自己的勇气一点一点地消失。正不知该怎么办的时候，何本玉也看见了他。何本玉像是被吓住了的样子，将手里的扫帚往地下一扔，回转身"哐啷"一声把门拉上，并从外面给扣上了。贺兴胜忐忑地喊了一声："妈……"何本玉脸黑得像是雷雨前的天空，她没回答贺兴胜的话，眼角瞥见大门外面贴墙放着一把赶鸡的竹响篙儿，便一把抓在手里，猛地朝贺兴胜劈头盖脸地打了过来。

　　贺兴胜猝不及防，随着"噼叭"的响声，脑袋上早挨了一响篙儿。这一响篙儿把贺兴胜打蒙了。他想问何本玉为什么打他，抬头一看，何本玉早又高举起了响篙儿。贺兴胜好汉不吃眼前亏，急忙把手里的礼物往阶沿上一放，双手抱着头，便往一旁跳去。可他还是迟了，何本玉手里的竹响篙儿已经落在了他的背上。

　　贺兴胜被打急了，一步跳到院子里，这才抱着头对何本玉喊道："我是贺兴胜，我是来接郑琴的！你打我做什么？"贺兴胜话刚完，何本玉更像是一头发了疯的母牛，胸脯起伏着追了过去，举着手里竹响篙儿道："我打的就是你这个狼心狗肺、不要良心的东西！你早干啥子去了，啊？你屋里丢了一只鸡、一只鸭、一条狗，你早就寻去了，我女儿难道连你家一只鸡、一只鸭、一条狗都不如？被你不明不白打了，都十多天过去了，你这阵才来接，早先死哪里去了……"说着，突然过去提起贺兴胜放到地上的礼物就朝贺兴胜砸去，一边砸一边说，"哪个稀罕你的东西？各人提起滚！想这样就把她接走，连门儿都莫得！"贺兴胜急了，忙说："妈，你把郑琴叫出来，有话我们当面说……"何本玉又挥舞响篙儿追了过去，说："你想见她，做梦去吧！"贺兴胜知道郑琴在屋子里，便一边躲着何本玉手里的竹响篙儿，一边冲屋子里大喊："郑琴，你出来，我来接你了……"郑琴在屋子里听见了贺兴胜的喊声，同时，母亲打贺兴胜时说的那些话，她也听见了。此时她心里对贺兴胜又气又恼，同时也又疼又爱。她去拉门，没拉开，也急得哭了起来。贺兴胜听见郑琴在屋里哭，又要往屋里冲。何本玉早已防着，像一尊门神似的堵在大门口。此时她手里的竹响篙儿，换成了一条挑水的扁担。看见贺兴胜想进屋，立即举起了扁担然后恶狠狠地道："你敢进屋，我一扁担砍死你！我也不想活了，砍死了你我去抵命……"贺兴胜本来胆小，又知道何本玉的脾气，一听这话，果然又有些蔫了，急忙又退到院子里，"扑通"一声朝何本玉跪下，然后用乞求的、哭泣的语气对她说："妈，我求求你，你有什么话就明说，千万不要把我们一家人搞散了！"说着还对何本玉磕了一个头。何本玉听见郑琴在屋子里的哭声，现在又见贺兴胜给自己跪下了，心有些软了，过了一会儿才说："你来接不算，喊你妈来！我知道这都是她的主意，她不亲自来接，郑琴跟着我当一辈子老姑子，也不得跟你回去！你各人滚！"何本玉说完这话，也像是闹累了，转身进了屋，又"哐啷"一声关了大门，把贺兴胜一个人给孤零零地扔在院子里。

贺兴胜回到家里，严亨渠一见儿子一副霜打蔫的白菜的样子，心里已经明白了八九分，却仍然明知故问："你没见着郑琴，还是她妈不让她跟你走？"贺兴胜一屁股坐下来，也没看母亲，先闷声闷气地说了一句："何本玉要你亲自去接，你不去接，她宁愿把郑琴养在家里当老姑子……"严亨渠朝地下"呸"了一声，然后狠狠地道："我去接，她梦里戴花——想得美！"贺兴胜这时声音带上了哭腔，说："你不去接，难道真想让郑琴在娘家住一辈子呀？"说完又把自己挨打的事告诉了严亨渠。

严亨渠一听儿子挨了何本玉的竹响篙儿，立即心疼了起来，对儿子解释说："不是妈不想去接，是妈丢不起这个人！你不晓得，你在和郑琴订婚时，当着村里那么多人答应结婚后不出去打工了，可后来不但你继续出去打工，还把郑琴也带出去了，她就像戏文里唱的是赔了夫人又折兵，就觉得在村里丢了脸面，所以她才跑到我们家来闹！她知道你们出去是我的主意，这回趁你们两口子闹矛盾的机会，就想逼我去给她下矮桩，好找回她丢失的面子！要是我亲自去接了郑琴，她倒是有了面子，可妈却是把面子丢得一干二净！俗话说，人活脸，树活皮，墙头活一把泥。人没脸了，也就没啥活头了；树没皮了，也就活不成了；墙上没泥了，也就不光滑了！你说，我们孤儿寡母的，在湾里没了面子，今后还靠什么活下去？"

听了这话，贺兴胜想了一阵，才看着母亲喃喃地问："那怎么办，难道就这样下去了？"

严亨渠在贺兴胜脑袋上拍了一下，又疼又爱地说："真是个细娃儿，没见过簸箕那么大个天，你怕什么？她打也打了，骂也骂了，心里该出的气也出得差不多了！接下来，你隔一两天带着遮手的东西就去接一次。你去一次，她的气消一次，我不相信她是吃了秤砣铁了心，真想把郑琴留在娘家过一辈子！你去的次数多了，她要是再不放郑琴回来，她就是有理也会变成无理，到时别说我们有话说，就是团转（四川方言，周围）四邻，也会说她不对，你说是不是这样？"贺兴胜想了想，觉得确实是这样。再一想，虽然今天挨了丈母娘的打，但自己确实理亏。要是事情发生第二天他就回来接郑琴，怎么会发展到今天这样？不管怎么说，郑琴是自己的老婆，他无论如何都要去把她接回来。想到这里，便对严亨渠说："好嘛，过两天我又去接吧！"

贺兴胜说到做到。他隔一两天便骑着摩托车从城里赶回来，提着礼物来到郑家塝丈母娘这儿来接郑琴。而何本玉，似乎也早就知道严亨渠会给儿子出这么一个主意，在这段日子里，她也和贺兴胜一样，不再惦记着地里的活儿，每天都紧紧守在屋子里。只要看见贺兴胜一来，她虽然不像第一次那样对女婿挥舞竹响篙儿，却仍然铁了心似的将他堵在门外，不让他和郑琴相见。或者干脆将大门一关，任凭贺兴胜在外面怎么乞求，她只一句话："你妈不来接，你就是把天说破，也休想让她跟你回去！"

去过丈母娘家五六次，每次都吃闭门羹，贺兴胜也丧失信心了，便也公开对何本玉叫了起来："妈，你放心，从今往后，我再不来接了！我宁肯打一辈子光棍，也不再来丢人现眼了！"

贺兴胜说到做到，从此再没去接过郑琴。

何本玉一气之下，于是出现了本书开头的一幕——带着郑琴走进了法庭……

第十四章 / 阴差阳错

第十五章

送法下乡

江副庭长把沈玉清诉公公和小叔子侵占自己赔偿款一案的审理时间，定在当周星期五，因为金海燕是个工作狂，从党校学习回来准得问他们这一周的工作情况。再说，沈玉清这个案子并不复杂，立案也有一段时间了，那天晚上金海燕让欧小华汇报，实际上也是变相催促他们呢。案子的案情简单，适用法律条文也非常明确，审理这样的案子，对于江副庭长这样的老法官来说，简直是小菜一碟。他倒是对那天临时动念，想把这个案子搞成一个"流动法庭"的送法下乡活动，以增强老百姓的法律意识，有过稍微的犹豫。那就是担心到时老百姓事不关己，高高挂起，都不来参加，不但达不到普法的效果，说不定还会让现场审理出现尴尬的场面。幸好，那位新上任的镇党委书记答应全力配合和支持。他知道，任何工作，只要有这些基层组织出面，事情就好办得多了。

由于案子不大，案情也不复杂，适用于简易程序审理，所以，江副庭长决定这次只带书记员欧小华去，自己独任审理。头一天，他在电话里向镇里张书记通报了情况，张书记立即叫镇司法所向所长与江副庭长联系，那天江副庭长走后，他就把这项工作安排下去了。江副庭长与向所长联系后，又特地让欧小华到王家洼村跑了一趟，当面通知了沈玉清、王世通和王家富等双方当事人，还把庭审中的注意事项一一给他们交代了一遍。

万事皆备，第二天一大早，江副庭长和欧小华就坐了法庭那辆破"长安"，"咣当咣当"地向着王家洼村去了。面包车刚驶出镇口，欧小华突然叫了起来："江庭，我们东西忘了带……"

江副庭长忙问："什么忘了带？"

欧小华说："标语、扩大器、国徽等，还有普法宣传板也没带！"

奉彪急忙刹住车。江副庭长却说："不用了，镇司法所向所长已经准备好了，我们坐享其成就是！"

欧小华恍然大悟，说："还是江庭想得周到，又为庭里节省了一笔宣传费！"

江副庭长说："上级每年都给我们下达送法下乡、送法到校的任务，可又不增加经费，我们不到处揩点油怎么行？"

奉彪重新将车发动起来。车子往前跳了一下，开走了。

王家洼村是白塔镇最偏远的一个村，汽车在宽阔平坦的柏油公路上行驶了将近半个小时，奉彪将方向盘往左边一打，进入了蜿蜒曲折的村道。车轮时而在狭窄的水泥路面上缓缓向前，车窗两边的青山和树木如接受检阅般进入眼帘，山风带着森林的气息扑进车内，有种淡淡的甜味；时而车子又倏地一转，让人身子一紧，有种坠落的感觉，抬头一看，原来汽车开始下坡，车道更窄，两旁的树枝和车身擦肩而过。好在司机奉彪早已习惯了这样的山路，泰然自若，处变不惊，一辆即将报废的铁疙瘩，成了他手里一个驯服的工具。江副庭长也像是见怪不怪，仍然半眯了眼睛，靠在座椅上养神。倒是欧小华，不时发出几声短促的惊叫，给整个行程增添了几分紧张感。不但如此，在这条长长的、九曲十八弯的乡村公路上，除了这辆面包车，再没有见其他车辆，也不见一个行人。天地寂寥，群山清幽，这辆车是这宇宙中唯一、独孤的旅人。

这种情况，车内几个人一点不感到奇怪——农村的人特别是年轻人都进城了，不少地方成了空心村。

这时，江副庭长忽然像是耐不住寂寞似的，打破沉默说："小华，我来考考你，看你的智商如何？"

欧小华知道江副庭长又要说笑话了，忙说："好哇，你就考吧！"

第十五章 / 送法下乡

江副庭长说："那我就考了。请听题：一只鸡蛋跑到茶馆喝茶，最后变成了什么蛋？"

欧小华蹙着眉头想了半天，没想出来，便说："鸡蛋就是鸡蛋，还能变成什么蛋？"

江副庭长说："茶叶蛋你都不知道？"

欧小华说："原来是这样！"

江副庭长又说："一只鸡蛋跑去松花江游泳，它又变成了什么蛋？"

欧小华马上说："松花蛋！"

江副庭长再说："一只鸡蛋跑到山东去安家，它又变成了什么蛋？"

欧小华稍停了一下，回答："鲁（卤）蛋！"

江副庭长说："你脑袋瓜子看来还有些好使！我们再来一个复杂点的……"

正说着，江副庭长忽然瞥见前面公路拐弯的路边，一个穿红色风衣的年轻姑娘，正目不转睛地朝他们的车子张望。江副庭长忙对欧小华说："你看那是谁？挺面熟的呢！"

欧小华急忙朝江副庭长手指方向看去，也跟着叫了起来："那不是我表妹的高中同学、今天原告的外甥女儿吴莎莎吗？江庭忘了，不是她来我们法庭帮原告提出诉讼的吗？"

江副庭长记起来了："怪不得，我说怎么这么面熟呢！"

欧小华说："她准是又来帮她姨打官司了！"说着，她就从车窗探出头，一边挥手，一边冲前面叫了起来，"莎莎，莎莎……"

听到喊声，叫吴莎莎的姑娘果然一边叫喊："姐，你们终于来了！"一边忙不迭地朝欧小华他们的汽车跑了过来。

沈玉清与公公、婆婆以及小叔子这场关于赔偿款的纠纷案，能够走上法庭，纯属偶然。那是春节刚过不久，金海燕想趁年轻人回家过年还没走的机会，开展一次"农民工权益保障法律咨询活动"。活动就放在镇政府的大院里举行，因为春节期间，来镇政府办事的农民工很多。镇政府对面就是农资超市，立春已过，又正是农民们为春耕生产准备化肥、种子、农药的时间，加上这日又是嵇镇场日，所以一大早，嵇镇法庭全体人员就忙碌起来了。他们在镇政府的正面墙壁上挂了一幅大红标语，上面写着"嵇镇人民法庭法律咨询活动"几个大字，院子的几棵大树之间也拉了两条横幅，一条写着："普及法律知识，加强依法治国！"一条写着："学法、懂法、依法，做社会主义合格公民！"横幅下面，摆了几张桌子和椅子，桌子上分别摆着几摞花花绿绿的宣传资料。再两边，是两溜一字排开的二十块宣传展板，展板上有照片也有文字，主要是介绍嵇镇人民法庭这些年取得的成绩，煞是好看。这天上午，欧小华的任务就是负责讲解和介绍这些展板内容。

那天上午，正是人潮高峰的时候，吴莎莎见到欧小华正是在这些展板前。围在展板前的观众很多。很显然，这些图文并茂的展板，更对这些年轻人的口味。吴莎莎挤不进去，也不知道展板上写的什么，却听见一位女法官正在向观众介绍展板上的内容。那女法官的声音脆生生的，像是唱歌一样，十分好听。吴莎莎听了一会儿，原来那女法官是在向围在展板前的观众介绍如何打官司，法庭又是如何受理案件这些法律常识。女法官讲完，人群散开了一些，吴莎莎这才看清女法官有着一张圆圆的脸庞，眉清目秀，大约因为被观众紧紧围着，鼻梁上挂着几点细密的汗珠，很眼熟的样子。吴莎莎盯着她看了半晌，突然一下叫了起来："你是陈媛媛的表姐欧小华是不是？"

女法官回过头将吴莎莎看了半晌，才扑闪着一双大眼睛问："是呀，你是……"

吴莎莎不等她话完，便激动地抓住了她的手，说道："姐，你不认识我了？我是陈媛媛的同学吴莎莎呀！我高一上半期放假时，还和媛媛一起到你们家去过。你们大学放假比我们高中早，那天你也正在家里，你还鼓励我和媛媛要努力学习，争取也考上大学！第二天我和媛媛走时，你还给我和媛媛一人送了一本印有你们大学校名的日记本，我们可高兴呢！你记不得了？"

欧小华记起来了，又将吴莎莎上下看了一遍才说："想起来了，那时你又干又瘦，还是一个小姑娘，你不说，我怎么也把你认不出来！"说完又补了一句，"你现在在干什么？"

吴莎莎的脸不由红了，过了一会儿才说："还能干什么，高考没考上，就出去打工了！过年没有事，来我姨家看看，没想到在这里碰到姐你！"说完马上接着问，"我以为姐大学毕了业，留在大城市工作呢？怎么到了这里？"

欧小华说："我政法大学毕业后，参加司法干警招录考试，考上了，就分到嵇镇法庭来做书记员了！"又热情地说，"以后有什么事就来嵇镇法庭找我……"

说到这里，吴莎莎急忙把欧小华拉到一边，压低了声音问："姐，才分出来就做书记员，不简单！书记员是不是比庭长大？"

欧小华忙说："书记员哪能和庭长比呢，当然是庭长大。"

吴莎莎"哦"了一声，垂下了长长的睫毛。

欧小华见状，又急忙问："你是不是有什么事？有什么事你尽管给我说，我们法庭都能给你做主！"

吴莎莎这才说："不是我的事，是我姨的事，正愁没法解决呢！"说完，便把沈玉清与公婆、小叔子之间发生的纠纷，详细地给欧小华讲了一遍。

欧小华听吴莎莎讲完，立即高兴地说："太好了，我们庭长前不久还在会上要我们找案源，多办案，快办案，还把扩大案源作为嵇镇法庭今年的主要工作。你为什么不告诉你姨起诉到我们法庭来？如果真像你说的那样，我保证把你姨父的赔偿款要回来……"

欧小华话还没完，吴莎莎就高兴地说："真的，姐？"接着又说，"我也劝我姨走法律渠道来解决问题，可我姨说她一个农村女人，不知道怎样打官司，再说，状告孩子的爷爷奶奶，她也怕别人背后骂她，一直拿不定主意……"

欧小华急忙打断吴莎莎的话说："维护自己的合法权益，这有什么担心的？再说，不会打官司，还有我们呢！你给你姨说，如果她愿意走司法渠道，叫她直接到嵇镇法庭来找我就是！"

吴莎莎喜出望外，急忙抓住了欧小华的手，说："这太好了，有姐这句话，我姨睡着了都要笑醒，哪还有不愿意的！我这就回去给我姨说，太感谢姐了！"说完，转身就跑了。

沈玉清亡夫的赔偿款纠纷，就这样进入了嵇镇法庭的司法程序。

吴莎莎一口气跑到江副庭长和欧小华的面包车边，把头伸进车里，笑容可掬地对欧小华说："姐，你们可来了，我在这儿等好一阵了！"说完，又有点不好意思地朝江副庭长笑了笑。

欧小华忙说："这是江副庭长，你姨的案子就是江副庭长负责呢！"

吴莎莎急忙对江副庭长莞尔一笑，正想说点什么，江副庭长却抢在前面："上次你陪你姨到法庭，我们见过面！"

吴莎莎忙说："谢谢领导，谢谢江副庭长！"

江副庭长和欧小华都忍不住笑了起来。欧小华又接着问："你还没出去打工？"

吴莎莎说："我今年就在县里服装厂打工了！昨天我姨打电话说，法庭的同志要到家里来解决我姨她公婆、小叔子的案子，我就请假来了。"

欧小华忙问："你姨在干什么？"

一听这话，吴莎莎却显得有些忸怩起来，过了半晌才说："真是对不起！我姨说，请你们等一会儿……"

吴莎莎话还没说完，江副庭长说："你姨干什么去了？"

吴莎莎红了脸，解释说："我外婆昨晚上病了，今天一早，我姨就赶回去看望她了。她特地叫我来这儿等你们，她说，她尽快赶回来……"

江副庭长听到这儿，沉下了脸，说："真是乱弹琴！她叫我们等，我们就等？要等到什么时候？什么叫尽快？吃午饭的时候也叫尽快。简直是把法律当成儿戏了！"

吴莎莎见江副庭长生了气，一下着了急，急忙把一双大眼睛转到欧小华身上。欧小华听了吴莎莎刚才的话，也觉得沈玉清做得欠考虑，她说："前天我不是向她交代得非常清楚吗？她是原告，一定要守时、守时，交代了好几遍，怎么还是违反了呢？"说到这里，忽然又对吴莎莎问，"你外婆是什么病？"

吴莎莎说："不知道，反正她一生病，都要我妈和我姨赶去看她！"

欧小华见江副庭长还是黑着一张脸，过了一会儿又问吴莎莎："从这儿到你外婆家有多远？"

第十五章 / 送法下乡

吴莎莎说："远倒是不远,可走路的话,一去一回差不多也要一个多小时。"

欧小华看了看江副庭长,见江副庭长又把头仰靠在椅背上,脸上仍是一副怒气未消的表情。欧小华的嘴唇动了动,想说什么却没说出来。又过了一阵,欧小华突然对吴莎莎说："你能不能找辆摩托,把你姨马上接回来!"

吴莎莎眉头紧紧拧了起来："可我到哪里去找摩托呢……"

也是应了"天无绝人之路"的老话,吴莎莎话音未落,一阵"突突"的声音从后面传了过来。吴莎莎急忙扭头看去,见正是一辆摩托车沿着公路朝这儿驶来。江副庭长和欧小华从汽车车窗探出头,也看见了那辆摩托车。江副庭长忙说："那儿不是来了一辆摩托?"

吴莎莎还是犹豫着说："我又不认识他,谁知道他会不会帮忙……"

欧小华打断她的话说："管他是谁,我们一起去拦下来试一试吧!"说完,就打开车门从车上跳了下去。

说话间,摩托车"突突"地驶到了他们面前,欧小华这才看清开摩托车的是一位五十多岁的中年大叔,后座上坐了一位同样年纪的大婶,搂着大叔的腰,像是两口子的样子。欧小华举起右手,对大叔做了一个示意停车的动作,然后对他们问:"老乡,请问一下,你们这是到哪儿去?"

大叔愣了一下,目光又落到欧小华的制服上,神情显得有几分紧张,过了一会儿才说:"回家呗……"

欧小华又紧接着问:"你住在哪里?"

那汉子像是有些摸不着头脑,又愣了一阵才说:"就在下面,王家洼!"说完,又问了欧小华一句,"怎么了?"

一听大叔说是王家洼的人,吴莎莎高兴了,急忙说:"大叔,这么说,你一定认识沈玉清哟……"

话还没完,汉子背后的大婶叫了起来:"沈玉清嫁到王家洼来,还是他帮忙抬的嫁妆呢!"

吴莎莎还想对大叔大婶说点什么,欧小华像是等不及了,抢在前面对大叔说开了:"那好,大叔,既然是老乡,我们想请你帮帮忙!沈玉清丈夫的意外死亡赔偿金案,今天我们法庭下来开庭审理,但昨天晚上她母亲突然发病,今天一早沈玉清回去了,叫我们等着,我们法庭确定的时间,能随便改吗?大叔你的摩托跑得快,麻烦你和小吴到沈家坝接一下沈玉清,怎么样?"说完,欧小华一双大眼,便紧紧落在大叔脸上。

大叔回头看了一下大婶,有些迟疑地道:"沈玉清家里的事,我们也听说了,要是平时,也就是烧几袋烟的事,可今天……"

吴莎莎见大叔有些不愿意的样子,便马上走上前说:"大叔,我是沈玉清的外甥女,你大概不认识了。麻烦大叔就跑一趟吧!以后你们家有啥事,我姨还不起你们的情,我还得起……"

大叔还想说什么,后面大婶从车上跳了下来,看着大叔嗔怪地说:"一堆一块儿的,跑一趟就跑一趟吧,哪里把你累着了?再重要的事,也不在一时半会嘛……"

大婶还要说,大叔问她:"你怎么办?"

大婶说:"这么一点路,我走回去……"

欧小华说:"怎么要大婶走路,我们不是有车吗?放心,我们一定把大婶安全送到家里!"

大叔这才说:"好嘛,我就跑一趟吧!"

吴莎莎见大叔答应了,冲欧小华甜甜地一笑,意思是说:"今天又多亏了姐你!"笑毕,便跨上摩托车后座。大叔掉转车头,又突突地往回开去了。

江副庭长和欧小华看见大叔的摩托车开走了,这才松了一口气。欧小华招呼大婶上了车,看了看手腕上的时间,回头对江副庭长说:"江庭,还来得及,你放心!"

欧小华知道江副庭长的心思,他已经有一周的时间没回家了,今天已到了周五,他想早点办完这个案子,赶回去和老婆孩子度周末呢!

江副庭长听了欧小华这话,却什么也没回答,过了一会儿才说了一句:"唉,这些人呀……"

庭审现场就布置在被告王世通的院子里。这是一幢老式穿斗房子,阶檐很宽，屋梁上描龙绘凤，田字格窗户，很有几分古色古香的韵味。前年，上面下来几个人，说要把这个院落保护起来。但一看，两边厢房已荡然无存，就是中间正房，除了王世通老两口住的几间，也早已人去屋空，破败得不成样子了，便作罢了。尽管如此，那青石板院子却十分宽敞，加上王世通两口子又是手脚闲不住的人，打扫得很干净，所以，江副庭长就决定把今天这个活动放到这里。

这已经不是送法下乡，简直是送法上门了。

江副庭长的车到达现场时，镇司法所的向所长正指挥着司法所工作人员和村上干部往院子外边的核桃树上挂扩音器。江副庭长从车里朝会场扫了一眼，见宽宽的阶沿上，桌椅已经安放好，几块司法所的普法宣传板竖立在桌椅两边，桌椅后面的墙壁上，悬挂着一枚大大的国徽。屋檐下拉了一条横幅，上写着"嵇镇人民法庭送法下乡活动"。院子里已经坐了二三十个老头老太太，十分好奇地盯着几个往树上挂喇叭的人。几个五六岁的孩子在院子里跑来跑去，各自乐着。

向所长见江副庭长到了，急忙从核桃树下跑过去，拉住江副庭长的手说："江庭你看看，还有哪儿做得不到位，我们好改正！"向所长三十岁出头，不久前刚从另一个乡调到白塔镇做司法所长，工作积极性非常高。

江副庭长再次扫了扫会场，说："今天，我们不搞那些花里胡哨的形式主义，一切从简。"又看着向所长说，"只要村民能够来感受感受法律的脉动就行……"

向所长忙说："江庭放心，乡下人没见过法官断案，现在江庭把案子送到家门口来断，都会来看看呢！"

江副庭长听了向所长的话，高兴了，便连声说："那就好，那就好！"

没一会儿，高音喇叭架好了，村支书王能进屋去拧开扩音器开关，那喇叭忽然抽筋似的大叫了一声，把院子里的人都吓了一跳，王能支书忙又把声音拧小了些，一个女人千回百转的歌声在院子上空盘旋起来。

女人咿咿呀呀地唱了一阵，王能支书"啪"的一声关了音乐，又"噗噗"地对着话筒吹了两口，开始在喇叭里喊了起来："开会了，开会了，人家法庭的同志几十里路都到了，你们还在屋里磨蹭什么？麻利点儿，法官马上开始问案了，法官马上问案了！"

王能喊完，又开了音乐，院子上空又是一片莺歌燕舞之声。

江副庭长听了，便问王能："被告都到齐了吗？"

王能朝会场上看了一眼，说："老两口在屋子里，小两口儿没住在一起，还没来……"

话音未落，人群中一个女人忽然说："我刚才来时，碰见王家富扛了一把锄头往外走，我问他到哪里去，他说去把黄瓜田边的杂草铲了，要做秧母田了呢……"

江副庭长听到这里，生起气来："真是乱弹琴！刚才在路上，碰到原告外甥女，告诉我们原告一大早回娘家看她母亲了，我们好不容易拦下一辆摩托去接她，到现在还没回来！现在被告早不铲草，晚不铲草，偏偏今天铲草，真是一群法盲！把法律当什么了，啊？"说完，对村支书大声说，"快叫人去喊，不来，我们照样开庭！"

王能见江副庭长生了气，连忙叫人去喊。

去喊王家富的人刚走，沈玉清和吴莎莎就来了。吴莎莎一跳下摩托车，就朝欧小华跑过来，一边跑，一边像是抑制不住内心的喜悦，挥着手对欧小华大声说："姐，姐，我们回来了……"

会场上所有的人都不由自主地朝她们扭过头去，欧小华脸上露出了几分尴尬的神色。吴莎莎却没看出来，她跑到欧小华面前，继续说："姐，我们没耽误开庭吧……"

欧小华有些生气了，她拉了一下吴莎莎的手，悄声说了一句："你跟我来！"说着，她把吴莎莎拉到一边，这才严肃地问，"你怎么叫我姐？"

吴莎莎一下愣住了，半天才呢喃似的说："我、我叫错、错了吗？"

欧小华说："平时没叫错，可今天当着这么多人，你不应当这么叫。你这么叫，别人以为我们是亲戚，我们法庭的审理再公正，别人也会怀疑。以后再不要这样叫了，听见没有？"

吴莎莎脸上的笑容僵住了，有些不知所措地看着欧小华，正想说什么，江副庭长过来了，看见吴莎莎一脸窘相，便对欧小华问："怎么回事？"

第十五章 / 送法下乡　　　　　　　　　　　　　　　　　　151

欧小华告诉了他原委，江副庭长说："算了，这事也怪不得小吴，你事先没有告诉小吴嘛！再说，身正不怕影子斜，也不必过分担心。我从县法院轮岗到法庭来的第一天，接待一个老大娘，你猜她叫我什么？拉着我的手一口一个娃，就像我是她亲生儿子一样！我当时也没纠正她，心想，老百姓嘛，这正是他们可爱的地方嘛！"可说完还是对吴莎莎叮嘱了一句，"不过等会儿当着被告的面，你最好别这样叫了！"

吴莎莎立即像小学生一样，冲江副庭长点了点头，正想说点什么，去喊王家富的人回来了，对江副庭长说："王家富说，他要忙活儿，今天没时间陪你们，叫你们等他空了有时间再来，反正那钱他们也没用……"

那人话还没完，江副庭长更气了，立即大声对欧小华说："这是公然藐视法庭，小华你叫上奉彪，将被告王家富口头传唤到庭！"

欧小华答应一声，正要走，向所长走过来，说："这点小事怎么还能麻烦小欧法官亲自动步？交给我，我不信镇司法所把这个法盲请不来！"

向所长说完就要走，这时王能走过来说："你们都不要去，我来叫一声，看他来不来！"说着就去关了音乐，对着麦克风再次"噗噗"吹了两口，就亮开嗓子吼了起来，"王家富你个犟拐拐听到：请你立即回来参加你和你哥的死亡赔偿金案件纠纷的审理！再说一遍，请你立即回来参加你和你哥的死亡赔偿金案件纠纷的审理！你不回来，法庭要将你传唤到庭。你不要敬酒不吃吃罚酒，你再犟，还犟得过法律？赶快回来，全村人都在等着你呢！"说罢，关了话筒，回头对江副庭长笑着说，"放心，这个拗国公准回来！"

江副庭长听了这话，果然耐心地等待起来。

时间在一分一秒地慢慢过去，院坝里已经再没人来了，先到的人似乎有些不耐烦了，他们先还三三两两聚在一起拉着闲话，后来的人找出扑克牌，开始大呼小叫地打起牌来。还有人在冲着江副庭长叫："审不审哟，不审我们走了哟！"

这样大约等了半个小时，还不见王家富的影子，甚至连村支书王能也不见了。江副庭长着起急来。今天他确实是想早点下班回家，和老婆孩子团聚。这样拖下去，还不知要等到什么时候。他看了看表，又朝向所长望了望，正准备叫他和欧小华一起去传唤王家富的时候，院子里忽然响起一片嘈杂的欢叫声：

"来了,王家富来了……"

江副庭长忙抬头一看,果然见王家富一边走,一边骂骂咧咧地说着什么。他的身后跟着村支书王能。江副庭长这才明白,原来村支书王能见王家富这么久都没来,亲自去叫他了。

王家富走近了,江副庭长终于听清了他嘴里骂的什么:"几爷子连季节都分不清了,活路忙忙的,等空了审不得?你们怕我跑了不成?跑得了和尚跑不了庙!庄稼人不种地,你们吃个屁!误了我的活儿,哪个赔我的损失……"

欧小华见江副庭长狠狠瞪了王家富一眼,似乎要发作,但只见他粗大的喉结上下滚动两下,却将一腔怒气压下去了——这种情况,欧小华到嵇镇法庭不久,就碰到过。那天也是个星期五,大家都盘算着如何麻利地忙完手头的工作,以便早点回城去。那个案子主审法官是金庭长,欧小华担任书记员。偏偏那天她孩子感冒了,婆母一早就打来电话,要她早点回城。金庭长通知的上午10点钟开庭,可是一直等到下午3点都不见被告人影,打电话死活联系不上,急得她像是热锅上的蚂蚁。后来实在是等不住了,欧小华便对金海燕说:"庭长,还要等到啥时候?急死人了!"金庭长同样着急,但她只能宽慰欧小华说:"再等一下嘛,农村人就是这样,他们家里或者真的有事,耽误了,来得晚。他要是来了,我们不在,他会认为是我们没有等他,他讲的理由在他看来都是充分的,日子长了你自然会明白!"果然,到下午4点钟的时候,被告才匆匆赶来。他一进法庭,金庭长问了一句:"你怎么现在才来?"庭长没有生气,结果他倒生气了,质问金庭长安排的什么时间。今天刚好轮着他家浇地,要是他家浇不上地,他还要法官赔损失呢!弄得金庭长哭笑不得,急忙宣布开庭。好在那个案子审理十分顺利,一个小时不到,案件就审理结束了。可就为这短短一个小时的庭审,差不多耽误了她们一整天。这样的事经历多了,欧小华也见怪不怪了。

江副庭长见原告、被告都到了,忙夹了公文包,到阶沿上的桌子后面坐了下来。欧小华也走上台阶,坐在江副庭长旁边的凳子上,准备记录。院子的气氛一下变得有些肃穆起来,大家都坐直了身子,抬起头,拉长脖子,呆呆地望着阶沿上。江副庭长轻轻咳了一声,正想叫原、被告到前面两边凳子上坐下,

第十五章/送法下乡

可抬头一看，没见王世通，便道："被告王世通怎么还没出来？"

王能朝人群扫了一遍，马上对江副庭长说："我再去喊他！"说着又进屋去了。

没一时，王能一个人出来了，对江副庭长说："这个老头，他不出来……"

江副庭长立即板起脸问："他为什么不出来？"

王能随口答道："他怕你割了他的耳朵……"

会场顿时哄堂大笑起来。

王能突然意识到这个玩笑开得有点不合时宜，这才收敛了脸上的微笑，对江副庭长说："他说他几十岁了，被儿媳妇告上法庭，把先人的脸都丢尽了，还有啥子脸见人？"

江副庭长似乎没有想到的样子，愣了一会儿才说："打官司有什么丢人的？快叫他出来，这么多人都等着他呢！"

显然，屋子里老人听见了江副庭长的话，还没等村支书重新进屋去喊他，他便怒气冲冲地出现在门口，满脸涨得紫红，手把着门框叫道："世界上哪有儿媳妇当原告，老公公当被告的？我也没犯法，凭什么要当被告？"

江副庭长"扑哧"一笑，放轻了语气说："老人家，上次我就给你们说了，你们确实是违法了！虽然儿子是你们养的，可人家是夫妻，法律明确规定，配偶和父母都有获得抚恤金的权利，你们怎么能不声不响地就把钱领去，不给人家呢？经过干部调解，你们同意拿一半钱出来，可说话又不算话，还用自己的名字把人家那部分钱给存了起来，这才逼得人家到法庭来起诉你们！这是明显侵犯了你儿媳妇的合法权利呢……"

老头打断江副庭长的话说："那钱在银行里，我们给她就是，官司我不打了，被告我不当了……"

江副庭长感到好笑，同时又像没想到的样子，急忙对老头说："事到如今，这官司打不打，不由你说了算！"说罢，突然对沈玉清喊了起来，"原告，你公公说他不打这场官司了，你还愿不愿意打？"

沈玉清听见江副庭长问她，脸上立即呈现出一种惶惑的表情。她急忙拉了一下身边的外甥女儿，吴莎莎附在她耳边轻轻说了一句，她才抬起头来，回答江副庭长说:"打,不打我的钱怎么……"

话还没说完,院子里一个老头忽然和事佬一般说了起来:"算了,一家人还打什么官司,何必闹得像外人一样生疏呢?"

老头话刚完,两个老太太马上也附和他的话:"就是,就是,还打个啥官司哟?又不是外人,打点和气牌有啥子来头(四川方言,有啥关系)嘛!"

俩老太太说完,院子里更多的老头老太太像是商量好了似的,纷纷七嘴八舌地说了起来:"要得,不打了,那么大的岁数被儿媳妇告倒了,说出去那张脸也是没地方放!"

一个老头甚至冲江副庭长叫了起来:"说来说去,不就是为那几个钱吗?法官在这儿,你就给他们调解一下,省得打场官司了!"

可是,王能听了老头的话,像是很不高兴似的,说:"脱了裤子放屁,多一道手续!当初湾里的干部和一些老辈子来给你们解焦,说好了王家旺的赔偿款老人和儿媳妇一边一半,黑字写到白纸上,结果老家伙一转身就变了,硬不把钱给人家,想独吞。现在人家告到法庭了,才晓得锅儿是铁铸的了,硬是不见棺材不落泪,是些什么人!"

江副庭长看了王能一眼,没接他的话,又看着沈玉清问:"原告,众人的话你都听见了吗?"

沈玉清没再去拉吴莎莎的手,直接回答江副庭长说:"听见了!"

江副庭长又接着问:"你现在是什么态度?"

沈玉清犹豫了一会儿,说:"只要他们能把我们娘儿母子那一份钱给我们,你们法官怎么说都行!"

江副庭长立即看着王家富问:"被告王家富你是什么态度?"

王家富还没回答,底下的老头老太太又帮他圆起场来:"给钱算了,人再硬,难道还硬得过法律!"

"就是,把钱给人家!"

"打官司也是输,何必呢?"

在众人一片劝说声中,王家富红了一阵脸,半天,才听见他十分不情愿地说了一句:"我又没说不把钱给他们!"可是又抬起头,盯着江副庭长叽咕着

第十五章/送法下乡　　　　　　　　　　　　　　　　　　　　155

问了句,"她嫁了人怎么办?"

江副庭长说:"嫁人是她的自由,不能说她拿了你哥的赔偿款,就不允许人家嫁人!不但法律上没有这样的规定,就是道理也说不过去,大家说是不是?"

院子里立即响起一片嗡嗡的议论声,有人说:"说筋就说筋,说绊就说绊,怎么往人家嫁不嫁人的事上扯?不要胡搅蛮缠了……"

但那人话还没完,王家富马上脸红筋涨地叫了起来:"我怎么胡搅蛮缠了?我爹和我妈今后老了,做不动活儿了,哪个来养?我妈现在就有病,一身的毛病,还在吃药,你们不信,我把药端出来你们看看,看我是不是说的假话?"说着,果然"咚咚"地冲进屋子,端出了一只药罐,揭开盖子,立即从罐子里传出一股中药的苦涩气味。他把药罐"咚"地往江副庭长的面前一放。

江副庭长把药罐往一边推了推,说:"这和你哥的赔偿款是两回事!再说,即使你妈有病,药也不能证明……"

江副庭长话还没完,王家富又气冲冲地喊了起来:"药都不能证明,啥子才能证明?难道好好的人愿意吃药?"

江副庭长说:"法庭得靠证据说话,小伙子!如果有什么病,要由医院说了算。如果你能提供你妈有病的医院证明,我们在分割你哥那笔钱时,一定会做适当考虑的!现在,你只回答我:你愿不愿意法庭就你和原告的纠纷依法进行调解?"

王家富还犹豫着没做出回答,底下的老头老太太又马上替他回答:"同意,这是好事,怎么会不同意呢!"

江副庭长说:"你们不要越俎代庖,请被告自己回答!"

众人于是都不出声了,一齐将目光投在王家富身上。半晌,王家富终于又瓮声瓮气地说了一句:"我又没说不同意。"

江副庭长听了这话,便不失时机地站起来说:"好,原告、被告都愿意调解,下面我们当场进行调解!"说到这里放缓了语气,接着说,"大家说得对,都是一家人,何必要闹到法庭上,来争得个面红脖子粗的?"

于是江副庭长把王世通老两口儿、王家富小两口儿、沈玉清和她外甥女儿,都叫到阶沿上的桌子旁边坐下,开始调解。才开始调解时,王家富还像是口袋里装茄子——唧唧咕咕的，有些不高兴。江副庭长便先将他批评一顿："你哥哥的赔偿款，你为啥要存在你名下，你安的什么心？你爸是成年人，你嫂子也是成年人，他们都具有独立的民事能力，他们的钱，他们不知道存，要用你的名字存？就凭这一点，法律就要追究你的责任，你还叽里咕噜啥？"一番话便把王家富说得哑口无言。江副庭长这才开始调解，欧小华旁边做记录。江副庭长为了不增加新的矛盾，还是按村里先前的意见，一边15万，并限定下一周内，由王家富代被告王世通，将钱交到法庭，然后由法庭转交给原告。调解完毕，双方在协议书上签了字，江副庭长又讲了一通以后大家要遵纪守法的话，便结束了。

第二天，王家富果然将15万块钱拿去交给了法庭，法庭当天便托王家富带信，让沈玉清去领钱。沈玉清又把吴莎莎叫到一起，去领了钱后，就在法庭前面的农业银行把钱存下了。

自此，沈玉清和公公婆婆一桩闹了两年的抚恤金风波，终于画上了句号。

不过，欧小华却觉得整个案子处理得不过瘾。回去的路上，她对江副庭长说："江庭，这个案子虽然画上了句号，不过我觉得还是简单了一点！"

江副庭长回过头问她："要怎么才算复杂？"

欧小华说："最起码双方应该有激烈的争吵嘛，结果一点也没有，情节太寡淡了！"说完，双手又把着椅背，带了几分撒娇的语气对江副庭长说，"江庭，以后有出彩的案子，可要带我出来哟！"

江副庭长问："什么样的案子才算出彩的案子？"

欧小华一下语塞了，想了半天才说："最起码双方应该唇枪舌剑，你来我往！"

江副庭长说："我也希望能碰上一个出彩的案子，但这辈子恐怕没那个命了！"

说罢，便把头仰靠在椅背上，再不出声了。

第十六章

都有一本难念的经

　　金海燕从县委党校学习回来，果然把罗娅喊到自己的屋子里来，关上门进行了一番密谈。她先从自己离开嵇镇法庭这一周的工作问起，罗娅以为庭长是了解工作情况，便毫无保留地告诉了她——江副庭长如何带领他们到白塔镇，巧妙化解了万老头儿猪圈房拆迁纠纷问题，然后又谈了她跟傅小马到贺家湾村送起诉书副本以及进村了解到的郑琴与贺兴胜婚姻的情况。末了她笑着对金海燕说："这个离婚案很有意思，完全是两个老太婆为了自己的面子在相互斗法，实际上并没有真正想离婚，特别是两个年轻人！"金海燕听后点了点头，先夸奖了江副庭长，说他不愧是老同志，不仅精通法律，而且熟悉农村工作，把一件基层十分棘手的纠纷，不显山不露水地处理得各方都很满意，维护了社会的稳定。说完又表扬了罗娅和傅小马，说他们在这么短的时间内，就调查清楚了一桩可以说得上案情有些扑朔迷离的离婚案件，真正体现了法庭自然也是上级提出的"快办案、办好案"的要求。完了，却话锋一转，对罗娅问："找你来，我还想着重问一问你个人生活方面的问题，你，你和你丈夫两地分居的事……

　　罗娅似乎猜到了什么，愣愣地望着金海燕。

　　金海燕却停住了话，坐到罗娅身边，把着罗娅的肩，推心置腹地说："我们都是女人，我理解你们这样两地分居给你带来的寂寞、空虚、痛苦和思念！这样长久分居下去，总也不是一个办法！我记得前几年，上面搞了一个'团圆'工程，这个工程就是专门解决夫妻两地分居的。比如你在我们这儿工作，是两地分居，而我们这边，也有一个同样情况的公务员在你们那边工作，通过组织可以互调，从而实现夫妻团圆……"

金海燕还没说完，罗娅忽然抓住了她的手，迫不及待地问："真的？"

金海燕说："不知这个政策还在执行没有。过两天我到院里问一下。如果还在执行，我把你的情况向曹院汇报一下，然后由院里出面，与你丈夫那边法院联系一下。如果我们这边正好也有人在你们那边法院工作并且也愿意回来，事情就好办了！"

金海燕说完，罗娅立即抱住了她，说："庭长，你真是我的大恩人，我要是能调回去，一辈子都忘不了你……"

金海燕忙打断她的话："八字还没有一撇，你先别说这些感恩戴德的话。现在而今眼目下，你要像平时一样，干好自己的本职工作。你有一段时间没回家了，我批你几天假，回去和丈夫、孩子以及父母好好团聚一下。至于调动的事，我会努力……"

罗娅听到这里，突然站起身，噙着满眼的泪花，朝金海燕深深地鞠了一躬，然后说："谢谢庭长，谢谢庭长……"还要说什么，却说不下去了。

金海燕急忙抓了罗娅的手，说："不要这样，不要这样，谁叫我们都是女人呢？"说到这里，像是触动了她什么心里的痛一样，深深地叹了一口气，住了声，却从纸巾盒里抽出两张纸巾，递给了罗娅，说，"把眼泪擦干，别这样流眼巴巴地出去！"

罗娅果然十分顺从地从金海燕手里接过纸巾，擦了擦泪水，然后看着金海燕，露出了一个羞涩中又透着几分调皮的微笑。

第二天，金海燕果然批了罗娅一个星期的假。她看着罗娅登上了去县城的班车后，一屁股在椅子上坐下了，感到非常疲倦，仿佛大病来临一般。这段日子，正如书里所说，自己的满腹心事，"才下眉头，又上心头"，能向谁诉说去呢？

是的，家家都有本难念的经，人人都会遇到一些苦恼的事，"女强人"金海燕也不例外。尽管在工作上，她干得顺风顺水，但在个人生活上，她却有一个不好向外人道的原因，那就是丈夫把被盖从家里搬到了派出所办公室的沙发上，也就是说，丈夫和她分居了。

金海燕一时也难以说清她和丈夫之间的感情是从什么时候开始发生变化的。她大概记得自从有了女儿之后，余伟对自己就有些不如从前了。先是不像过去那样，只要一回到家就要和她接吻拥抱，再慢慢地，也不大和她一起出门了。他们上班要同一段路，过去余伟都会等着她一起走，现在他却像没那份耐心了，催她一句，见她还在慢慢地描眉画眼或换鞋子，便像等不及似的挟着包先走了。周末和周日，宁愿待在屋子里，也不肯再陪她出去转一转……这一切，金海燕都归咎于有了孩子的缘故，也没往心上放。

金海燕还在妊娠中的时候，夫妻俩都知道，孩子生下来后余伟的妈妈要来带孙子，现在这套一室一厅的小屋子肯定不够。于是两人把参加工作后积蓄下来的钱全部拿了出来，又找亲戚朋友借了一些，在县城开发区的一个楼盘按揭了一套两居室。可新房得一年后才交房，即使接了房，还得花时间装修，即使装修好，也不能立即搬进去住，因为甲醛对孩子影响很大。于是租期满后，余伟退掉了这套小户型，在另一个小区里重新租了一套两室一厅的屋子。几乎是在夫妻俩搬进去的同时，余伟的妈妈也从乡下来到了儿子、儿媳妇的新家，因为这时离金海燕的预产期只有十天左右了。

后来金海燕禁不住想，余伟对自己感情上的变化，也许就是从老人婆来家里这天开始的。

在金海燕坐月子和以后大约一年的时间里，尽管余伟要上班，但总还能利用上下班和周末及星期天的时间，到菜市场买菜，到婴幼儿奶粉专卖店为孩子购买奶粉，以及帮着照顾金海燕、婴儿和料理家务，老人婆一方面显得轻松，一方面看在儿子面上，即使有时看不惯儿子太过于宠爱老婆，也不好吭声，一家人都相安无事，有时甚至说得上是其乐融融。特别是在金海燕分娩的时候，遇上了难产，两天两夜孩子不下地，不但余伟，连婆婆也在医院一直守着她，直到医生从她肚子里取出孩子，听到孩子响亮的哭声，丈夫和老人婆心里的一块石头这才落了地。可是当老人婆往回走的时候，大约因为老人熬夜太久，体力不支，没走两步便摔倒了。金海燕当时刚被护士送进病房，尽管身体十分虚弱。见老人婆摔倒，还是惊得叫了起来。可老人婆从地上爬起来，一边拍打着裤子上的灰尘，一边笑着对金海燕说："没事，没事，只要你和孩子没事，我摔一跟斗就把你今后的霉运摔掉了！"金海燕当时听了这话，心里十分感动，觉得这辈子不但遇到了一个好丈夫，也遇到了一个好婆婆。

可婆媳关系确实是世界上最复杂也最难处的关系。孩子刚一岁的时候，余伟被局党委提拔到南阳镇派出所做所长。南阳镇离县城有七十多公里，是全县最偏远的一个镇，被称为"一脚踏三县"的地方，治安状况很复杂。不久前，市、县两级公安局出动了一百多名干警，在省局的严密指挥下，在那儿的深山老林捣毁了一个长达数年的秘密制毒工厂。这事在全省都引起了轰动，事后那儿的派出所所长被撤了职，这才有了余伟去顶职的机会。虽然离城远了一些，治安状况又复杂，但毕竟是提拔，这样的机会人的一生也不多，余伟不但愿意，还想向领导交出一份满意的答卷。因此余伟一到那里，便全心全意投入工作中去。别说平常很少回家，就是大多数周末周日，也是在派出所度过的，把家里一摊子事都交给了母亲。起初，老人婆也能任劳任怨，尽力照顾好儿媳妇和小孙女。但时间一长，每天买菜、做饭、给婴儿换尿不湿、喂奶粉、洗衣、拖地、推孩子出去耍等，看似活儿不重，却使她忙得整天脚不停手不住的，便渐渐感到自己有些吃不消了，心里难免生起怨气来。

有一天上午，金海燕把一本司法文件汇编的书籍忘在了家里，她正在给单位写一份材料需要参考，于是中途回家来取。刚走进小区大门，便看见婆婆和几个年纪相仿的老太婆，坐在小区的长廊里说得正欢，女儿坐在她面前的小推车里独自玩耍。因为长廊隔她还有一段距离，周围又有大树和藤萝挡住了她的身影，所以她们都没发现她。但婆婆愤愤的数落声，却一字不落地传进了她的耳朵里。

婆婆说："我儿子算是白娶了一个老婆，连饭都不会做，家里也不会料理，娃儿都满一岁了，连尿片都不知道怎么给娃儿换！回到家不是捧起一本书看，就是看电视，真正是饭来张口，衣来伸手，连扫帚倒了也不会扶一下！我儿子每次在外面忙了回来，还得像侍候先人一样侍候她，你们说，我儿子是不是白娶了一个老婆……"

听到这里，金海燕一下气得浑身都颤抖了起来。长这么大，她还从没听过谁这样在背后诋毁过她。她想冲过去跟她讲理，可想了想，强行把满腔怒气忍了回去，进屋取了书就走了。

中午下班回到家里，金海燕把一张脸沉得像是雷雨前的天空一样，也不正眼看婆婆一眼，抱了女儿径直进了自己的房间，又"哐"的一声把门关上。余伟的母亲并不清楚自己对几个老太婆说的话被儿媳妇听见了，还以为是她在单位遇到了不顺心的事在生气，做好了饭便去敲儿媳妇的门，叫道："燕，燕，出来吃饭了！"

叫了几声，金海燕在里面都没出声，叫最后一遍时，金海燕突然打开门冲出来，对婆婆把话挑明了："你儿子都没嫌白娶了我，你倒嫌白娶了我了？我回来就捧起一本书看又怎么了？我要考试了不看书还能干什么？你知不知道这个考试很重要……"

婆婆一下明白了上午和几个老太婆摆的龙门阵被金海燕听见了，顿时窘得像是无地自容似的，红着脸半天说不出话来，过了一会儿才喃喃地像是自语道："我、我只是有口无心，随便说了几句……"

金海燕没等她说完，又继续高声斥责说："我听见了就是随便说说，我没听见的，还不知你在背后说了我多少坏话！"

说完，金海燕又过去抱起床上的女儿，指着她大腿上几个红点，继续对婆婆数落道："你看看，你看看，只顾说我坏话，孩子腿上被蚊子咬了这么多疙瘩都不知道？专门请你来带孩子，你自己看咋带的孩子？"

余伟的母亲一听金海燕这话，想起自己这些日子的付出，心里也委屈得不行，便也一下爆发了，立即哭了起来，一边哭一边说："我又不是你们请的保姆，我没把孩子照顾好，我走就是，你这么凶我干啥……"

金海燕仍余怒未息，听婆婆这么说，便又毫不客气地补了一句："你要走就走，我不信离了张屠户，我就要吃混毛猪！"

婆婆听了这话，当即就收拾起自己的东西，午饭也没吃，便哭着去了汽车站。金海燕因为心里还和婆婆赌着气，也不去追，就这样，婆婆便回去了。

正好那天晚上余伟回来了。余伟大约发现家里气氛有些不对，又没看见母亲，便问金海燕："妈呢？"

金海燕心里的气还没有完全消，便没好气地回答道："回去了！"

余伟又接着问："为什么回去了？"

金海燕仍是气咻咻地回答："我怎么知道！"

余伟便不再问了，却给他母亲打了电话。也不知母子俩说了些什么，余伟挂断电话后，脸色十分难看，对金海燕说："你怎么能那么对妈说话……"

金海燕一下爆发起来，冲余伟吵架似的大声说："我不能么对她说话，她却能背着我到处说我的坏话是不是……"一边说，一边眼泪便簌簌地流了下来。

余伟见金海燕哭了，住了声。第二天一早，余伟便赶回老家，试图把老人劝回来。但老人的个性也很倔强，说什么也不愿再到城里来受儿媳妇的气。

金海燕没辙了，只好把自己母亲接到城里来。

自己亲生的娘来家里照顾孩子和帮着料理家务，金海燕没什么说的了，而金海燕的母亲自然也不会在外人面前说自己女儿的不是，因此母女俩倒是十分融洽了。

不过，金海燕逐渐发现，自从自己的母亲来到这个家以后，余伟回家的次数不但比过去少了，而且在家里待的时间也越来越短。过去，余伟虽说不是每个周末和周日都回家，但至少一个月也要回来两次或三次，在家里住上一两天，现在一个月也难回来一次，而且每次都是傍晚才匆匆回来，第二天一早又急急地走了。

对余伟这些变化，金海燕并没有往心里记，仍然以为他只是因为工作忙。再说，这段时间除了正常上班，她还要忙着准备法律专业本科函授的毕业考试和论文答辩，哪会有时间和精力去想这些事呢！

后来又发生了一件事，金海燕现在想起来还是有些后悔，可在当时，她却认为自己也没什么错。

那天下午金海燕下班回到家里，见余伟正坐在桌子边指导女儿画画。金海燕一见，有些奇怪，忙问："今天才星期三，你怎么回来了？"说完又补充了一句，"是不是你们局里明天要开会？"

余伟从女儿画上抬起目光,说:"不开会,明天我妈要陪我外婆来城里照相馆照张大框相,以后走(死)的时候,好挂在墙上。从我工作过后,外婆都说要来城里看看我,可一直没来成。我特地请了半天假,回来陪她老人家一下……"

金海燕没等他说完,心里明白了,便笑着说:"我就说呢,今天太阳怎么从西边出来了,原来还是回来陪老人家!"

余伟说:"我是外婆带大的,再忙,回来陪她老人家半天也是天经地义的!"又看着金海燕叮嘱说,"老人家快九十岁了,这是她第一次来,也可能是最后一次来。我跟妈说了,照完大框相后,就在城里多住几天,到时就要辛苦你一些了!"

金海燕见丈夫不跟自己商量就把两个老人接到家里来,心里就有点不高兴,但没在脸上表现出来,只淡淡地说:"好嘛,只要她们住得惯,住多久我也没意见!"然后看着余伟问,"家里只有两张床,你让她们睡哪儿?"

余伟说:"刚才我给媛媛和你妈都说了,让她们和你睡几晚,我们那是张一米八的大床,你们三个人能睡下的。把媛媛那张床腾出来,让外婆和我妈睡,不就行了……"

余伟话还没完,金海燕便嚷了起来:"让我和我妈、媛媛三个人挤一张床,她们答应,我还不干呢!"

余伟听金海燕这么说,像是不认识似的盯了金海燕半响,然后才说:"那你说怎么睡?要不叫我妈睡沙发,你和媛媛睡一张床,外婆和你妈睡一张床,这下该行了吧?"

金海燕见丈夫眼里有了不满的愠怒之色,便不说什么了,转身进了自己的屋子。

第二天吃过早饭,金海燕照例挎着包上班去了。等她中午下了班回到家里时,却发现一个老妇人打着呼噜,歪着半边嘴角,嘴角上挂着一丝涎水,和衣躺在她的床上,睡得正香。金海燕一见,不禁大叫起来:"这是怎么回事……"

听见金海燕的叫声,余伟急忙丢下手里的锅铲跑了过来,对金海燕说:

"这就是外婆，她瞌睡来了，媛媛又在她那间屋子里画画，我怕打扰她，又担心外婆在沙发上睡感冒了，就让她在我们床上来躺一下……"

金海燕朝老妇人嘴角上那道黏稠的涎水看了一眼，不由得把眉毛皱紧了，对余伟生气地说："躺一下躺一下，什么地方不能躺，非得在床上躺……"

余伟的外婆虽然视力不好，但耳朵一点毛病也没有，思维也没问题，金海燕这话把老太婆吵醒了，急忙撑着床垫边沿爬了起来，然后又颤颤巍巍下了床，说："我睡够了，我睡够了，这床不好，太软了，我睡不惯！"一边说，一边去客厅沙发上坐了。

当屋子里只剩下余伟和金海燕两个人的时候，余伟便黑着脸对金海燕说："你怎么能这样对待我外婆？"

金海燕觉得自己有理，道："我怎么不能这样对待你外婆？一身脏死了，就那么睡在我们的床上……"

余伟没等金海燕说完，马上又生气地问："她身上哪儿脏了？"

金海燕过去抓起毯子道："你看看这是什么？这口水流下来，把毯子都打湿了这样大一块，还不脏？再说，一身难闻的味道，你没闻到吗？"

余伟听了这话，过了一会儿才道："老年人都是这样！即使她身上真的脏，你也不该当着老人的面那样吼天吼地的呀！你别看我外婆年纪大了，她的耳朵比兔子的耳朵还灵。你刚才的话她肯定听见了，让老人心里怎么受得了？等老人走后，你有啥要抱怨的对我说说不就得了……"

金海燕不等余伟的话完，气鼓鼓地回答说："我就是个直筒筒的炮仗脾气，有话就说，不会藏着掖着……"

余伟像是动怒了，这从他脸上可以看出，他在尽力压抑着心里的火气，说："我身上也有股气味，你要嫌我身上的气味难闻，我们可以好说好散！"

金海燕一听丈夫这话，知道自己把话说重了，立即说："我哪嫌你身上有气味了？我是说我们这毯子前几天才洗了，让她把身上的气味留在被子上，晚上我们也睡不好觉！"说完想了想，又说了几句，"以后她要睡也可以，但要把外衣脱了，还有另外找个什么东西给她盖，不要用我们的毯子！"

话音刚落，余伟就道："你以为老人以后还会来吗？"

第十六章／都有一本难念的经

说完这话，余伟便出去了。

果然，余伟的外婆原说要在城里住两天，可当天下午就和余伟的妈妈一道回去了。

从那以后，余伟回家的时间越来越少，即使回到家里，也始终板着一张雷公脸，也不主动和金海燕说话，金海燕说什么，他也只是漫不经心地答应。

金海燕心里明白，在对待余伟外婆的事上，她伤害了丈夫的感情。可是她从不开口对丈夫说声"对不起"。相反，她从心里认为自己并没有多大的错，因为她说的都是事实嘛！

所幸的是，这种夫妻近乎冷战的情况很快就得到了好转，因为没过多久，余伟因在南阳镇工作出色，被任命为城关镇派出所所长。虽然同为所长，级别也没变，但县政府所在地的城关镇作为全县政治、经济、文化中心，和"一脚踏三县"的南阳镇，不可同日而语，也算是提拔和重用。余伟被调回了城里，没理由不回家睡了。两人朝夕相处，渐渐地又亲热了些。

可好景不长，半年以后，金海燕便被院党委提拔重用，到了嵇镇法庭，虽然只是一个副庭长，但因庭长空缺，由她主持工作，成了事实上的"一把手"。

这下轮到金海燕经常不能回家了。起初，是由于她工作忙，才到基层，事情千头万绪。她的性格又好强，一心想做出一番事业，最起码不能落到别人后面。因此，她也和当初余伟一样，十天半月才能回一次家。后来，她发现自己每次回家，余伟又恢复了先前那副不冷不热的态度。

有天晚上，金海燕躺在床上，突然摇了摇身边的丈夫。余伟正要入睡，侧过身子来问："干什么呀？"

金海燕两眼盯着他问："你有多久没吻过我了？"

余伟过了一会儿才有些不耐烦地问："你怎么想到这个问题了？"

金海燕没有正面回答他，仍看着他问："难道我不该想到这个问题吗？"仍盯着他不依不饶地问，"有多久了，难道你忘了吗？"

余伟沉默不语了。

金海燕一见，急忙爬起来，把脸凑到余伟嘴边，像是下命令似的对他说："你吻吻我，像过去一样！"

余伟只得在金海燕嘴唇上轻轻碰了一下,就迅速把嘴唇移开了。

金海燕像是没得到满足似的,突然冲余伟生气地大声说:"你过去是这样吻的吗?做爱也是这样,好像应付了事一样。你说,你到底嫌我什么?"

余伟也像不耐烦起来,看着金海燕说:"你烦不烦?老夫老妻了,亲一下就不同了?"说罢,也不等金海燕回答,又将身子翻了过去。

金海燕听了这话,也赌气地躺下了。

可过了一会儿,余伟又将身子侧了过来,并且摇了摇金海燕的肩膀,突然说:"我们离婚吧……"

金海燕像是听到一声炸雷,马上坐了起来,看着余伟问:"为什么?"

余伟想了想说:"我也说不清为什么。我总觉得离了对我们两个都好……"

金海燕立即杏眼圆睁,用锥子似的目光盯着余伟问:"你是不是有了外遇?"

余伟马上斩钉截铁地说:"难道一定要有了外遇才离婚?我可以明确地告诉你,我没有!"

金海燕又咄咄逼人地问:"那你说说离婚的理由?"

余伟听后,又沉默了,过了半天才说:"算了算了,我随便说说,不离了,不离了!"说罢就睡了。

后来很长一段时间,金海燕果然没听到丈夫再提离婚的事。她也以为丈夫只是一时的气话,说说就算了,便没把这事放到心上,该做什么仍旧做什么。

可不久前,余伟却在电话里告诉她,他搬到派出所去住了。金海燕是法官,一听丈夫的话,就明白丈夫是在和她闹分居了。金海燕审理了那么多离婚的案件,知道余伟此时向法院起诉离婚,她如果坚决不同意,法院也不会贸然判决,而下次,他再以分居了多少日子,来证明他们夫妻间感情确已破裂,法院就没理由不同意他们离婚了。金海燕想明白这一点,忽然笑了,原来这正是她告诉丈夫的。当时她只是想向丈夫炫耀她的专业知识,没想到被丈夫学到了。但金海燕仍没把这事当多大一回事,从小只有别人求她,没有她去低声下气求别人的。她觉得离不离无所谓,离就离吧,难道一个人就不可以过了?正好趁这段时间多干一些工作呢。既然丈夫搬到派出所去住了,她也没必要经常往城里那个家跑了。上级要求法庭工作人员每星期必须在单位住满四个晚上，星期六和星期天也必须有人值班。于是，她不但每周住满四个晚上，周末又主动要求留下来值班。法庭的几个同事并不知道她和丈夫的事，还以为她是为了工作废寝忘食，连家也顾不上了。到去年年底的时候，上级评选"人民满意法官"，嵇镇法庭的所有同志，都一致投了她票呢！

第十七章

按住葫芦浮起瓢

站在嵇镇法庭的露台上往远处眺望，只见四周群山起伏，恰如大海的潮汐一般，前波后浪，永远在奔腾不息。人类社会的生活也是一样，一波刚停，一波又起，似乎永远没个停止的时候。江副庭长好不容易调解完沈玉清与公公及小叔子关于丈夫意外死亡的赔偿金纠纷的案子，本以为这一家人从此恩怨了却，再无纷争，重新过上和睦的日子。没承想只过了几天，沈玉清与老公公和小叔子之间再起风波，而且这场风波的影响，远远超过了沈玉清丈夫的死亡赔偿金纠纷，令嵇镇法庭的法官都没有想到。

这天早上，欧小华在食堂吃过早饭，拿着碗筷往寝室走，走到门口，正准备掏钥匙开门，忽然一个年轻女人从楼下气喘吁吁地跑了过来，一把抓住了她说："姐，姐，快去救救我小姨……"

欧小华见是吴莎莎，急忙停住掏钥匙的手，看着她有些惊诧地问："怎么是你，发生了什么事……"

吴莎莎往脑后捋了捋有些凌乱的头发，没回答欧小华的话，仍只一个劲地说："快去救救我小姨吧，迟了恐怕会出人命……"

欧小华听她这么说，反倒更冷静下来，继续掏出钥匙，一边开门一边说："你小姨究竟出了什么事，你得给我讲清楚呀！"说着，开了门，继续对吴莎莎说，"我给你倒杯水，你喝了给我把事情讲清楚，我才知道该拿什么主意呀！平白无故的，我跑去干什么？"

吴莎莎一听这话，果然进了屋。欧小华拿过一只纸杯，从屋角的饮水机上接了一杯水，递给吴莎莎。吴莎莎接过杯子，渴极了似的，"咕噜噜"地喝了下去。喝完，把杯子放在桌子上，张了张嘴要说什么，却又闭了嘴。

欧小华见了，忙问："是不是你小姨父的死亡赔偿金案子又起什么波折了……"

吴莎莎迟疑了一下，才说："不、不是为我小姨父的赔偿金……"

欧小华见吴莎莎吞吞吐吐的样子，露出了有些不高兴的样子，说："那到底是为什么呀？你竹筒里倒豆子，就爽快一点，我们还有很多事情呢……"

吴莎莎又抬头看了欧小华一眼，然后才红着脸，鼓起勇气对欧小华说："姐，事到如今，我也只有实话实说了！这次，我小姨是因为男、男女之间的事……"

欧小华起初没有明白过来，忙打断吴莎莎的话问："男女间的什么事？"可是一说完，她蓦地清楚了，也红了红脸，说，"你别着急，慢慢地说清楚！"

吴莎莎点了点头，一五一十地对欧小华讲了起来。

事情还得从这年天气反常说起。这年清明还没到，老天爷竟然下了整整一天暴雨。下得山洪暴发，到处黄泥汤汤，污水漫漫，不但河道满溢，池塘溃坝，连农人的田里地里都蓄满了水。可这时油菜还没鼓荚，小麦还没黄梢，庄稼人要这雨水何用？于是到处开闸挖口，忙不迭地泄洪放水。可自从那场大雨下过以后，老天爷竟然天天艳阳高照，夜夜春风荡荡，一连四五十天，竟是滴雨不下。王家洼留守在家的农人，早已收了油菜、小麦，等待着收水插秧，可此时老天爷不下雨，农人只得徒唤奈何！眼看着小满已过，秧子还没插下去，农人心里真可用"心急如焚"这四个字来形容了。又应了古人说的"天生一人，必给一路"的话，就在快到芒种的时候，老天爷突然降恩，竟然"哗哗啦啦"地下了一夜大雨。下得满湾满坝的田里一片汪洋。王家洼在家的农人一看，顿时喜上眉梢，好不欢喜！尽管季节已晚，但农谚又道，"芒种忙忙栽，夏至谷怀胎"，只要抓紧把秧子插下去，水稻的收成还是有几分希望的。可农人还没高兴一会儿，接着的问题便又让他们焦头烂额了。原来王家洼的农人种地早就不用牛了，而是用机器耕田。而王家洼只有三户人家才有机器，一个是王贵成，他是最早将农业机械引进王家洼的人。一个是王江海，他是看见王贵成买了机器，被人请来请去，赚了钱，自己眼红才去买的。还有一个是光棍汉王世康。王世康三十七岁，没娶过亲，先前也出去打过几年工，可因为他个性古怪，和工地上所有人都合不来，后来便不出去了。回来看见王贵成和王江海买了旋耕机、插秧机能赚钱，想着自己反正只有一个人的包产地，时间很多，不如也去买两台机器回来，隔三岔五地出去挣点钱。但他又没有王贵成、王江海那么多钱，买不起新的，便去把王贵成淘汰下来的旧机器给买了回来。但他那二手机器费时费力，王贵成、王江海的机器一个小时能耕完的田，王世康的二手机器却可能要耕大半天。农人现在种地也追求效率了，所以，除非实在不得已，一般不去请王世康的机器来耕田。有活无活，王世康也不在意，反正他只有一个人，能挣到一点称盐打油的零花钱就挣，如果不能挣到，也当没那回事。过去雨水均匀，农人不甚着急，现在老天爷突然下雨，湾里这么多田，都在一夜之间蓄上水，农人都想把秧子早日插下去，因而王家洼上演一场争夺机器之战，便在所难免。

这日天还没亮，雨也还没怎么停，王贵成的屋门就被敲得"乒乒乓乓"响。王贵成的老婆陈红急忙披衣起床，开门一看，见是沈玉清站在门外。沈玉清虽然戴着斗笠，但衣服下边还是淋湿了。陈红一见，便道："嫂子，这么早你有啥事呀？"

沈玉清没回答李红，却着急地问："贵成兄弟呢？"

陈红说："还在睡觉呢！嫂子，你找他有啥事？"

沈玉清忙说："妹子，嫂子找他还有啥事？还不是下雨了，你晓得我那几丘田，都是高塝田，盼星星盼月亮，好不容易才盼来老天爷下雨，我来请大兄弟去给我耕田呢！"又说，"昨晚上我一听见下雨，就没睡着，生怕大兄弟被别人叫走了，所以我趁现在天还没亮，就赶来了呢……"

王贵成听见沈玉清的声音，也起床了，没等沈玉清说完，便急忙说："嫂子，这恐怕不行！好多人一个多月前就给我打了招呼，我也答应了人家，有的

第十七章／按住葫芦浮起瓢

还把定钱都给了我。要排起来，嫂子，你恐怕得等半个月左右了……"

沈玉清一听这话，更急得巴不得给王贵成磕头，说："兄弟，嫂子求你了！你晓得嫂子孤儿寡母的，靠不着人，你就当做好事，先帮帮嫂子的忙……"

沈玉清话还没完，陈红马上说："嫂子，你别这样着急，他能够帮得到的忙，一定会帮的！"

王贵成也说："就是，嫂子！我给别人耕是挣钱，给你耕也是挣钱，我抽得过身，怎么会看着钱不挣？可是这次真的不行，嫂子！我已经红口白牙答应了人家的，如果又反悔不去耕，别人不骂我祖宗先人？再说，现在都在节口上，哪个都巴不得马上把秧栽下去，都是一个湾的人，我能够得罪哪个？只好按先来后到的顺序，免得说我优厚了谁，又疏远了谁！"

王贵成这么一说，沈玉清就显出一副孤立无助的神情，红了眼圈说："兄弟，这么说起来，嫂子一家今年就只有靠去买米来吃了哟？"说完又抱着一线希望对王贵成说，"兄弟，别人给你三十块钱一亩，我给你四十块钱行不行？"

王贵成说："嫂子，这不是钱的问题！我是实在分不开身，要是我有时间，你一分钱不给我，我也要给你耕！"

沈玉清便绝望了，口里只喃喃地说："那怎么办，兄弟？别人都说栽秧要抢先，打谷要抢天，我田都犁不出来，还怎么栽秧呀？这不是要了我的命吗？"说着，沈玉清眼里便沁出了晶晶莹莹的泪花。

王贵成想了想，突然对沈玉清说："嫂子，我给你出个主意，你趁早，现在就赶到世康叔那里，看他的小机器被人叫走没有。他那机器因为耕得慢，平时湾里人都不请他，你现在过去，可能还有希望！"

听了这话，陈红也说："对，嫂子，那机器慢是慢一点，总比没有强！再说，现在耕田，都是以面积算报酬，时间长就长一点，不怕慢，只怕站嘛！"又催促说，"嫂子快去看看，不然被别人一请走，就麻烦了！"

沈玉清犹豫了一下，便说："那好，我现在就过去看看，谢谢兄弟和大妹子了！"说罢，便又顶着斗笠出了门。

沈玉清三步并作两步，跑到王世康家里时，天才蒙蒙亮，沈玉清敲了半天门，才把王世康敲醒，起来开了门。王世康身材有些瘦削，长方脸，蓬松着一头乱糟糟的头发，脸上已爬上几道浅浅的皱纹，但两只小眼睛还是闪着很精明的光芒。他一见是沈玉清，吃了一惊，眨巴了几下才问："是大侄儿媳妇哟，这么早有啥事？"

沈玉清忙问："世康叔，你那机器有人来请没有？"

王世康一听，便问："怎么了？"

沈玉清说："我来请世康叔给我耕田呢！"

说完又把给王贵成说过的话说了一遍。王世康便说："请倒是有人来请过，可你也晓得我这个人，反正是庙门口的旗杆——光棍一条，一个人吃饱了，全家人都不饿。或去或不去，全凭自己那时的心情，所以也没给任何人说死……"

一听这话，沈玉清便高兴地叫了起来："叔，那就先去给我耕！你看漫天大雨，我这么早就跑来了，你不去就是看不起人了！"

王世康听了这话，想了一下便说："去给你耕可以，但我有一件事要说到前头……"

话还没完，沈玉清便急忙说："叔，你有啥事就尽管说！"

王世康便道："你也晓得的，我一个人，难得烧火做饭，给哪个耕田，哪个还得管我吃饭！"

原来在王家洼，自从那中、小型农业机械进村以后，村民都按作业的面积付款，实现货币交易，都不再管生活。现在沈玉清一听王世康的话，便马上说："那没问题，叔，你一个人吃得到多少？我保证有酒有肉招待你！"

王世康便说："那好，你先回去，等天大亮了，我就来给你耕！"

沈玉清本想马上就回去，可又怕她一走，又有人来请王世康，他要是改变了主意怎么办？于是便说："不要紧，叔，天反正要亮了，我等你一起走，也好帮你抬机器！"

王世康说："我那机器有轮子，可以推着走，哪要你抬？"

沈玉清还是说："那也不要紧，我等你！"

王世康见她真的要等，便说："你要等，那就进屋来坐到等吧！"

沈玉清果然便进屋去了。一走进屋子，沈玉清便闻到一股气味，屋子里笼

第十七章／按住葫芦浮起瓢

箕、簸箕、背篼、锄头、钉耙……胡乱放着，地下到处都是渣渣草草，一派杂乱无章的样子。桌子上一只饭碗，碗圈乌黑，像是一直没洗过。沈玉清一坐下来，便问王世康："你昨晚上吃过的饭碗都没洗？"

王世康瓮声瓮气地说："哪是饭碗，那是喂猫儿的碗！"

沈玉清说："你还喂得有猫儿？"

王世康说："不晓得是从哪儿跑来的一只野猫儿，在我家里半个多月了！"

沈玉清说："来猫儿不好，要是来只狗儿就好了，狗来富，猫来穷嘛！"

王世康说："哪管那么多，既然来了，也是一条命，就把它养起嘛！我一个人，也没说话的，来个畜生，正好说话！"

沈玉清听了这话，忽然抬头看了王世康一眼，却发现王世康也在看她，两人目光一碰，便都觉得不好意思了，又急忙移开。却因为这一看，把两人的话都赶回去了，一时屋子里寂静下来，似乎能听见两个人的呼吸声。又坐了一会儿，沈玉清便觉得不自在起来，在这万籁俱寂的黎明之际，一个是叔老人公，一个是侄儿媳妇，孤男寡女，静坐于室，要是旁人知道，会怎么想？一想到这儿，沈玉清便站了起来，红着脸对王世康道："叔，那我先回去，你等会儿就来！"

王世康朝外面看了一眼，发现雨已停了，天已发亮，便说："你等等，我和你一起走，免得等会儿有人来叫我，又和我磨嘴皮子。"

沈玉清正求之不得，便说："那好，叔，我等你！"

王世康果然到旁边屋子推出那部手扶式旋耕机来，又将一塑料壶汽油拿给沈玉清提着，出来锁了门，便和沈玉清一起走了。

来到沈玉清家里，天已大亮，王世康便对沈玉清问："大侄儿媳妇，你那些田在哪儿，我现在就去犁！"

沈玉清忙说："叔，别忙，先坐一坐，我给你弄点饮食，你吃了早饭再去犁也不迟。"

王世康嘴里说："这么早就吃早饭呀？"

话是这么说，屁股却在椅子上坐了下来。沈玉清进了灶屋，她先焖了半锅白米干饭，然后进里面屋子，从榨菜坛子里拿出一块巴掌大的腊猪肉，切成三指宽的肉片，来不及去弄蔬菜，便用榨菜炒了一盘回锅腊肉片。又找了一只大海碗

174　　小镇法官

来，将肉片拨了一半在碗底，然后舀了几饭勺白米干饭在上面，端出来对王世康说："叔，不好意思，现说起，就吃一碗菩萨饭，中午我再给你补虚，啊！"

王世康的筷子在碗里刨了刨，看见了碗底的肉，便说："这么多肉还是菩萨饭？"

沈玉清说："你干的是力气活，现在天气又长，肚里没点油水怎么经饿？也不晓得一碗饭你够不够？"

王世康说："这样大一海碗饭都不够，我肚子又不是黄桶！"一边说，一边端起碗，"呼哧呼哧"地吃起来。没一会儿，便将一碗饭和半碗肉消灭精光，然后将嘴一抹，便对沈玉清说："大侄儿媳妇，你是哪些田，给我说说！"

沈玉清便说："对门湾天关丘，梨树沟南瓜田，打石湾大长丘！叔你找不到，我带你去！"

王世康说："我在王家湾住了几十年，那几个田还找不到？你放心，我闭着眼睛也找得到！"说完，推着机器就走。走到门口，忽地又回头对沈玉清说："中午你就不要给我送饭来了，我将就活儿，犁完了自然晓得回来！"

沈玉清说："那好，叔，我就等你回来吃午饭！"

长话短说，且说王世康这里耕完沈玉清的几块田，差不多已是半下午了。见王世康终于回来了，沈玉清急忙进屋打出一盆水，放到阶沿上，说："叔先洗把脸，我去给你找一件他爹过去穿的衣服你换一换！"

王世康却说："换啥？换了也是要糊齷齪的！"

沈玉清说："还是换一下吧！"

王世康嘴里吐出两个硬邦邦的字："不换！"一边说，一边将衣服纽扣一解，将身上的湿衣服脱了下来，往院子外面的李子树上一搭，说，"我把身上擦一下就是！"

说着走到水盆边，从水里拧起毛巾，便往身上擦去。沈玉清瞥了一下王世康的身子。王世康的脸上虽然没多少肉，可那胸脯却是又宽又厚，呈现出紫铜的颜色，手臂上的肌肉也是一绺一绺的，显得很有力量。沈玉清看着看着，不由得脸上一阵发烧，急忙又回过头去，进灶屋舀饭去了。

没一时，沈玉清将饭菜端在了桌子上。这饭菜说丰富不丰富，说简单也不简单，一盘黄澄澄的油炸花生，一盘油浸浸的腊香肠，一盘香喷喷的卤香豆腐干，一盘青椒回锅肉，一盆丝瓜粉丝汤。王世康一见，便说："大侄儿媳妇弄这么多菜做啥子？"

沈玉清说："几样家常小菜，让叔见笑了！"说着招呼王世康坐了，又去拿出一只酒杯和一瓶白酒来，说，"叔还是喝点酒！"

王世康道："就不喝酒了！"

沈玉清道："你辛苦了，喝点酒舒筋活血！"

说着便打开酒瓶，给王世康斟起酒来。王世康朝屋子里看了一下，突然想起什么似的，问："哎，你两个娃儿呢？"

沈玉清道："都什么时候了，他们还不上学？"

王世康"哎"了一声，再不说话。

沈玉清将一杯酒放在王世康面前，说："叔你慢慢喝，菜不好，也不晓得合不合你的口味！"一边说，一边也在桌子旁坐了下来，却不是和王世康对面坐，只在光棍汉旁边打横坐了。

王世康瞥了一眼沈玉清，却道："哎，大侄儿媳妇，你怎么只给我一个人倒酒，你呢？"

沈玉清道："世康叔，我不喝酒……"

话没说完，王世康便说："少喝一点嘛，主人不劝，客人怎么好意思喝？"

沈玉清一听这话，想了一想便说："要不我陪叔少喝一点，表示表示意思！"说着又去拿出一只酒杯，倒了半杯，然后举起来说，"叔，你辛苦了，我敬你一杯！"

光棍汉听了这话，果然举起酒杯，将一杯酒干了。这儿沈玉清只将酒杯举到嘴边，做了做样子，便劝王世康吃菜。

王世康拈了几颗花生米和几片香肠在嘴里，沈玉清又给他倒了第二杯酒，又敬了他。王世康本不怎么喝酒，两杯酒下肚，目光便有些迷离起来，沈玉清又劝了他第三杯酒。喝第三杯的时候，王世康忽然看着沈玉清说："大侄儿媳妇，我三杯酒都喝完了，你半杯酒还没喝干，把那半杯酒喝了！"

沈玉清果然将那杯子举到嘴边，咬着牙一口喝了下去。顿时，女人只觉得一股热辣辣的气息从肚子里一直蹿到脸上，不一时，那脸便红扑扑的，如三月的桃花绽开。

从此以后，王世康便常常出入沈玉清家，见活儿就做，没活儿也要找活儿做。沈玉清叫他怎样他便怎样，百依百顺，村人都看在了眼里，并且慢慢明白了是怎么回事。可是，厚道的王家洼人明是明白了，却仍然揣着明白装糊涂。人家一个光棍，一个寡妇，你情我愿，又没有碍着自己的事，何必去多管闲事呢？但是，有几个人却不同了，最近几天，他们把沈玉清和王世康盯得紧了，而沈玉清和王世康却还像过去一样，以为天下大吉呢！就在昨天晚上，王世康估摸军军和莉莉都睡着了，便悄悄来到沈玉清家里。半夜时分，两人睡得正香，忽听得大门"咚咚"地响了起来，同时有人大叫："开门！开门——"

沈玉清一惊，急忙坐了起来。侧耳一听，听出了是王家富两口子的声音，便道："是王家富两口子，他们又发啥疯了？"

王世康一听是王家富两口子，一下慌了，急忙说："那怎么办？我从后门出去！"

说着跳下床来，将衣服裤子往身上一套，连鞋也顾不得穿，便朝后门奔去。可过去一拉门，却发现门没法拉开了，便回过头着急地对沈玉清说："门拉不开了！"

沈玉清知道门从外面套上了，明白了是怎么回事，心里也急得不行，却对王世康说："你不要慌，我先去看看再说！"

说着，把王世康又推到里面屋子里，走出来将大门打开，这才看清门外不仅立着王家富、梅英两口子，还有王世通老两口儿，门神一般，凶神恶煞地看着沈玉清。沈玉清理了一下头发，便没好气地问："啥事呀，深更半夜的，又是哪股水发了？"

老两口儿和小两口儿并不回答沈玉清，口里只是气势汹汹地叫道："王世康，王世康你这个淫棍儿滚出来——"

王家富一边叫，一边向屋子里冲去。沈玉清急忙扑过去抱住了他，大声叫道："砍脑壳的，深更半夜的，想当强盗打劫呀……"

喊声还没完，梅英和贺世通老两口儿趁沈玉清抱住王家富的时候，早已从

第十七章 / 按住葫芦浮起瓢

旁边冲了进去，直朝里面屋子里扑去。沈玉清立即松开王家富，想扑过去阻拦他们，却没阻拦住，便干脆大声叫了起来："王世康你出来，怕啥！"

王世康果然走了出来。王家富立即过来"啪啪"地就打了王世康两巴掌。沈玉清见王家富打王世康，也便冲过去，给了小叔子两巴掌。梅英见沈玉清打王家富，又马上冲过去，抓住沈玉清的头发就打。王世康见沈玉清挨了打，正要过去帮忙，这边王世通老两口和王家富马上又扑过去，几人打成一团……

听到这里，欧小华算是明白过来了，忙打断吴莎莎的话问："怎么会是这样？"

吴莎莎停了一会儿才说："还不是为我姨父那笔死亡赔偿金的事！小姨的公公婆婆和小叔子私下和我小姨说过，只要她不要我小姨父那笔赔偿金，不论我小姨什么时候嫁人，也不论嫁给张三李四王麻子，他们一概不管。可现在，我小姨通过法庭，把小姨父的赔偿金要到手了，还找了一个老光棍，他们就觉得自己是赔了夫人又折兵，让王世康得了便宜，心理不平衡，所以就要来捉奸。这是昨晚上吵架时，他们说出来的！"

欧小华听完，沉吟了一会儿，才说："真是一些法盲，这是哪儿跟哪儿呀！"说完又问吴莎莎，"你小姨现在什么样子？"

吴莎莎忙说："我来的时候，我小姨还在屋里睡。他们一直闹到天亮，骂的那些话真是牛都踩不烂。我小姨和王世康浑身都是伤，他们老两口子小两口子，人多呀，我小姨和王世康哪里是他们的对手！"说着，吴莎莎一把抓住了欧小华的手，"姐，你一定要救救我小姨，万一她要是想不开……"

欧小华一下着了急，忙说："这个事情有点麻烦！如果真如你所说，这个事情就不属于法庭管辖的范围……"

吴莎莎还没听完，又抓着欧小华的手，一边摇晃一边急切地说："那怎么办，姐，如果我小姨真有个三长两短，那一双儿女交给谁呀……"

欧小华见吴莎莎急得又要哭了，忙说："你别着急，让我再想想办法！你今天来得很不巧，我们金庭长一大早就乘早班车到县上汇报工作去了，江副庭长没来上班，罗娅休假了，庭里就剩我和傅小马。这事我也拿不定主意，你等一等，我过去问一问傅小马，看他有什么办法！"说着，也不等吴莎莎说什么，便站起身，径直朝傅小马的屋子走去了。

傅小马正伏在桌上写着什么，一见欧小华，急忙停下笔，站起来说："你来得正好，帮我参谋参谋，看这样行不行？"

欧小华忙问："参谋什么呀？"

傅小马说："郑琴诉贺兴胜离婚案的调解方案呀……"

傅小马话没说完，欧小华便道："你先不要说你那方案，我这儿有一件事，不知该怎样处理呢？"说完，不等傅小马问，便把吴莎莎讲的事，详细说了一遍。

傅小马听完，也说："这是一起治安案件，确实不该归法庭管……"

欧小华说："可是这事和我们法庭先前的案件处理有关，再说，人家现在找都找上门来了，要是我们用一句不归我们管的话，就把人家打发了，真要出了什么事，怎么办？"

傅小马想了一下，说："要不，你请示请示庭长吧！"

欧小华答应了一声好，果然给金海燕打电话。金海燕大约还车上，汽车轮胎碾压着柏油路面发出的摩擦声清晰可闻。欧小华刚把沈玉清的事情讲完，金海燕便在电话里说："傅小马说得对，吴莎莎应当向派出所报案，找法庭，是端起猪头找错了庙门，让她去找派出所吧！"

欧小华听了这话，急忙答应了声："是，庭长！"说完转身就往外走。可是，还没等她走出屋子，手里电话又响了。她低头一看，还是金海燕，忙又把手机举起来贴在耳边，问："庭长，还有什么事吗？"

金海燕说："我想了想，虽然吴莎莎是年轻人，也有文化，但恐怕也没和公、检、法这些机构打过多少交道，要不然，她也不会端起猪头乱找庙门了！你亲自陪吴莎莎去派出所一趟，可别误了事儿，啊！"

欧小华心里一阵感动，急忙说："是，庭长，我一定完成任务！"说完，回到自己房间，拉起吴莎莎就朝派出所跑去了。

第十七章 / 按住葫芦浮起瓢　　　　　　　　　　　　　　　　　179

第十八章

"糊涂"法官

　　傅小马打开卷宗,把自己和罗娅这些日子到贺家湾调查到的郑琴和贺兴胜的离婚纠纷详细情况,细细地梳理了一遍,准备提交给庭长。

　　他一边整理,一边暗自觉得好笑。正如罗娅对金海燕所说,这个离婚案完全是两个老太婆为了各自的面子相互"斗法",实际上并不是真正想让小两口离婚,至于两个年轻人,就更不是真想离婚了。

　　他有时甚至觉得,两个老人为了面子,把一对年轻人推向法庭,实在有些滑稽。他对金庭长审理这个案件——不,说审理不够准确,应该称为调解,已经有了十足的信心,相信庭长一定有能力把这个因为赌气而面临破碎的家庭挽救回来,让两个年轻人重归于好,和睦如初。

　　晚上,傅小马做了一个梦,梦见这个案子开庭了。奇怪的是,审判员并不是金庭长,却是他自己。可梦中的情况却不怎么好。通知的时间已经过去一个多小时了,被告贺兴胜都没到庭。他便问被告母亲严亨渠:"你儿子怎么没来?"严亨渠说:"他今天没空,给人装防护栏,我来顶他……"他感到好笑,便严肃地说:"你以为这事随便什么人都能顶?"严亨渠倒生起气来,质问他道:"我是他妈,怎么不成?难道我不能替我儿做主?"他耐着性子对她解释:"如果你儿子没有成年,你不想当他的代理人都不行,可是你儿子已经过了18岁,你作为法定代理人的资格已经自然消失,而代理一个成年人参与诉讼，需要履行一定的法律手续。根据《民事诉讼法》规定，委托他人代为诉讼，必须向人民法院提交由委托人签名或者盖章的授权委托书。没有法律手续是不行的。不是我不答应，是法律不答应！"但严亨渠还是有些想不通的样子，说："你们那些法律太机械了！你放心，我说了话算话！"他见和她说不清，突然拍了一下桌子，发起脾气来，对严亨渠说："你立即打电话让你儿子来，不然，我马上派法警去把他传唤来！"严亨渠一听傅小马要派警察去把她儿子叫来，忙说："你别生气，我马上打电话叫他来！"说完便给贺兴胜打了电话。

没过多久，贺兴胜就来了。但贺兴胜也嘀嘀咕咕地抱怨说有母亲在场就行了，怎么还非得要他来？耽误了他的活儿谁给他补偿？

傅小马没有责备他，宣布开庭。可开庭没几分钟，法庭上就吵成了一片。先是何本玉和严亨渠叉了腰吵，然后郑琴和贺兴胜也加入争吵中来，越吵越凶，像是要打起来的样子。可吵的是什么，傅小马一句也没听清楚。

傅小马急了，他突然大吼一声，醒了，才知是一场梦。他十分奇怪怎么做了这么一个梦，细细一想，又觉得一点也不奇怪，日有所思，夜有所梦嘛！他详细回忆了一遍梦中的事，觉得兆头有些不好，难道庭长处理这个案子的时候不会那么顺利？可又一想，别人说梦都是反着的，如果真是这样，难道不预示这个案子会非常顺利吗？这么想着，傅小马又睡过去了。

出乎傅小马意料的是，开庭这天原告和被告都到得十分准时，相反，金海燕却有些情绪不佳。她宣布开庭后不久，何本玉和严亨渠就吵了起来。而她们争论的，并不是儿子或女儿离婚本身和财产纠纷的问题，而是诉说自己满腹的委屈和不满。金海燕也没去制止，而是任由她们说去。

何本玉："我姑娘回家十多天了，你那儿子都没来叫，你说我姑娘急不急？姑娘一着急，所以那天贺兴胜来叫，我就把他撵出去了。虽然我把他撵出去了，可我们也没怎么生他的气，孩子不懂事，我不怪他，可大人干什么去了？为这事严亲家一次也没来过我们家。你要真疼我家姑娘，为什么不来我们家踩个脚印？未必你家儿子打了我家姑娘，还要我们来你家里赔礼道歉，世上可有这样的书卖？好像你儿子打了我姑娘还有理了。你要是亲自来赔个不是，好好哄哄我姑娘，就把我姑娘领回去了！我还是个嫂，我就不是个嫂我就是个妹！你说，儿女亲家，今天你见了面怎么就不叫声'亲家嫂'？"

严亨渠："说话要讲天理良心，我怎么没叫？难道你要我天天都把'亲家姐姐'挂在嘴上？说筋就说筋，说绊就说绊，你说孩子离婚，怎么扯到叫不叫上来了？"

何本玉："我怎么不能说？自家儿子闹了乱子，不说要你怎么惩治他，至少凶他一顿，来给儿媳妇赔个不是，让我家姑娘心里也平衡一下！世界上哪有这样做婆婆的，只向着儿子不向着儿媳妇？"

严亨渠："谁没去叫了，我儿去叫了二三十趟。开始几次你不让进门，还打我儿子。小孩闹乱子，赔个不是不就算了，他还每次都拿了礼物去！每次去我给我儿说，给人家好好赔个不是，两口子打架不记仇嘛。可每次去，你们好歹不吭声，让人猜哑谜，什么也不说，光这回不行，那回不行，还嫌叫得不勤，让人跌倒不生气爬起来生气！我儿每次去，都一五一十做了登记的。世上哪有这本书卖，小两口打个架，媳妇就长期住到娘屋里不回去，这是什么道理？俗话说嫁鸡随鸡，嫁狗随狗，既然你家姑娘嫁到我家来的，就是我贺家的人，你扣住我贺家的人，还说我没来给你赔礼，我还要怎么给你赔礼？两口子打架不记仇，你说你上法庭干什么？你想扫我们面子是不是？到了这个程度了，孩子还有什么脸？我这气是一时半会儿消不了……"

何本玉："谁欺负你们了？我姑娘也只是向法庭提出离婚，法庭还没给判，给你们丢什么脸了？你这辈子就是想拿捏我，你拿不住，就想拿住我姑娘。你是猴子捡片姜，吃了又怕辣，丢掉了又可惜……"

严亨渠："我是猴子捡片姜，你呢，还不是一样！我可告诉你，我儿子要真离婚，就你姑娘，虽然人长得比我家小子好看，可也没任何能耐、任何本事，再找也是二婚头，也不一定找得到比我家小子强的人！离了，我要让你肠子都悔青……"

何本玉："大哥莫说二哥，两个麻子一样多！我家姑娘不行，你家小子就行？就凭他那个个头儿，又能找多好的媳妇？找了郑琴就烧了高香了。要是他能找个比郑琴强的，我见人磕个头！你以为你家小子是个多重要的人物……"

金海燕听到这里，突然"扑哧"一声笑了出来。她觉得自己审理了这么多离婚案件，这是一桩最奇葩的案件。两个当事人坐在一边低垂着头一声不吭，好像跟自己毫无关系一般。而两位老妇人喋喋不休，争相诉说，说的却又尽是些鸡毛蒜皮、与案件审理没多大关系的事。现在见两个老妇人说着说着，都互相诋毁起两个年轻人来了，恰恰是这话，她看出了两边并无离婚的意思，便笑出了声，却又马上正了脸，拍了一下桌子道："说什么呀？法庭上不许相互攻击！既然一个不好娶，一个又不好嫁，那不娶不嫁不就行了！我还以为你们有多大的原则性问题呢！这事也值得兴师动众地上法庭，吃了饭没地方消化来法庭吵架是不是？"

说完看着贺兴胜，说的话却是给严亨渠听的："你也够拧的！你打人家，你犯法了，你知道不知道？那是家庭暴力！你实施了家暴，还不道歉，你还有理？以为是男子汉，赔了个礼就矮了一截？自己家里人又不是外人，人家要面子，你认个错，给人家一个台阶下，不就行了吗？那点面子真的比打光棍还要紧？有什么大不了的非要散伙？我看你真是糊涂到顶了！"

说完又看着郑琴，话却同样是说给何本玉听："你也是一样，死要面子活受罪！我可告诉你，他打你是他家庭暴力，可你同样也不对！你是冷暴力！怎么呢？你是他的妻子，在娘家几十天不回去，不履行妻子的责任和义务，就是冷暴力！你两个拉平了，法庭可以不追究，可人家来接你那么多次，你为什么不回去？各人有个家，难道你还指望跟你妈过一辈子？即使你愿意，你妈愿意养你一个老姑娘吗？"

说完，见一对年轻人有些羞愧地低下了头，两位老人也默不作声了。金海燕突然提高了声音，对贺兴胜和郑琴说："你们离还是不离，一声没有吭。现在法庭给你们时间，两个到一边商量商量，然后告诉我到底离还是不离！"说完，叫书记员罗娅去开了旁边一间屋子，把贺兴胜和郑琴推了进去，关上了门。又回头宣布说："现在休庭半小时，半小时过后重新开庭！"说罢，离开了屋子。

过了一阵，金海燕重新回到审判庭，叫傅小马把旁边屋子打开，将原告和被告都叫了出来，两人回到原来的凳子上坐下。金海燕见两人脸上都挂着泪

第十八章 / "糊涂"法官　　　　　　　　　　　　　　　　　　183

水，互相看着，一副含情脉脉的样子。金海燕故意问："商量好没有？"

两人红着脸不说话。金海燕就道："被告把凳子向原告挪拢一点！"

贺兴胜把凳子挪到郑琴旁边，可是还隔了一点距离。金海燕又道："原告也把凳子向被告挪近一点！"

郑琴果然也把椅子向贺兴胜挪了一点，金海燕还道："再挪一点！"两根凳子紧紧靠在一起。贺兴胜和郑琴红着脸看着金海燕，像是在等待她的安排的样子。

金海燕看见，便道："没法挪了是不是？被告听着，现在你坐到原告那根凳子上去！"

贺兴胜犹豫了一下，果然坐到了郑琴的凳子上。金海燕忍不住轻轻笑了一下，接着宣布："坐到一根凳子上，还是像两口子的样子嘛！接下来，原告和被告把手拉着！"

贺兴胜和郑琴互相看了一下，却没动。金海燕又做出生气的样子道："被告听着，你先拉原告的手。你一个大男人不主动，难道还要女人主动？"

贺兴胜像是有些不好意思，犹豫了一阵，终于主动地把郑琴的手拉在了自己的手里。罗娅在一旁忍不住捂着嘴"哧哧"地笑了起来。金海燕瞪了罗娅一眼，罗娅立即止住了笑声。金海燕说道："你们不好意思说是不是？那就听我来说。原告郑琴与被告贺兴胜离婚一案，经本庭查明，两人虽是经媒人介绍，但青梅竹马，自愿结合，不属于包办婚姻。婚后两人感情良好，虽原告和被告吵架后回娘家至今未归，但夫妻感情并未破裂，被告当庭向原告赔礼道歉，被告于当日与原告一同回家。"

说完，金海燕又看着贺兴胜和郑琴问："你们还有什么补充的？"

两人急忙去看严亨渠和何本玉。金海燕大声说："这是你们的事，我问你们！"又对严亨渠和何本玉说，"法庭纪律，没叫你们说话就别说话！"

金海燕见两人仍不说话，便先盯着贺兴胜："被告有什么意见？"

半天，贺兴胜红了脸喃喃地说了一句："没意见，我不愿意离婚，我爱郑琴，我保证今后不再打她骂她！"

金海燕急忙又问郑琴，郑琴没说话，却一下扑到贺兴胜肩上哭了。贺兴胜见郑琴伏在他身上哭了，也反身抱住了郑琴，连连道歉。罗娅急忙拿了纸巾过去。

这一幕大家似乎都没有想到，金海燕等抽泣声变小了以后，又叫贺兴胜去给何本玉赔礼，贺兴胜去给何本玉鞠了一躬，也把给郑琴说的话对何本玉说了一遍，金海燕见他没喊"妈"，又让他重新来了一遍。然后金海燕又要郑琴去给严亨渠说"对不起"，郑琴也照办了。完了，金海燕要贺兴胜去牵起郑琴的手，要他们就这样手拉手地走回家去。还警告他们说，谁也不许松开，街上安的有监控，她下午要调监控录像看，谁先松手，她就找谁。贺兴胜和郑琴只好红着脸，拉着手走了。

两个年轻人一走，严亨渠和何本玉也要走，却被金海燕叫住了。原来金海燕害怕两亲家母走出去又吵起来，影响了年轻人，金海燕对她们说："你俩别忙，刚才你们的话不是还没说完吗？你们多留一阵，把话说完了再走。"

两个老妇人不好意思了，都说："没什么说的了！"

金海燕说："没什么说的也要再坐一会儿，你们刚才嘴巴说干了，多喝点水再走！"

说完，金海燕就叫傅小马去给两人倒水。傅小马果然去倒了两杯水，两人也不好意思走了。过了一会儿，金海燕估计贺兴胜和郑琴已经走远了，才对两人说："你们现在可以走了！"

两人走后，罗娅和傅小马以及金海燕笑成一团。罗娅对金海燕说："庭长，你今天真不像一个法官，也不像是一个断案的！"

傅小马也说："就是，跟你平时断案判若两人！"

金海燕问："是吗？我怎么没觉得。"

傅小马说："你平常都告诉我们法律和道德是两码事，在案子办理中，要尽量减少道德因素，彰显法律条文，必要时还要像洗衣机的甩干功能一样，将道德、怜悯呀等甩干！你说当道德退场的时候，就是法律胜利的时候！你还说，法官有时就该刻板一点，不苟言笑一点，可你今天那些话，好温馨哟，我都感动得要哭了！"

金海燕一听十分惊讶，说："真的吗？这么说我倒不像一个法官了！可我不像法官又像什么呢？"

傅小马说："你当然是法官，你不是法官谁还是法官？"

金海燕又对罗娅和傅小马问："今天我是不是偏袒谁了？"

傅小马忙说："没有没有，看他们都满意，所以大家评你是人民满意的法官，你真的不愧是人民满意的法官！"说完，像是突然想起似的，又问金海燕，"人民满意法官报上去这么久了，怎么还没批下来？"

金海燕淡淡地笑了一笑，似乎不准备回答这个问题。可过了一阵，金海燕还是说了："县上文件早下来了，在我这儿，我没告诉大家……"

罗娅忙问："庭长，你为什么不告诉大家呢？"

金海燕说："这么一点虚名，有什么值得炫耀的？"

傅小马忙说："这可不是虚名，庭长要请客呢！"

金海燕连忙一个劲儿说："请，请，成绩是大家干出来的，怎么不请呢……"

金海燕话还没完，欧小华手里举着两包东西，兴冲冲地跑了进来。她的身后跟着一个三十多岁的年轻女人和四十岁出头的中年男人，还有一位二十多岁的更年轻的美女。欧小华一进门就叫："吃糖，吃糖。大家快来吃喜糖！"说着，就把手里的一包糖果和一条喜烟的包装撕开，倒在桌子上。

屋子里金海燕、傅小马和罗娅都愣住了。金海燕朝欧小华身后的三个陌生人瞧了瞧，满怀狐疑地对欧小华问："谁的喜糖喜烟呀？"

欧小华忙对金海燕、傅小马和罗娅说："哦，我忘记介绍了！"说罢便指了那三十多岁的女人和四十出头的男人说："这是沈玉清，这是王世康！"然后又指了那更年轻的美女说，"她叫吴莎莎，是沈玉清的外甥女儿，也是我表妹的高中同学……"

金海燕一下便明白过来了，忙看着沈玉清说："你们结婚了？"

沈玉清红着一张脸，有些发窘的样子，旁边吴莎莎急忙替她回答开了："就是！今天他们到镇上民政所来登记，顺便买了糖和烟来感谢各位法官！"

金海燕说："结了婚就好，以后就正大光明地过日子！"

沈玉清和王世康嚅了嚅嘴唇，似乎想说点什么，却又不知如何表达。吴莎莎又急忙说："这事多亏了法庭，要不然，他们怎么这么快就结婚了？那天，小华姐姐把我带到派出所报了案，派出所马上派了警察叔叔跟我一起到王家洼。警察叔叔找到了那天晚上打我小姨的王世通和王家富，狠狠地把他们教育和警告了一番！接着又鼓励我小姨不要怕，寡妇再嫁受法律保护，但一定要依法办事，该到政府办证就到政府办证，再不要偷偷摸摸的了！这不，我小姨脸上的伤刚好，今天就来政府登记了。"

金海燕听完，又说："好，既然登记了，就不怕别人说什么了！"一边说，一边伸出手去，抓住了沈玉清和王世通的手，说，"祝你们婚姻幸福，白头偕老！"

沈玉清和王世康红着面孔，只顾傻傻地笑着。吴莎莎看见，说："你们怎么只顾说话，不吃糖、不抽烟呢？"

一句话提醒了两位当事人，他们急忙走过去，抓起桌子上的糖果和香烟，就往金海燕和傅小马等人的口袋里塞。金海燕和傅小马、罗娅挡也挡不住。直到把他们的口袋都装满了，两口子这才满意地去了。

第十九章

告别之夜

吃午饭时,金海燕突然掏出500块钱,交给炊事员林泽斌说:"林叔,你去买些酒和菜回来,晚上大家聚一下餐!"

林泽斌接过金海燕手中的钱,有些不解地看着她说:"庭长你要干什么,是要请客,还是打平伙?"

傅小马一下明白了:"庭长真的要请客呀?"

林泽斌还是没明白过来,又问:"庭长请啥客?"

傅小马说:"你们还不知道,庭长的'人民满意法官'称号,上级早批下来了,她还瞒着我们呢!"

众人听了这话,就都说:"原来是这样,那真该请!"

金海燕说:"当然该请的,成绩是大家共同做出来的嘛!"

林泽斌说:"自己做,花不到500块钱呀?"

金海燕说:"你尽着这500块钱买,不够我再拿,一定要让大家吃好!"又说,"江副庭长也要回来,我等会儿打电话请他!"

林泽斌马上向金海燕鞠了一躬,高兴地说:"那我代大家谢谢庭长了!"说完,便拿着钱乐颠颠地准备去了。

晚上,林大叔果然弄出了一大桌子菜。除了有菜有肉,还有一瓶白酒,两瓶红酒,仿佛庆祝什么重大节日一般。傅小马一走进饭厅,就吃惊地叫了起来："哎呀，这么丰盛，十大碗呀！"

欧小华说："你好好数一数，这才十大碗呀？"

傅小马果然去数，欧小华趁他专心致志地数桌上碗和盘子的时候，把两个凉菜盘子拿下来藏在身后。傅小马数了一遍，说："没有十大碗，也有九大碗，庭长的心尖尖这时恐怕都在疼了！"

欧小华又说："才九大碗呀，你回头看一看，是不是有盘子跑了路！"

傅小马果然回头去看。欧小华趁机又把手里的盘子放回桌上。

其他人一看，都笑了起来。

这时，江副庭长走了进来，一看这满桌的菜，也十分惊讶，说："弄这么多菜？幸好金庭这次只评了个县上的'人民满意法官'，要是评了个市里、省里的'人民满意法官'，不是家底都要被你们吃光呀？"

金海燕满脸带笑，她看了江副庭长一眼，说："江庭也太小瞧改革开放的成绩了吧！一两顿饭怎么就能把家底吃光呢？"又对众人说，"大家还站起做什么？坐吧，坐吧，先围起来！"

大家果然按平常坐的位置坐了下来。傅小马刚要坐，金海燕说："傅小马同志特别善于做无名英雄，今天郑琴和贺兴胜的案子，他又一次做了无名英雄。今天晚上，再安排你做一次无名英雄，给大家倒酒！"

傅小马听金海燕这么说，果然抓起酒瓶，说："这个活儿我干得下来，保证完成任务！"又回过头问金海燕，"庭长，你说怎么倒？"

金海燕说："男同志喝白酒，女同胞喝红酒，每个杯子倒满！不许踩假水，都要喝哟！我带头，先给我倒满！"

傅小马果然先把金海燕面前的杯子倒满，一边倒一边说："以身作则，这才像是人民满意法官嘛！"

欧小华也说："庭长获得这个荣誉，真可以说得上实至名归！"

其余人听了这话，也说："就是，就是，这是我们嵇镇法庭的骄傲！"

傅小马给所有人都斟满了酒，然后又看着金海燕说："庭长，你开席吧！"

金海燕扫了扫大家，说："大家先吃点菜，垫垫肚子，等酒过三巡以后，我再开席，大家觉得怎样？"

第十九章 / 告别之夜

桌子上的人都说:"这样最好,不要光灌一肚子水进去!"

于是吃喝起来。

吃了一会儿,江副庭长觉得桌子上气氛不太活跃,于是又把话题转移到金海燕的'人民满意法官'上来,说:"来来来,让我们祝贺金庭长获得'人民满意法官'的称号!"

一提到'人民满意法官',气氛又有点活跃了。这时大家显然都带了一点酒意,江副庭长又端起酒杯,对金海燕说:"金庭,今晚这顿饭,就当散伙饭吧!明天我们都不来上班了,以后你就一个人工作好了!"

一听这话,大家都愣住了,以为江副庭长资格比金海燕老,没评上"人民满意法官",心里嫉妒金庭长呢。正为金庭长担忧时,忽听得江副庭长接着说道:"全庭就你一个人是'人民满意法官',这说明我们在人民群众眼里是不满意的法官,既然人民群众不满意我们,而我们还硬要来处理他们的案子,他们肯定会生气。人民群众一生气,后果就会很严重呀!"

大家这才明白江副庭长并没有妒忌金庭长,而是正话反说,细细一体会,江副庭长这话也不无道理,于是一边哈哈大笑,一边也跟着起哄说:"是啊是啊,除了庭长,明天全庭的同志都不用再上班了,回家种田去吧!"

金海燕也体会出了大家是在拿她开玩笑,不但不生气,反而还带着酒意说:"好哇,你们都要开始甩我了,我看你们谁敢?"说完,她忽然端起满满一杯酒站起来,神情严肃地看着大家说,"今天晚上,根本不是为了我获得'人民满意法官'的称号举行这次宴会,而是为欢送罗娅同志,大家欢聚在一起的……"

金海燕还没说完,大家的目光"唰"地投在罗娅身上,似乎都被这个消息惊住了。

金海燕继续说:"大家都知道,罗娅和丈夫两地分居,生活十分不便,罗娅多次向组织提出解决夫妻两地分居的要求。这次,正好罗娅家乡的法院有一位籍贯是我们县的同志,也在要求调回原籍工作,双方领导同意对调。昨天县法院管人事工作的同志就通知罗娅到县上办理调动手续。罗娅站好了最后一班岗,今天顺利完成了郑琴、贺兴胜的离婚案,明天就要到县上办理调动手续了。罗娅同志就要离开我们,我提议,大家共同举杯,向罗娅同志表示祝福!"

可是,大家并没有立即把酒杯举起来,而是似乎还不肯相信的样子,纷纷看着罗娅说:"这太突然了,太突然了!罗娅,你的保密工作也实在做得太好了!"

罗娅红着一张面孔,似乎不知该怎样回答大家的话,急忙乞求地望了望金海燕。

金海燕知道罗娅不善言辞,忙替她解围说:"不是她故意不告诉大家,实在是人事工作有太多的不确定因素,我也是昨天县上打电话来才知道的呢!"说着再次举起杯子说,"来,为罗娅夫妻团圆,也为她在嵇镇法庭做出的成绩,干杯!"

众人听了金海燕这话,这才"乌拉"一声,把各自杯中的酒干了下去。

金海燕正准备叫傅小马继续斟酒,却见傅小马傻了一般,目光看着远处,有些发痴的样子。她正想说点什么,却见欧小华拿过酒瓶,为罗娅倒了一杯红酒,突然叫道:"'老九'不能走……"

众人又吃了一惊,金海燕问道:"怎么不能走?"

欧小华说:"她说过带我们去看光雾山红叶和诺水河的溶洞,还没有兑现,怎么能走呢?"

大伙儿一听,知道欧小华说的是玩笑话,便也跟着说:"是呀,是呀,'老九'不能走……"

罗娅却当了真,红了脸说:"对不起,对不起,欢迎大家随时来耍,我一定热情接待,哄你们的是小狗!"

欧小华忍住笑,说:"口说无凭,以酒为誓,你把杯子里的酒喝了,我们就相信你说的不是假话!"

罗娅迟疑了一下,果然端起酒杯,一仰脖,把杯子里的酒干了。

金海燕急忙扯了一下罗娅的衣服,又对欧小华说:"行了,行了,罗娅没有酒量,大家喝好不喝醉,悠着点儿,哈……"

欧小华说:"没有九(酒)两(量)有十两,庭长可不能偏心呀,我们保证不喝醉!下面我们来唱歌,一首歌,一杯酒,行吧?"

第十九章/告别之夜

大伙儿听了这话，立即鼓起掌来，说："行，那就从欧小华开始！"

欧小华也不推辞，她先给罗娅斟上酒，又给自己斟满，然后举起杯就唱：

朋友你喝我一碗酒，
酒里泡了个金钩钩。
钩住你我心和魂，
千里万里不分手，那个不分手！

唱完，欧小华一仰脖，把一杯酒全干了，然后将空杯对着罗娅。罗娅没法，只得红着脸，把一杯酒也干了。然后欧小华目光落在金海燕、江副庭长身上，意思是说："现在该你们了！"

这是当地流行的一首《敬酒歌》，几乎人人都能唱。果然，江副庭长没等金海燕说什么，也过去给罗娅斟了一杯酒，自己也满上一杯白酒，举杯唱了起来：

朋友你喝我一碗酒，
酒里泡了个春和秋。
日月照亮幸福梦，
吉祥伴你一路走，那个一路走！

唱罢，干了酒。罗娅只好又干了。

轮到金海燕了，她过去只给罗娅斟了半杯酒。欧小华立即叫了起来："庭长半心半意，不行不行！"

金海燕看了看欧小华，正想说什么，罗娅却抓过酒瓶，把自己杯子斟满了，又给金海燕斟满。金海燕见了，只得端起杯子唱：

这方的青山为你秀，
这方的绿水为你流。
这方的情怀酿成酒，

等你上我的吊脚楼，那个吊脚楼！

唱毕，两人又都把酒喝了。

欧小华瞧了瞧屋子里，除了奉司机和林大叔，都唱完了，却不见傅小马。欧小华忽然大叫："傅小马，傅小马……"

没人答应。

欧小华就说："这个傅小马到哪儿去了？我去看看！"说罢，便朝楼上跑去了。没一时，下来对金海燕说："他说他喝醉了，头昏得厉害，睡了！"

金海燕知道傅小马心里的病，她本想亲自去叫，又怕他来了一时控制不住情绪，反而不好，于是说："人不舒服就让他休息，身体是大事嘛！"又对罗娅说，"罗娅你唱一个吧！"

欧小华也说："对，唱一个！"

罗娅此时已是粉面桃腮，她也没推辞，说："我就给大家唱一首《月亮弯儿月》吧！小时候，我常听外婆唱。我外婆是恩阳人，就在恩阳河边住。那时一听这首歌，就觉得自己想哭……"

"现在呢？"欧小华打断她的话问。

罗娅没回答她的话，轻轻地唱了起来，声音幽幽，如燕语呢喃：

山影几重叠，码头船横斜，南来北往多少客，都在恩阳歇。
风尘已洁净，酒香正浓烈，梦儿挂在柳梢上，邂逅花蝴蝶。
潮涨又潮落，花开又花谢，谁又登台演豪杰，一折又一折。
月亮弯儿月，月亮弯儿月……

唱着唱着，罗娅的声音弱了下去，突然，罗娅伏在桌子上，歌声变成了啜泣。啜泣声由小到大，屋子里立即被压抑的气氛塞满了。大家互相看了一眼，以为罗娅喝醉了。

欧小华首先把责任归到自己身上，于是立即走过去，搂住罗娅的肩说："罗娅，我们只为了让你高兴，不是故意的。你放心，嵇镇法庭永远是你的

第十九章／告别之夜

家，我们会永远记住你的！"

其他人也说："对，欢迎你今后多回家看看……"

话还没说完，罗娅反身一把抱住了欧小华，哭得更凶了。金海燕立即叫欧小华送罗娅回去休息，众人也就散了。

这天晚上金海燕也喝多了，头晕晕沉沉，回到楼上，就和衣倒在床上。睡了一觉醒来后，既觉得身子发热，又感到口渴难耐。便爬起来，又接了一杯纯净水喝了，拉了一把椅子在阳台上坐下来。

繁星满天，月光遍地，周围万籁俱寂，偶尔一辆汽车在公路上驶过，可车灯照射不到阳台上来。在这样的寂静夜晚里，她看着远处模模糊糊的群山轮廓，突然有一种置身在地老天荒中的感觉。她于是又想起了罗娅歌中"潮涨又潮落，花开又花谢，谁又登台演豪杰，一折又一折"的句子，禁不住问了自己一句："我到底是谁？"想起自己获得的"人民满意法官"桂冠，对自己问道："我真是人民满意的法官吗？如果说是，可打官司总有一方会输，我怎么做得到让每一个诉讼参与人都满意呢？如果说不是，上级又怎么会授予我这个称号呢？"想了半天，她仍然没想明白，便觉得自己钻牛角尖了，于是干脆不想。

过了一会儿，她突然感到从身子里，膨胀出了一种说不清、道不明的感觉。这感觉是那么怪异，还没和余伟结婚以前，她就经常会莫名其妙地产生这样一种怪怪的感觉。和余伟结婚以后，她才明白这是年轻女性一种正常的生理上的反应。她有许久没有产生过这样的生理冲动了，今晚大约是因为喝了酒，加上罗娅的夫妻团圆也让她受到了些刺激，使她有了一种渴望和男人亲近的冲动。她这才明白，身为一个女人，都是需要一个家的。便打定主意明天一定要回去一趟，该向丈夫道歉就道歉，该对丈夫妥协就妥协，总之不能再这样下去了！

这样想着，金海燕沐浴着月光，在椅子上不知不觉地睡过去了。洁白温柔的月光下，她显得是那么圣洁和美丽……

第二十章

第二年春天……

第二年的春天来得特别早,腊月里就打春了。还不到清明,大街上到处都是穿短袖衬衣和花裙子的红男绿女。桃花李花已经开过,但远山近岭的野花正在争相怒放,仍然是一片万紫千红的景色。湛蓝的天空万里无云,湿润的空气让人感到清新爽快。成群的鸟儿在树枝上飞来飞去,像是抑制不住满腹的喜悦似的,相互间高声欢鸣不已。

那天上午,欧小华正在露台上晾晒刚洗出来的衣服,从晾衣绳上方,忽然瞥见一个穿碎花裙的年轻女人,背了一只鼓鼓囊囊的双肩包,怀里抱着一个婴儿褓褓,袅袅婷婷地走进稔镇法庭的院子里。欧小华先没在意,可一看,觉得那女人的身影有些熟悉,于是又仔细看去,不禁猛地叫了起来:"罗娅,是罗娅,罗娅……"衣服也顾不得晾了,就朝楼下冲去。

果然是罗娅!

欧小华跑到罗娅面前,举起拳头,做出要打罗娅的样子。可是一看罗娅怀里的孩子,又改变了主意。她一把抢过罗娅怀里的婴儿,说:"宝贝,来,欧妈抱抱,啊,我的幺儿,好乖哟!"一边说,一边嘬起嘴唇,就在孩子的小脸上"啧啧"地亲起来。

孩子在褓褓里动了动身子,睁开眼睛朝周围看了看,一下子哭了。

罗娅急忙把孩子接了过来,一边拍一边说:"欧妈妈抱你,你还哭,一身尿臭，欧妈妈还不得抱你呢！"

欧小华说："我不怕尿臭，给我好了！"说着，又来轻轻拍着孩子的小脸说，"就给我当儿子，行不行？"

罗娅忙说："你那么喜欢孩子，怎么不生一个？"

欧小华脸微微一红，说："工作忙不过来，生娃这事儿只有先放一放啰。"

罗娅故作陌生的样子上下打量打量她，说："咦，太阳从西边出来了，咱们的幸福小女人什么时候开始变事业型女强人了？"

欧小华白了她一眼："不要小看人，我已经争取到独立办案的资格了。"说着把头一扬，很有些得意的样子。

罗娅也惊喜起来："真的？那要恭喜你了！"

欧小华又说："近朱者赤，近墨者黑嘛。跟着我们金庭这样的工作狂，大家都不能不受到点感染啦。"一边说，一边带着罗娅往里面屋子走去。

欧小华把罗娅带进自己的屋子，接过罗娅的双肩包放到椅子上，又忙不迭地去倒水。

罗娅有些不好意思，说："我一来，就给你们添麻烦了！"一边说，一边撩起衬衣给小婴儿喂奶。

欧小华扯把椅子，在罗娅对面坐下来。一边看着婴儿香甜地吮着奶，一边问："怎么想起要回来看看了？"

罗娅说："怪想你们的！平时抽不出时间，产假的时间长，便趁这个时间回来了。"

欧小华嗔怪地说："事先也不打个电话告诉一下，又带了个奶娃娃，我们知道了也好来接你一下嘛！"

罗娅说："我给金庭说过的，但没有说具体的日子！"看了一眼欧小华，又说，"现在，有这个小把戏，也不是说走就能走。我昨天下午就出发，在县城住了一晚，要不，今天哪能这么早就到呢？"

欧小华恍然大悟，说："怪不得，金庭前天就安排林大叔把你原来住的房间打扫出来，我们还以为上级又给我们嵇镇法庭安排了新人来呢！但金庭也没有说你要回来，大约她想给我们一个惊喜吧。"

听到这里，罗娅见孩子又睡着了，就轻轻地放下衬衣，又将他包被裹好，才对欧小华说："金庭在哪儿呢？"

欧小华马上说："金庭下村去了，不过一会儿就回来。林大叔买菜去了，庭里就我一个人值班。"

罗娅听了，过了一会儿才看着欧小华问："小华姐，你们现在……工作还好吗？"

欧小华说："有什么好不好的？现在比过去更忙、更累了！和你对调的那个同志，我们面都没见着，就被县法院截留了。上面说给我们再安排一个书记员来，可到现在还不见人来。傅小马也辞职了……"

罗娅声音大起来："傅小马辞职了？他为什么辞职……"

欧小华问："你还不知道？"

罗娅一边摇头一边说："我人都离开了，还知道什么？"

欧小华还是露出不肯相信的神情，说："你们微信也没有加一个？"

罗娅说："我回去不久，手机就丢了，现在手机里的联系方式，是后来东一个、西一个加起来的……"

欧小华似乎相信了，这才说："原来是这样！我说呢，你们原来是搭档，怎么连联系方式都没有呢？傅小马去年下半年就辞职了。他对大家说：'虽然我热爱法庭的工作，也舍不得离开大家，可实在没有办法！我运气不好，几次考公务员都名落孙山，司法考试也没考上，年龄也老大不小了，对象还不知在哪儿，父母替我着急得不得了！趁现在年轻，不早些出去打工挣点钱，说不定会打一辈子光棍呢！'大家本来还想劝他，听了他这番话，在心里一想，也确实是这样，与其把时间、青春都浪费在这里，还不如早点出去挣点钱。但他走的时候却哭了，像个小孩子一样，哭得非常伤心。大家说，傅小马真的是喜欢法庭工作！"

罗娅听了欧小华这话，低下头，半天没有说话。过了一会儿，罗娅才抬起头看着欧小华，目光里有晶莹的东西在闪烁，像是自言自语似的说："原来是这样！"说完，又突然问欧小华："那你们现在人手这样少，怎么忙得过来？"

欧小华淡淡地笑了一笑，说："你忘了'山重水复疑无路，柳暗花明又一

第二十章 / 第二年春天……

村'这两句古诗吗？现在的情况比过去还好一些了！"

罗娅有些不明白欧小华的话，便静静地看着欧小华，等待她继续说下去。

果然，欧小华看着罗娅说："那我就先从金庭说起！你知道吗？金庭和她丈夫又和好了……"

这消息确实让罗娅感到有几分意外："真的？"

欧小华问："你还记得去年大家为你饯行的事吗？"

罗娅忙说："我怎么会忘记大家的这份情谊呢？尤其是金庭，我会永远记住那个晚上的！"

欧小华说："就在为你饯行后的第三天，金庭就请了假，说要到乡下婆母家看看。大家听了这话，先还感到十分奇怪，因为我们都知道，金庭和婆母合不来，很少主动去婆母家。不过，她女儿那时是她婆母带着，她要回去看女儿倒也说得通。

"但是她这一走就是好几天，这可是自从她上任以来从没发生过的事。过了一个多星期，她才满脸疲惫地回来，我们才知道是她老公的外婆病了，老人家快九十的人了，这一病啊，就没能再起得了床。金庭的老公你也知道的，也是经常加班忙得不得了，她婆母一个人带着个小的还要伺候个老的，根本照顾不过来。还是金庭去了，才把老外婆送到医院。金庭也只得把工作暂时放下，跑前跑后地照料，送饭守夜不说，还给老人擦身洗衣，从头到脚打理得整整齐齐。我们去'打丧伙'的时候，听余家的亲戚说，老人走的时候啊，全身上下干净整洁，安详得很，病房的人都羡慕她有个这么孝顺的外孙女儿，都看不出来其实是外孙媳妇呢！就是金庭办完后事再回来的时候，人都瘦了一圈，还有些魂不守舍的样子。"

罗娅不禁插话问道："难道她也累病了？"

欧小华神秘一笑，说："那倒不是。你再猜。"

罗娅想了想，说："这我可就猜不着了。你还是直说吧。"

欧小华这才说："我们当时也疑惑得很。但是啊，也没疑惑很久。第二周星期六下午，她老公余伟突然把车开到我们法庭，我们还以为余伟是要和金庭打离婚官司了呢！可是没想到，金庭不一会儿就满面笑容地下来了，挽起丈夫的手，就朝车子走去。我们这才知道，余伟是来接金庭回家的，原来他们和好了！"

罗娅听了，也为金海燕高兴，说："想来，金庭为他外婆送了终，他也知道念金庭的好了吧。"

欧小华连连点头："我们也都这么说了，金庭本来就是大好人，怎么可能和身边的人反而处不好呢？生老病死经历一回，两口子才真正体会到一家人的感觉吧。"

罗娅又问："他们和好了当然是大好事，可是又和工作有什么关系呢？"

欧小华说："当然有很大关系哟！两口子一和好，金庭和婆母的关系自然也融洽多了。她那个婆母经过前一阵的事情，也醒事了，知道紧要关头，这个儿媳妇才是靠得住的人。她晓得金庭工作忙，为了不让她两边跑，所以隔一个星期或者两个星期，就会带上孙女到嵇镇来一趟，让孩子和母亲一起住上几天，她自己趁这个机会，也给金庭该洗的洗，该刷的刷，该收拾的收拾，真比待亲生闺女还巴心巴肝呢！这还不说，余伟也是一样，遇到周末或者节假日，只要他们所里不加班，也都是自己开着车，到我们法庭来和金庭团聚，倒像是把这里当他家了。你想想，在这种情形下，金庭是不是更能一心一意把时间和精力，投到庭里的工作上了？"

罗娅听到这里，忙不迭地说："我明白了！金庭本身是个工作狂，现在没有了后顾之忧，那干起工作来，不更是如虎添翼吗？"

欧小华没等罗娅说完，又马上接着说："还有你更想不到的呢！现在变化最大的，还要算江副庭长……"

罗娅果然吃惊地叫了起来："江副庭长？他又怎么了？"

欧小华朝她点了点头，说："是呀，没想到吧？你是知道的，江副庭长过去背得有思想包袱，因此工作上得过且过，只图把日子混满，混到退休了事。你走后不久，江副庭长突然向组织打了一个提前退休的报告，拿来让金庭签署意见。金庭看了，却对江庭说：'江叔，今天我们都不互相称官衔，如果你不嫌弃，你把我当侄女，我把你当长辈！恕侄女说句不客气的话，你今天这个报告，我不会在上面签任何意见的！'江庭忙问：'为什么？'金庭也不给江庭讲大道理，只打感情牌。她看着江庭说：'不为什么，只为侄女现在离不开

第二十章 / 第二年春天……　　　　　　　　　　　　　　　　　　　199

你！你知道目前庭里的情况，罗娅调走了，傅小马也好像背了思想包袱，工作也不如以前主动积极。即使主动积极，上面对使用临时工又有许多限制，许多工作我也不好安排他。如果你也走了，侄女就差不多成为孤家寡人了！你说，我们嵇镇法庭还怎么办？我金海燕还怎么办？你真的要让我回家种红薯呀……'金庭大约讲到了动情处，突然流下了眼泪。江庭见金庭把话说到了这个份儿上，再不好说什么，只好抓起那份提前退休的报告，有些羞愧地走了。

"金庭知道靠她做一次工作，要完全转变江副庭长的思想是不可能的。但是，出于对老同志的尊重和爱护，金庭也没向上级打小报告。她知道江副庭长是我老公公过去的得意门生，江副庭长上中学时，家庭困难，常常缴不起学费，甚至没有生活费，我老公公曾帮他减免学费，又资助他生活费，他才在县城读完高中。江副庭长'吃菌子不忘格篼恩'，参加工作后，还经常来看望我老公公，只是这些年才来往少一些，但师生间的感情还在那里。金庭便通过我，动员我老公公也帮忙做江副庭长的工作。

"我回去向我公公说了金庭的意思，我公公果然找个时间到嵇镇法庭来了，找的借口是来了解我的工作情况，其实醉翁之意不在酒。吃饭的时候，我让老公公和大伙儿一起，到镇上饭馆聚餐，我请客。我公公却不答应，说要单独和自己的学生喝两杯。也不知在吃饭时，他们谈了什么，反正从此以后，江副庭长像彻底变了一个人，不但天天坚持上班，从不迟到早退和无故缺席，而且工作非常积极主动。不瞒你说，上次院里开年终总结会，院长在会上还表扬了江副庭长呢！"

罗娅听完欧小华一番绘声绘色的讲述，也禁不住眉飞色舞地说："我离开嵇镇法庭还没到一年，想不到这里就发生了这么多变化！俗话说，老将出马，一个顶俩，有了江副庭长这个老黄忠，还有什么说的？怪不得你们现在人虽少了，可工作一点没受影响！"说着，突然想起了什么，忙转移了话题，问欧小华，"小华姐，我离开的时候，记得还有两起案子没有审结，后来怎么样了？"

欧小华问："你是问叶明菊、肖成全和梅兰花、谭世林这两个离婚案吧？"

罗娅立即点了点头。

欧小华马上说："这两个案子，有一个还是你和傅小马协助办的，怪不得你要关心呢！叶明菊要和倒插门的丈夫肖成全离婚一案，第一次审理，金庭没判他们离婚，可半年后再次审理，金庭还是判他们离了……"

罗娅听到这里，感觉有些意外，说："还是离了……"

欧小华说："你在嵇镇法庭干了好几年还不知道吗？我们这儿受理的大多数离婚案件，几乎都没有多复杂的案情，只要按部就班地走程序，假以时日，原告都能达到自己的目的。"

听了欧小华的话，罗娅笑了笑，说："听小华姐的话，完全像是从金庭口里说出来的一样……"

欧小华急忙在罗娅肩膀上打了一下，说："废话，这本身就是金庭说的嘛！"接着又说，"第二个案子，你也清楚，梅兰花的丈夫谭世林有性功能障碍，不能正常地和梅兰花过夫妻生活，梅兰花向法庭起诉离婚，而谭世林在法庭上则宣称，只要法庭判他们夫妻离婚，他就和梅兰花同归于尽……"

罗娅打断欧小华的话，说："是的，当时我们都很为难，一方面我们都很同情梅兰花，一方面又怕真的发生人命案。那天晚上在露台上交流情况时，林大叔提供了一条信息，说他们村里也有一对夫妻结婚多年都没有生育，后来遇到一个老中医，用中药治好了那个男人的病。金庭马上托林大叔回去了解一下那个老中医是哪儿的人，林大叔回去问到了老中医的下落，我们告诉了梅兰花和谭世林。然后我就走了，不知后来怎么样了……"

欧小华马上接住话说："那老中医果然是名不虚传！许多大医院对谭世林的病都宣告莫得治了，没想到那中医七八剂中药，就使枯木逢春。没想到吧，就在半个月前，梅兰花到镇医院做孕检，还挺着个大肚子专门到法庭来打听傅小马和你，说是等孩子生下后，要专门请你和傅小马去喝孩子的满月酒，还要认你们为孩子的干爹干妈呢！一听说你和傅小马都不在嵇镇法庭了，还非常失望。你这次来了正好，干脆等着把干儿子认了才回去……"

罗娅听到这里，忙红着脸说："我做什么干妈？要不是金庭，我们怎么想得到这点呢？孩子的干爹，林大叔可以做呀……"

正说着，院子里传来一阵汽车刹车的声音。欧小华兴奋地叫了起来："金庭回来了！"说着，就从椅子上站起来，一面朝院子里跑去，一面叫，"金

第二十章／第二年春天……

庭，你看看是谁来了……"

罗娅也急忙抱着孩子，跟在欧小华后面下楼去。

到了院子里，就看见金海燕刚下了车，正准备朝楼上走。听到欧小华的叫声，金海燕回过头，一眼看见了罗娅，先是愣了一下，接着就跑了过来。她张开双手，似乎想拥抱罗娅，可一眼看见罗娅怀里的婴儿，和欧小华先前一样，她马上又改变了主意。金海燕双手抱过孩子，嘴里一边"宝贝""宝贝"地叫着，一边在婴儿粉嫩的小脸上亲个不停。

罗娅站在一旁静静地看着，忽然想起一年前那个告别的晚上，她给欧小华、江副庭长和金庭长，还有林大叔、奉哥唱那首《月亮弯儿月》的家乡民歌时，突然哭了。现在才明白，是那缠绵、深情的歌词，击中了她当时柔弱的心扉。现在，她不由自主地又想起了歌词中的"潮涨又潮落，花开又花谢，谁又登台演豪杰，一折又一折"，不由得眼眶又湿润了……

2020年12月渠县文联工作室　一稿
2022年10月—2023年4月　二稿
2023年10月—2024年4月　三稿